JN153870

ストロベリーライフ

荻原浩

毎日文庫

1

会社を辞め、独立した人間は、誰しも一度は思う。

電話は怖い。

会社に勤めていれば、オフィスでいくら電話が鳴ろうがそれは職場のＢＧＭのようなもので、着信音にいちいち心をかき乱されることはない。

だが、たった一人でオフィスを構えている場合、突然鳴り響く電話は、すべてが自分に対するなにがしかの要求か告知の前奏曲なのだ。音が刃になって心臓に突き刺さる。

通常の業務連絡ならメールですむ。もしくは携帯にかかってくる。友人からの酒の誘いも同様。わざわざ固定電話を鳴らしてくるということは、遅れている仕事への催促だったり、やれやれやっと終わったと思っていた仕事の企画変更——つまりはやり直しであったり、仕事の出来映えや見積もりへのクレームであったりする可能性が大なのだ。かけてくる相手も、アナログな年齢層、すなわち得意先のうるさ型である確率がとても高い。

恵介《けいすけ》はパソコンのモニターから目をそむけ、デスクの脇の電話を見つめ続けていた。

十一年間勤めた広告代理店を辞め、グラフィックデザイナーとして独立したのは、おととしの春。フリーになって二年が経《た》ったいまは、鳴り響く電話よりもっと恐ろしいものがあることを知った。

それは、鳴らない電話だ。

新規の仕事の依頼もたいていは、渡した名刺に印刷されたオフィスの電話に話がくる。忙しい時は疎ましい電話も、何日も鳴らない日が続くと、世間に見放された気分になる。いま現在のように。

ただの気分ならいいのだけれど。

今度こそほんとうに見放されたかもしれない。

なにしろ今月に入ってから、仕事の依頼がひとつもないのだ。もう二月も残り一週間だから、一か月近くも。

最後の仕事は二週間前に終了した、たった4ページの白アリ駆除会社のパンフレット。以前だったらさくっと片づけるのに、納期までじっくり手間をかけて、白アリが天使の輪をつけて昇天するイラストまで自分で描いた。終わらせてしまったら、することが何もなくなってしまうから。

なんでだ？

恵介はデスクに並べた二台のパソコンに視線を戻してため息をつく。

二台のパソコンのうちの、大きなモニターのほうはデザイン専用。もう一台は万一のためのサブで、メールや経理に使っている。一時間おきに着信を確かめているサブパソコンの壁紙のワライカワセミも首をかしげていた。何日も電源をオフにしたままのデザイン用モニターが真っ黒な穴に見える。自分で掘った墓穴だ。

独立当初は順調だった。月収はいきなりサラリーマン時代の三倍超。だが、次々に舞いこんできた仕事は、独立のご祝儀みたいなもので、半年しか続かなかった。フリーランスは出ていく金も多い。二年目からは代理店時代の給料を下回るようになった。ここ数か月を平均すれば、初任給以下だ。先のことを考えると、胃が痛くなってくる。

なんでだろう。

四年前、オーストラリアロケの時に撮ったワライカワセミに訴えかける。

代理店時代にはいくつかの広告賞を獲《と》っている。競合プレゼンも高い勝率で勝ち抜いてきた。クライアントは大手ばかりだった。腕には自信がある。

営業力が足りないのか。確かに舌先三寸やハッタリだけで食っている広告クリエイターは大勢いる。が、自分はそういうタイプじゃない。担当者がキックバックを要求してくるような得意先とはつきあわないと決めている。腕さえあれば業界や世間に認められると信じていた――

かっかっかっか。ワライカワセミの鳴き声が聞こえてきそうだ。

認めたくはないが、俺は起業には向いていなかったってことか。椅子に背中を預けると、キャスターが後ろに滑り、複合機《コピー》に頭をぶつけた。

半年前、麻布に借りていたオフィスを引き払い、家賃が半額の自宅近くのこのワンルームに仕事場を移した。二台のパソコン、複合機、その他もろもろの機材や什器《じゅうき》をぶちこんだ倉庫に等しい狭い部屋に、仕事もないのに毎日自転車で通っている。

自分から売り込みをするつもりはなかった。フリーのクリエイターの場合、それは敗北宣言に他ならない。「あいつは仕事に困っている」という評判が立ったとたん、仕事の質もギャラもぐっと下がる。だから待つしかないのだ。マグロの一本釣り漁師のように。

電話に柏手《かしわで》を打ち、拝んでみた。

ぱん。ぱん。さぁ、来い、仕事。

先週、ゲンをかついで着信音を替えた。『おもちゃの兵隊のマーチ』。3分クッキングで流れるあれだ。そのメロディに合わせて柏手を打つ。

ぱんぱんぱぱぱん。ぱぱぱぱぱん。

だめか。

受話器に向けて両手を伸ばし、指をひらつかせて念を送ってみる。

ひらひらひら。アブラカダブラ。

なにやってるんだ俺は、と思いつつ、
ひらひらひらひら。開け、ゴマ。

そのとたんだった。

六畳もない部屋に、3分クッキングのテーマが響いた。

来た。

喉から飛び出ようとする手を寸前で止める。

待て待て。焦っちゃだめだ。仕事がないことを見透かされる。オフィスが狭いことも。

コール音を三回やりすごした。

だが、そうしているあいだにもクライアントの気が変わってしまうのではないかと気が気じゃなくて、かぎ爪のかたちにした指がひこひこ動いてしまう。

あ、とっちゃった。

「はい、望月デザイン事務所です」

長期のキャンペーン広告の依頼だったらありがたい。いや、贅沢《ぜいたく》は言わない。独立当初は断っていた、面倒ばかり多くて実入りの少ないカタログの仕事でもかまわない。

受話器から流れてきたのは、聞き慣れた——かつては聞き慣れていた——声だった。

「ああ、恵介」

恵介の喉から心の声がそのままこぼれ出た。

「なんだよ」

実家の母親だ。声を聞くのは久しぶりだった。いつもはもっさりと喋《しゃべ》る人なのだが、今日は違っていた。

「あのあのあのね、おちおち落ち着いて聞いて」

「そっちが落ち着きなよ」

「おおおお父さんがね、お父さんが倒れただよ」

「なにそれ？」

親父が倒れた？　恵介の父親は「丈夫《じょうぶ》」が服を着て歩いているような男だ。体脂肪率はおそらく息子の自分よりずっと少ない。仕事柄だろう。父親の仕事は農業だ。

「朝起きた時から様子がおかしかっただよ何喋ってるだかわからにゃあでそのうちあーとかうーとかしか話さなくなって椅子から立てなくなって」

何を喋っているのかわからないのは、いまの母親のほうだった。

「病気ってこと？」

父親は七十歳。本人は自分をまだ中年だと思っているようだが、もうじゅうぶん爺《じい》さんだ。いままでのようにはいかないってことか。親父とは二年会っていなかった。おととしの正月に親父と喧嘩をして以来、静岡の実家には一度も帰っていないのだ。

「だもんで救急車呼んで病院行ってお医者さんからすぐ手術だって言われていま手術室に入ってて」

救急車。手術。

その言葉を聞いてようやく恵介にも事態が呑《の》みこめてきた。いまのいままで風邪をこじらせたとか、農作業中にぎっくり腰になったとか、その程度のことだと思っていた。恵介が実家へ帰らなくなってから、母親は思いつくかぎりの理由をつけて電話をよこしてくるから。

「あー、えーと、ちょっと待って、しゅしゅしゅ」母親のことは言えない。恵介も言葉がうまく出てこなかった。「手術ってどういうことさ。命がどうとかじゃないんだよね」

「…………………」

答えは返ってこなかった。

え？

受話器を握る手に汗が滲《にじ》んできた。

「もしもし、母ちゃん。もしもし」

「……あたしだってそう思いたいよ」

自分の親は長生きをするもの。ご長寿さんになって天寿を全《まっと》うし、葬式で「大往生だわな」と酔った叔父さんに呟《つぶや》かれるもの。親が高齢者と呼ばれる齢になった子どもは当然のようにそう思う。何の根拠もなく。たとえ喧嘩して二年間帰っていなくても。

「意識は？」

「そんなものとっくににゃあよ」

母親が怒りの声をあげる。誰にたいして怒っていいのかわからず、恵介にぶちまけるように。

「どこの病院？」

母親が口にしたのは、市内でいちばん大きな総合病院だ。恵介の実家からは遠く、めったなことではかかったりしない。それがますます事の重大さを示しているように思えた。

「来れるら」

「ああ、行く」

母親が確認印を押すように言葉をつけ足した。

「すぐに」

夕食のメニューが思い浮かばないとき、美月《みづき》はとりあえずスーパーマーケットに飛びこむことにしている。現場百遍《ゲンバヒャッペン》。手がかりは現場に落ちているのだ――再放送を見てる刑事ドラマもそう言っている。

切れかけている卵をカゴに入れてから、鮮魚売場と精肉売場を覗《のぞ》く。今日はこれといった特売はないようだ。肉か魚か。和食か洋食か。

前の晩が肉系なら、魚。魚介系なら、肉。と決めやすいのだけれど、あいにく昨夜のメニューはどっちつかずの八宝菜。

うむむ。

ショッピングカートを一緒に押している、というよりしがみついているだけの銀河《ぎんが》が突然歌い出した。

「♪こんやはこんやはハンバーグ！　ミート・ミート・ミー」

何の歌だっけ。幼稚園で覚えてきたのかな。美月は四時間のパートを終えて、幼稚園バスの停留所へ銀河をお迎えに行った帰りだ。

銀河は背丈と変わらないカートの手押しバーを鉄棒みたいに握り締めたまま、くにくにと腰を振る。

「♪もぐもぐもぐもぐハンバーグ！　ミート・ミート・ミー」

ああ、テレビのコマーシャルソングだ。アニメの合間に流れる冷凍食品の。「ミート・ミート　・ミー」のリズムに合わせてくにくにしながら、瞳の中に星をまたたかせた流し目を寄こしてくる。

「ハンバーグ、こないだ食べたばかりでしょ。ハンバーグばっかり食べてると、牛になっちゃうよ。角はえるよ」

「まじ？」

言葉ばかり生意気になってきたけれど、まだまだ五歳児。目玉を二重丸みたいにふくらませて、おそるおそる自分の頭を撫ぜている。

「……すこし出っぱってる」

それは昨日タンスに頭をぶつけたからだよ。

「好き嫌いしないで、なんでも食べてればだいじょうぶ」最近のうちのハンバーグはあいびきだし。

「♪こんやはこんやはカレーライス」

銀河の歌声がか細くなった。歌の効果に自信を失った目で美月を見上げてくる。

カレーもだめ。かわいそうだけど、アトピーが治りきっていないから、香辛料の入っているものはなるべく食べさせないようにしているのだ。

とりあえず野菜とくだものを買っておこうか。毎日の食卓には必ずサラダとくだものを出すことにしている。家族の健康（と自分の美容）のために。

リーフレタスは『生産者の顔が見える』というのにした。顔写真が女性だったから、なんとなく安心な気がして。

トマトはへたの反対側のお尻を覗く。ここに電話機の＊みたいな白い星マークが浮き出ていれば、甘いトマト。この裏ワザ情報は、トマトをつくっている恵介の実家で教えてもらった。

以前は恵介の実家からちょくちょく野菜が送られてきたけれど、ここしばらくごぶさただ。お義父《とう》さんと喧嘩をした恵介が「いいよもう、こういう田舎臭いことは」なんてお義母《かあ》さんに言っちゃったからだ。自家消費分だっていうネギやトウモロコシは確かに、泥つきだったり虫がついてたりで辟易《へきえき》していたけれど、トマトは新鮮でおいしかったのに。

きゅうりは慎重にまっすぐなものを選ぶ。少しでも曲がっていると包丁で切りづらい。

続いてくだもの。りんごを二個。みかんはちょっと飽きてきたな。いよかんにしてみようか。でこぽんもいいな。

値札を見たとたん「高価」という電流に打たれて、伸ばした手をひっこめる。おっとっと。一個でダイコンが二本買える。ワンパックで三本買える苺《いちご》もスルー。パイナップルはどうだろう。恵介も銀河もパイナップルが好きだ。食卓に出すと二人でパイナップルダンスを踊る。

いまの時期は野菜もくだものも高い。気をつけないと。このところの望月家は緊縮財政だ。なにしろ恵介の月々の収入が右肩下がりになっている。右肩も右肩。美月の我慢の石がころがり落ちそうな急勾配。

一生会社勤めをするつもりはない。俺は、地図のない地平に自分の道をつくる男になりたいんだ。なぁんてことを以前の恵介は鼻の穴をふくらませて熱く語っていたのだけれど、どうやら地平に辿《たど》り着く前に、道に迷ってしまったようだ。最近は、二本目のビール（正確には去年の秋からは第三のビール）を冷蔵庫から出す時にも美月の顔を窺《うかが》ってくる。べつに文句なんて言ってないのに。あのチキンハートっぷりじゃ、この先も思いやられる。

いまはまだ独立したての頃の貯《たくわ》えでなんとかなっているが、そろそろがつんと言わねば。こんなせりふだ。

「私がフルタイムで働くから、仕事がいっぱいくるまで主夫をやってみるって、どう？」あるいは「無理にフリーを続けなくてもいいじゃない。恵ちゃんにはサラリーマンのほうが向いてるよ」

問題はいつ言うかだ。言葉ももう少し選んだほうがいいかもしれない。言い出したら聞かないところがあるから、頭ごなしに否定したら、逆に意地になって迷い道のさらに奥深くまで突っ走りかねない。男のプライドってやつだ。ああ、面倒くさい。

男のプライドなんて、美月にしてみれば、パイナップルの葉っぱのようなものだ。葉っぱがついていれば確かに見映えはいい。パイナップルらしさもアピールできる。でも、知ってる？

パイナップルの葉っぱは持ち運びには邪魔なだけだし、冷蔵庫に入れる前に切って捨てちゃうんだよ。だって食べられないから。きれいだけど飛ぶのにはむかないオスの孔雀《くじゃく》の羽と同じだ。

まぁ当面は、毎日の食卓で少しずつ現実の厳しさを教えていこうか。美月は1／2カットのパイナップルを棚に戻し、結局、いつものようにみかんの徳用袋をカゴに入れた。

青果コーナーでは、ショッピングカートを自分で押しているつもりの銀河の足どりに熱意がない。銀河を手押しバーにぶら下げて野菜の陳列棚をもう一周していると、春菊の前に立てられたＰＯＰ広告が目にとまった。

『旬の食材で　冬こそ鍋料理』

そうだ、久しぶりにお鍋にしよう。鍋にかこつけてとっておきの純米酒を持ち出す恵介は反対しないし、魚だけじゃなく肉団子も入れれば、銀河も喜ぶ。しかも、ここ重要、手間がかからない。

いえいえ、これも家族のため。お鍋なら体が温《あった》まるし、いろんな栄養がたっぷりとれる。少し前、情報バラエティ番組で言っていた。『体のためには旬のものを食べるのがいちばん。旬の時期には食材の栄養価がいちばん高くなる』。銀河のアトピーが酷《ひど》かった頃に読んだ東洋医学の本にも確か同じことが書いてあった。

さて、そうと決まれば、まず野菜。旬の野菜だ。

春菊を手に取る。

よし、あとは。

えーと。

ここで美月はまた迷いはじめる。

どれが旬？

スーパーマーケットには一年中野菜とくだものがあふれている。二月のいまでも、手に入らない野菜は、とうもろこしとエダマメぐらいのものだ。いや、エダマメ、こないだ見たな。とんでもない値段だったけど。

一九八〇年代生まれ（ぎりぎりとはいえ）で、東京でしか暮らしたことのない美月には、いまの時期、どんな野菜が旬なのかがよくわからない。

きゅうりやなすが夏だということぐらいは知っている。冬は値段が高くなるから。美月が食べ物の旬に気づくとしたら、それはプライスカードの数字でだ。値段からすると、白菜と大根は旬、だと思う。たぶん。にんじんはどうなんだろう。しいたけは？

さっぱりわからない。

そもそもにんじんやしいたけは、いったい誰がどんなふうにつくっているのだろう。包装パックで産地はわかるけれど、美月にとってはまったくのミステリーだった。しいたけの場合、マツタケみたいに山の中を探し歩くはずもないから、工場でつくっている？　もやしはそうだと聞いたことがある。にんじんは根菜だから、頭の中のイメージでは、じゃがいもみたいに土の中で束になっている感じ。パイナップルとなるともう、お手あげ。どういうふうに実がなっているのか、想像したこともない。苺もだ。

結婚する前、恵介の実家へ挨拶《あいさつ》に行った時、「トマトって木になるんですか」と尋ねて、お義母さんにあきれられたことがある。「あんた、柿じゃにゃあだもんで」。

違うんですよ、お義母さん、あれは、お義父さんの「今年はトマトのキの育ちが悪い」という言葉を聞いた後だったから。農家の人が野菜の株のことを「樹《き》」と呼ぶことを知らなかったのだ。柿の木みたいなものだなんて思ってはいなかった。オリーブの木に似た感じなのかな、と想像したのは事実だけれど。

午後二時四十五分。まだ混み合う時間帯ではないが、BGMと店内放送と人々の声がないまぜになった店内は騒々しい。だから、携帯が鳴っていることに気づかなかった。

「ママ、かばんがぴよぴよしてるよ」

銀河に言われてバッグを探った。恵介専用の着メロ『この世の涯《はて》』が鳴り響いている。

こんな時間に連絡をよこすのは珍しい。「遅くなるかもしれない」。朝はそう言いながら、夕方に「そろそろ帰る」とメールしてくるのは毎度のことだけど。

「もしもし……だ………が………たって…………」

「なに？　よく聞こえない」

「……やじがた……れた」

スーパーマーケットの喧騒に美月は片耳を押さえる。とぎれとぎれに聞こえる恵介の声は、聞き間違えでなければ、こう言っていた。

「親父が倒れた」

新幹線の窓のむこうに海が広がった。

「海っ」

銀河が指さし確認をするようにひとさし指を突き出して歓声をあげる。

恵介たちにとって二年ぶりの帰省の途《みち》だった。静岡《じっか》への初めての電車の旅に、銀河は興奮気味だ。フリーになってすぐに買い替えたワーゲンゴルフは四か月前に売ってしまった。

恵介たちの住む東京郊外から静岡県の実家までは、帰省ラッシュの時期に車で行くと半日がかりだが、電車を使えば拍子抜けするほど近い。ドア・ツー・ドアで二時間ちょっとだ。車を持たない独身時代には、その近さが疎ましいほどだった。

今度は右手の窓を指さして銀河が叫ぶ。

「フジさんっ」

恵介にとって帰省とはいつも、少しずつ大きくなっていく富士山の姿を眺めることだった。今日も沈みかけた陽《ひ》の手前に、黒々としたシルエットとなって立ちはだかっている。

背後の空の茜色《あかね》を映してうっすら赤く染まったその姿は、富士山が珍しい人間には美しい光景なのだろうが、いまの恵介には、なんだか不吉な色合いに見えた。

新幹線がトンネルに入ると、富士山が消えた。

親父が死ぬ？

まさか。

考えたこともなかった。

二年前の正月に、別れの言葉も交わさないまま実家を後にした時には、もう二度と顔を見なくたって構わない、本気でそう思っていた。それでも、だ。

頭が鏡開きの餅みたいに古くて固くておそらくうっすらカビが生えている、思春期の頃から三十半ばをすぎたいまに至るまで、恵介にとっては終始一貫、理解し合えない人、面倒くさい人だった。東京の友人知人にはできれば会わせたくない、絵に描《か》いたような田舎のオヤジ。

代理店時代、携帯電話会社の家族割サービスの広告をつくったことがある。八ヶ岳の麓《ふもと》までロケに行き、古民家の縁側で父と息子（の役のモデル）が酒を酌みかわすシーンを撮影した。まだ若い独身のコピーライターの用意したキャッチフレーズは、こんなものだった。

『俺も父親になった。

親父と腹を割って話せるようになった。』

ないわ、それ。腹を割って話す？　自分より年下の人間はすべて説教の対象だと思っている人間と、何を話せというのだ。

だけど、死なれては困る。

理由などないが、困る。

富士山がいつもそこに見えているのと同じだ。恵介にとって親父は、富士山みたいな存在だった。いい意味ではなく。心温まる比喩でもなんでもなく。

長いトンネルを抜けると、右手の窓に再び富士山が姿を現した。

「フジさん、でかっ」

両手と頬を窓に張りつけた銀河が叫ぶ。薄墨色の空を三角形に切り取った影法師は確かに大きい。

世の中のたいていの人間は富士山が好きだけれど、麓といっていい町で生まれた恵介にとっては鬱陶《うっとう》しい存在だった。

近くで暮らしていても毎日見えるわけではないのだが、ふと気づけば目の前にぬっと聳《そび》えている。静岡県の市部の住民は、自分たちをまあまあ都会の人間だと思っているのだが、その幻想をぶち壊しにする巨大さで。

地元の高校に通っていた頃から将来はアート系の仕事がしたいと考え、周囲にも公言していた恵介は、富士山おろしの冷たい風が、こう言っているように聞こえた。

「おみゃあなんかになにができるら。ここは東京じゃにゃあだもんでな」風の音は親父そっくりの濁声《だみごえ》だ。

だが、富士山に消えて欲しいと思ったことはない。いつも変わらずそこにあるものだから。

マナーモードにしていた携帯電話《スマホ》が唸《うな》り出した。恵介はデッキに走る。進子姉《しんこネエ》からだということは、画面を見なくてもわかった。

「ああ、うん、まだ新幹線の中。あと二十分、いや、三十分ぐらい」

母親がなぜ番号を教えた覚えのない仕事場に電話をかけてきたのか、考えてみれば不思議だったのだが、答えは受話器を置いたとたんに鳴り出した携帯でわかった。恵介の自宅にかけても誰も出なかったから、進子ネエが教えたのだそうだ。恵介が唯一まともにつきあいのあるきょうだいだから、進子ネエにだけは仕事場の番号を伝えている。

そうだ。親父に死なれたくない理由をひとつ思いついた。恵介にとって父親はただ一人の男の肉親なのだ。

恵介は四人きょうだいの末っ子だ。上に三人の姉がいる。さぞ可愛がられただろうね。甘やかされて育ったんでしょ。人にはそう言われる。兄が三人という真逆の境遇の友人からはずいぶん羨ましがられた。「お花畑に生まれたようなもんだ。兄貴ばっかの家なんてライオンの檻《おり》のようなもんだよ」結婚したばかりの頃は、家事を分担すると宣言しておきながら、料理もできず掃除や洗濯でも役立たずの恵介に、美月も皮肉まじりに言っていたっけ。「しょうがないよね。ちやほやされて大きくなった王子様だものね」

とんでもない。「可愛がられた」としたら、それは相撲部屋と同じ意味でだ。たてがみのないライオン三頭の檻の中だってじゅうぶん怖い。爪は一見めだたないが、ネイル用やすりで鋭く研ぎすまされていてかなり痛いし、男にはない毒牙もある。

「で、親父はどう？」

進子ネエとの通話はこれで三度目だ。おかげで事態が少しはのみこめてきた。ただし、進子ネエも、他の姉たちも、実家に住んでいるわけではなく、先に駆けつけたというだけで、すべては泡を食った母親の言葉のあわぶくを整理しただけの情報だ。

今朝、五時に起きた時から親父は具合が悪く、このところ忙しすぎたからだと思った母親は農作業を休ませた。

忙しい？　親父のトマトの作型では、まだ繁忙期ではないはずなのだけれど。

だが、時間が経つにつれて、ますます調子が悪くなった。ろれつが回らず、椅子から立ち上がることもできなくなり、動転した母親が救急車を呼んだ。病院でただちに検査が始まり、その後、集中治療室に運ばれた。

脳梗塞《のうこうそく》。

医者はそう言うばかりで、くわしい病状は母親も聞かされていない。

「お母さんのことだから、聞かされてないんじゃなくて、あわあわしちゃって耳に入ってないだけかもしれないけどね」

親父はいまも集中治療室にいる。母親は「手術」と言っていたが、開頭手術のような大がかりなものではないらしい。

「なんだ、じゃあ別に、あれじゃないんだ」

あれ……口に出したくなかったから言葉を濁した。「あれ」というのはつまり、「危篤」もしくは「死ぬ」そういう種類の単語の言い換えだ。

「………………」

進子ネエが沈黙してしまった。

「ちょ、ちょっと待ってよ」

スピーカーのむこうから恵介の耳にため息が吹きこまれた。

「いまのお医者さんって、だいじょうぶとは言ってくれないから。でも、お気楽な状況じゃないことは確か」

窓の外では陽がすっかり落ちて、富士山は夜のインクの中に溶けはじめていた。

銀河を抱えてホームを小走りし、階段を降りる。故郷《ふるさと》の駅の改札の先には、大きな穴のような闇が広がっていた。

ロータリーに一台だけ停まっていたタクシーに行き先を告げる。

銀河を膝の上に載せた美月が腕を伸ばしてきて、恵介の手を握りしめた。

「だいじょうぶだよ」と言ってくれているのだろうか。それとも「なにがあっても、しっかりしろ」か。美月の父親は、彼女が小学生の時に亡くなっている。

背の低い町並みの中ではひときわ目だつ、総合病院の陰気な墓石みたいなシルエットが見えてきた。


病院の迷路じみた一階の奥、「ＩＣＵ」と青文字で記された磨《す》りガラスの扉の手前に、三人の姉たちが座っていた。日光の猿の土産物のように。あるいは生死を分かつ門の番人のように。

待合用の長椅子の手前側、いちばんほっそりしたシルエットは進子ネエだ。髪を無造作におだんごにした顔をこちらに振り向けると、オッサンみたいに片手をさしあげた。とはいえ、いつもの「よお」という挨拶の言葉はなく、頬はこわばっている。視線で美月に挨拶をし、長い腕を伸ばして銀河の頭をすいっと撫《な》でた。

ひ。銀河が息をのみ、美月のスカートを握りしめて後ずさりした。前回会ったのはまだ三歳の時だから、進子ネエのことも他のみんなのことも覚えていないのだ。

長椅子のいちばん奥から、イエローカードを宣告するホイッスルのような声があがった。

「遅いよ」

剛子《たかこ》ネエだ。手首の時計に目を走らせて読み上げる。

「六時二十三分」

分単位まで正確な時刻表示に何の意味があるのかわからないまま、反射的に謝ってしまった。

「ごめん」

なにしろ丸い顔の中で眉が十時十分の角度につり上がり、唇が八時十八分をさしている。剛子ネエは望月家の長女で、恵介とは八つ年が離れている。子どもの時分は二人目の母ちゃんみたいなものだった。

「ひさしぶりぃ」

真ん中に座り、招き猫の手つきで片手をへらへら揺らしているのは、誠子《せいこ》ネエ。いちばん下の姉だ。女子アナ風に脚を横に流して座ったまま、栗色のセミロングにふちどられた顔だけをひねって笑いかけてくる。

「来ないかと思ったよ。ま、来るよね。長男さまだしね」

誠子ネエの言葉は右の耳から左の耳へ素通りさせるにかぎる。慣れっこだ。

「親父の具合は？」

恵介は三人の誰を見るでもなく誰に向けるでもない声で尋ねる。姉たち全員が顔を揃《そろ》えている時の子どもの頃からの習い性だ。

「だいじょうぶなんだろ？」

三人の姉たちがそれぞれに首を動かした。

剛子ネエはしかめ面を横に振り、進子ネエは首を斜め右にかしげ、誠子ネエは自信なさそうに縦に振る。ようするに「わからない」ってことだ。

姉たち一人一人を比べると、それほど似てはいないのだが、右から剛子、誠子、進子のいまの順番で並んでいると、血の繋《つな》がりの厳然さが一目瞭然だった。剛子ネエのさらに右手に母親、進子ネエの左手に父親が座れば、相似形のグラデーションになるだろう。

その連鎖の一角が、いまにも崩れるかもしれない。こんな時なのに、いや、こんな時だからか、恵介は姉たちのつくる顔面のグラデーションを眺めながら、らちもなく考えた。自分はどのあたりに入るのだろう。恵介自身にはわからない。美月は「ぼーっとしている時の顔はお義母さん似。笑った顔はお義父さん」だと言うが、親父の笑った顔ってどんな顔だ。もう長く見ていない。

進子ネエがスキニージーンズの足を組み直して肩をすくめた。

「お医者さんとはまだ話せてなくて。ただ待ってるだけ」

剛子ネエが全面磨りガラスで視界が遮られた集中治療室のドアに、十時八分の眉を向けた。

「この病院はだめだよ。ここはやめなって前々から言ってただのに。評判が良くないんだ。ベテランの先生がいないし」

剛子ネエは実家と同じ市内、車で七、八分の場所に住んでいる。まっさきに駆けつけたのだろう。トレーナーとゴムパンツの普段着姿だった。

誠子ネエが美月にも招き猫の手を振った。

「美月ちゃんもおひさ〜。変わんないね。その服、ステキ。ちゃんと着替えてきたんだ」

皮肉を言われたと思ったのか、美月は「ごぶさたしてました」と下げた頭をあげられず、うつむいてしまった。すがりつくように銀河の肩を抱く。

そう言う誠子ネエだって、着の身着のままあわてて駆けつけたとは思えない。ばっちり化粧をし、ブランド物だろう、襟にモコモコのファーがついたロングコートを抱えている。誠子ネエは名古屋在住。むこうも着いたばかりに違いなかった。

銀河は長椅子の反対側の壁にむかって、まばたきをくり返している。そこで体育座りをしている女の子が気になっているようだ。あるいは女の子が両膝に立てかけてぴこぴこ指を動かしている携帯ゲーム機が。

陽菜《ひな》。誠子ネエの七歳の一人娘だ。

剛子ネエが誠子ネエに矢じるしみたいな横目を向ける。

「やめさせな。こんなとこで」

「剛ネエ、古い。知らないの？　いまどきの病院はスマホもゲーム機もオーケーなんだよ」

「そういう問題じゃなくて」

「陽菜は陽菜なりにジイジが心配なんだよ。不安をまぎらわすためにやってるだけ。ねぇ、陽菜」

「そ……」そうは見えないけど、と恵介は口にしかけたが、後の言葉が続かない。喉が自動的に蓋《ふた》を閉ざしてしまう。姉たちの前での、過去のあまたの舌禍の記憶がそうさせるのだ。小姑《こじゅうと》三人の風圧に立ちすくんでいる美月が「しっかりしてよ」という目を向けてきた。

ぱん。

進子ネエが手を打ち鳴らした。

「はい、ゲームはもうおしまい。陽菜、恵介おじちゃんたちが来たよ」

ぱんぱんぱん。

迫力に圧《お》されてゲーム機をさまよっていた指が止まる。ふてくされた陽菜が母親とよく似たセミロングを揺らしてそっぽを向いた。その拍子に銀河と目が合った。

陽菜はすみやかに反対側へそっぽを向き直し、銀河はほっぺたに赤い丸をつくって目をしばたたかせる。二年前に帰省した時、頭の上にみかんを載せられ、「あんたはカガミモチだから動いちゃだめ」と陽菜にもてあそばれたことを、まるで覚えていないようだ。

そういえば。

「母ちゃんは？」

恵介の問いに、進子ネエが外国人みたいに両のてのひらを上に向けた。

「家に帰った」

「え？」

集中治療室の中にいるのだと思っていた。

「うちのが車で送った。誠子が来る前に」

剛子ネエが言葉を足す。おそらくは「私たちは夫婦揃って早くからここに駆けつけているのだ」と恵介たちに思い知らせるための補足。「うちの」というのは地元の信用金庫に勤めているダンナさんのことだ。

進子ネエがすくめた肩を元へ戻すと、自分の作品のガラスのネックレスがしゃらりと揺れた。

「ハウスを見てくる。お父さんも心配しているはずだからって。目が覚めたら絶対、ハウスはどうしたって聞かれるから。そう言って」

望月家では二棟のハウスでトマトをつくっている。例年、七月に定植し、九月から出荷を始め、年を越すあたりまで収穫する。今年はまだ栽培を続けているのか？　にしても冬場の出荷は週に二回ぐらいのもので、ハウスなんて一日二日放っておいてもなんとかなるはずだ。

祖父《じい》ちゃんの代から米がメインだった作物を、親父がトマトにかえたのは、恵介が高校二年の時だった。

「減反減反で米はだめだ。ちっとも儲《もう》からにゃあ。野菜は金にゃなるけんど体がえらい。だけんど、トマトは楽だぞ。よぶんな肥料や水はやらにゃあほうが味が良くなるつぅ話だ。孝行息子だら」

そう言って、田畑を半分手放した金でハウスを建てた。トマトは楽だと言っていたわりには、一日中ハウスに籠《こ》もっていることが多くて、ちっとも楽になっている様子はなかったが。

「こんな時に？」

恵介が呆《あき》れ声を出すと、剛子ネエの「へ」の字の唇がほどけ、「ほ」っとため息を漏らした。

「こんな時だからだよ。じっとしていられなくなったんだ。待ってるのが辛くなったのさ。何時間もずっとこうしてただから。お母さんも私も」

お母さんも私も。ここははっきりさせておかなくちゃ、というその口調からすると、進子ネエが病院へ来たのもそれほど前ではないようだ。進子ネエは富士山麓《さんろく》の小さな町でガラス工芸の工房を建てて、一人で暮らしている。

「あ、そういえば」剛子ネエが醸しだす面倒くさい空気を振り払うように、進子ネエがいま思い出したというふうな声をあげた。「お母さん、恵介に渡したいものがあるって言ってたよ」

「俺に？」

何を、と訊《き》こうとした時、集中治療室のドアが開いた。

出てきたのは、恵介より年下だろう若い医者だった。医療ドラマの院長回診シーンの最後尾を歩いていそうな、その頼りなさげなイケメン医師に、誠子ネエが抜け目なくすり寄る。

「センセェ、父はぁ、どうなんですかあ」

医者は誰と話をすればいいのか困惑した表情で全員を見まわした。

「奥さまは？」

「母はちょっとはずしてまして。だいじょうぶ。私たちが聞きますから」

進子ネエが子どもをあやす口調で言うと、医者は隠していた玩具を差し出すように、ぽろりと言葉を漏らした。

「あ、えー、峠は越した、と思います」

全員が富士山おろしの勢いで安堵《あんど》の息を漏らす。

「じゃあ、助かる？」

自分よりひと回りは若いだろう医者に敬語なんぞ使うものか、といった固い意志の感じられるぞんざいさで剛子ネエが訊く。

医者はまばたきをしただけだった。

「助かるんだね」

剛子ネエの十時七分の眉から、院長回診最後尾が顔をそむけた。

「いえ、あの、それはまだなんとも……会わせたい人がいたら、呼んでいただいてもかまいませんので」

なんだよ、それ。医療訴訟に怯えて言葉を濁しているのだったら、やめてくれ。患者の家族は正直なところを、いや、嘘でもいいから希望の持てるせりふを聞かせて欲しいのだ。誰も訴えたりなんかしないから。剛子ネエ以外は。

「どっちなんですか」

全員の気持ちを代弁する声があがった。みんなの輪の少し外から。三姉たちが驚いた顔で振り返った。

美月だった。

けっして気が強いほうじゃないのに、言うべき時には言うべきことをきちんと口にする。美月はそういうヤツだ。

美月の言葉に医師は表情を引き締めた。院長回診最後尾から二列目に昇格させてもいい引き締まり具合だ。

「どなたかとお話しさせてください」

剛子ネエが片手をあげ、進子ネエが一歩前に進み出る。

「では、こちらへ」

恵介も二人の後を追おうとしたが、誠子ネエのほうが一足早かった。振り向いた誠子ネエにぴしりと言われた。

「あんたはいいよ。人数が多すぎてもあれだから。ここでお母さんを待ってて。よけいなことは言わないように。『峠は越した』ここだけ、強調。いいね」

はい。といい返事をしてしまいそうになる自分が情けなかった。子どもの頃からそうだった。何につけてもみそっかす。

白い矢になった光が徹夜明けの目に沁《し》みる。病院を出た時にはもう、朝になっていた。

借りたリモコンキーで、進子ネエの軽自動車のドアを開ける。親父には交替で付き添うことになった。午前中は進子ネエ。恵介は一人で実家へ向かうところだ。美月と銀河は、誠子ネエたちと夜のうちに実家に行っている。

結局、母親が病院へ戻ってきたのは、姉たちが医師の説明を聞いた直後だった。剛子ネエから「だいじょうぶ。峠は越したって」と伝えられると、「ああ、あああ」と声を詰まらせて椅子にへたりこんだ。

峠を越えた先にもまだまだ違う峠がありそうなことや、医者が「念のために会わせたい人がいたら呼べ」という言葉を撤回しなかったことは、共謀して黙っていた。進子ネエがさりげなく「いちおう悦子《えつこ》伯母さんや寿次《ひさつぐ》叔父さんには連絡しておこうか。後で水臭《みずくさ》いって言われちゃうだろうし」と母親以外の全員にノールックパスを送った。

一般病棟に移された親父と面会できたのは短いあいだだけだ。薄目なら開けられるし、話しかければ反応は示すのだが、呻《うめ》きともうなされているともつかない声は、言葉にはなっていなかった。母親だけは「ああ、いま『水くれ』って言っただよ」「そうだね、『暑い』よね、ここは」とすべてを勝手に翻訳していた。「よかった。『俺はだいじょうぶ』だってさ」

車を発進させて北へ向かった。富士山の方角だ。麓《ふもと》近くのここでも、湿気で空が霞《かす》む夏場は姿を隠してしまうことが多いのだが、いまの時期にはほぼ毎日くっきりとした姿を見せる。

親父が移された病室は、ナースステーションのすぐ脇の二人部屋だ。同部屋のもう一人は体に何本ものチューブやコードが繋《つな》がれた、自身が生命維持装置の一部に見える超高齢の老人。「ナースステーションの近くの部屋に入れられるのは、危ない証拠だよ」という剛子ネエの言葉を聞くまでもなく、状況がまだ楽観視できないのは明らかだった。

バス通りに出る。恵介が幼い頃は、両側一面が田んぼや畑で、屋根付きの停留所ばかりが目立つ道だったが、この三十年でずいぶん風景が変わった。

まず、道祖神《どうそじん》の立つ十字路にガソリンスタンドができた。落花生畑がデコレーションケーキみたいなファミレスに変わったのは恵介が中学生の時だ。東京の美大に入った年にコンビニが開店し、結婚して最初に帰省した時にはレンタルＤＶＤショップが出現した。右手の休耕田の先に見えるマンション群は、二年前に来た時にはなかったはずだ。

バス通りからさらに脇道に入る。ここから先は昔と変わらない、左右に田畑が続く農道だ。変わったとすれば、そこここに冬枯れの雑草が生え放題になっていることだろうか。ここ数年で耕作放棄地がめっきり増えた。

農道の先の緩やかな斜面には梨畑が広がっている。裸の枝が天を突きさしている梨棚のむこうには、富士山。駅前で見る姿よりさらにひとまわり大きい。

初めて実家に連れてきた時、美月はこの風景に「きれい」と歓声をあげたが、子どもの頃から見飽きている恵介には、銭湯の壁絵と一緒だ。

梨畑に沿って道がＴ字路になる手前に、横幅ばかりむやみに長い、くすんだ瓦屋根の平屋《ひらや》が見えてくる。

恵介の実家だ。

都会では二階建てより三階建て、高さで持ち家の大きさを競うが、ここでは、平屋こそ、ステイタス。屋根の上に屋根をあげるなんぞは貧乏臭い所業で、本家《ほんけ》のすることじゃにゃあ。少なくとも親父はそう信じている。昔と違って、農家でも瀟洒《しょうしゃ》な二階家に建て直すところが多いのだが、四人きょうだいが年頃になって個室が足りなくなると、親父は恵介用に十畳の離れをつくった。

実家が目の前に迫ると、わずかに上り勾配になる。このあたりはもう、道の両側が望月家の農地だ。右手の母屋の手前で、収穫しそびれた大根の萎《しお》れた葉がうなだれていた。

左手は、もう自家消費分をつくるのもやめた休耕田、その奥、母屋とは道を挟んだ向かい側の一段高い場所にハウスがある。

ガレージなんてしゃれたものはない。敷地だけは豊富だからどこでも停め放題だ。ハウスの前、軽トラと軽自動車が並んだ、東京なら一戸建てが何軒も建ちそうな空き地に進子ネエの車を突っこんだ。

ドアを開けた瞬間、目の前を蜜蜂がかすめ飛んでいった。

東京より暖かいこの辺りでも、いまはまだ蜜蜂の季節じゃない。ハウスの中から迷い出た交配用の蜂だ。外界から遮断されたハウスの中では自然受粉ができないから、農業資材会社から箱単位で買った蜂を放つのだ。

交配用の蜂を見るのは久しぶりだった。トマトには蜂よりホルモン剤《トマトトーン》のほうがいい、親父はそう言って、ずいぶん前に蜂を使うのをやめていたはずだが。

いくつものかまぼこ屋根を連ねたハウスの広さは、ひとつがおよそ一反、三百坪だ。それが二棟。親父と母親二人きりで営む農家としては広い。広すぎるともいえる。

二棟並んだハウスに横目を走らせた恵介の胸を、見えない蜂がちくりと刺した。

もともとは一棟だけだったハウスを、親父が増設したことを知ったのは、二年前の正月だ。元日の夜に帰省した恵介は、翌日になって新しいハウスに気づいて、屠蘇《とそ》に酔った目を剝《む》いた。

なぜ？　と問いかけても親父は「事業拡大だぁ」とか「もうひと勝負だぁ」としか答えない。なにしろ軽々しく本音を漏らすのは、男の恥だと思いこんでいる面倒くさい人だ。

恵介にはすぐに親父の本音がわかった。前の年に、「もうすぐ会社を辞める」と母親に伝えた言葉を早とちりしたに違いなかった。それを喜んで先走ってしまったのだ。当の恵介には何の相談も確認もせずに。なにせ会話のない親子だから。

思えば、恵介が到着した時から、親父はいつになく上機嫌だった。恵介の口から「俺のために建ててくれたんだね」とかなんとか、感謝の言葉が出てくるのを待っていたのだと思う。

心の中で頭を抱えた。ほどいたばかりの荷物をまとめて東京に帰ってしまいたかったが、本当のことを言うしかなかった。

「俺、会社を辞めるけど――」

人の話を最後まで聞かないのも、親父の数々の悪いクセのひとつだ。

「おう、聞いてる。まぁ、飲め」

「違うんだ。会社を辞めるのは、ここを継ぐためじゃなくて、フリーのデザイナーになるためなんだよ」

恵介に酌をしようと差し出した徳利《とっくり》が震えた。恵介が美大に行きたいと言った時のように、怒鳴りつけてきたりはしなかった。黙って徳利をひっこめ、恵介に背を向けて手酌で飲みはじめた。

親父はそれっきり恵介とは目を合わせず、口もきかなくなった。美月には「仲直りしてから帰ろう」と説得されたが、三が日までいる予定を一日早めて、その日のうちに東京へ帰った。


ハウスの半透明の被覆《ひふく》のむこうに、収穫が終わる頃には高く青々と繁っているはずのトマトの樹の姿はなかった。露地栽培ならトマトの樹の丈はせいぜい二メートルほどだが、ハウス栽培のトマトは、斜めに張ったワイヤーに茎を誘引して、その二倍、三倍の長さにまで育ててあげる。

なんだ、やっぱり収穫は終わっているんじゃないか。POフィルムが視界をぼやかすハウスの底に映っている緑は、ワイヤーをはずした樹の残骸だろう。

ふいに、恵介の頭に、病室の父親の姿が蘇《よみがえ》った。二年ぶりに会った親父は、冬でも日に焼けた土色の顔で眠っていた。ずいぶん萎《しぼ》んで見えた。まるで収穫を終えたトマトの樹だった。

母親はベッドのかたわらの丸椅子に、へばりつくように座り続けた。明け方近くになってうたた寝を始めたから、「少し寝たほうがいい」「先はまだ長いんだから」きょうだいで口々に説得して、剛子ネエ夫婦の車で連行するように家に帰らせた。

母屋に足を向けようとした恵介は、ハウスの中で姉さんかぶりの頭が見え隠れしていることに気づく。

まったく。

母ちゃんだ。トマトもないのに、いったい何をしてるんだ。

ハウスの引き戸を開けると、違う季節の風が吹きつけてきた。この時間帯なら設定温度は十四度ぐらいか。真昼には初夏のような温度まで上げる。外界より生暖かい空気が全身を叩《たた》くのは、恵介にとって慣れ親しんだ感覚だ。いまさら驚きも——

驚いた。

違う農家のハウスの戸を開けてしまったかと思った。

なんだこれ。

ハウスの地面は真っ黒だ。畝《うね》を立てた土を、マルチと呼ぶポリエチレンシートで覆っているからで、これはいつものこと。地温を上げるためのマルチに穴を穿《うが》って苗を植えるのは、トマトにかぎらず他の作物でもする。驚いたのは、その黒いマルチに植わっている作物だ。

収穫後のトマトの切り株でもなければ、トマトの後作として夏まで育てるメロンやスイカの苗でもない。
二、三十センチほどの草丈で、マルチ穴を覆い隠すほどの横広の繁りは、農家に生まれた恵介にも見慣れないものだった。
ミツバを大きくたくましくしたような濃緑色の葉。葉陰から何本も蔓《つる》のような長い茎が伸び、畝の脇に垂れている。

蔓は先端で枝分かれし、白い花を咲かせたり、赤い実をならせたりしている。

赤い実といったって、トマトとはまったく違う。

なんだこれ、もへったくれもなかった。

黒いマルチに覆われた高畝を這うように繁り、実っているのは――

苺だ。


恵介の実家に来るたび、美月は思う。

広い。なんだかもったいない感じで広い。

いま立っているキッチンだけで、都心なら家賃十万円は下らないワンルームぐらいある。なのに置かれているのは、昔ながらの質素なシステムキッチンと冷蔵庫、あとは食器棚がひとつだけ。

たっぷりあまった板張りの床に、ほかに何が置かれているかといえば、野菜や果物、乾物なんかが入った段ボール箱。それが惜しげもなく平らに並べられている。お義母さんは小柄な人で高いところには手が届かないから、このほうが使い勝手がいいそうだ。

にしても。羨ましいというより、どうにかしたくなる。ＩＫＥＡで収納ラックをセミオーダーするとか。

銀河を寝かしつけたあと、ずっと恵介たちを待っていたのだが、「一般病棟に入った」という電話が一度あっただけで、いっこうに帰ってこなくて、いつのまにかうたた寝をしてしまった。

目を覚ましたのは、午前六時すぎ。あわてて飛び起きた。この家ではかなりの寝坊。農家の朝が早いことは、初めてこの家に泊まった時から身にしみている。恵介の携帯に連絡をしたけれど、電源が切られたままだった。メールが一通来ていた。『オヤジ、よくも悪くも変わりなし。おふくろは先に帰った。こっちも朝にはいったん帰る』

でも、家の中にお義母さんの姿はなかった。仏壇に消えかけのお線香が焚《た》かれていたから、確かに帰ってきているはずなのだけれど。どこへ行っちゃったんだろう。

だから、嫁として、朝ごはんをつくって待っていようと思って、こうして昨日のままの服にお義母さんのエプロンをつけて、キッチンに立っている。恵介とお義父さんが仲たがいする前は、年に二、三回は来ていたから、キッチンの――お義母さんの言葉でいえばお勝手の――勝手はわかっていた。

お味噌《みそ》は冷蔵庫の中だ。美月がふだん使っているのと同じ信州味噌だが、使う量は倍ぐらいの濃いめ。

具はどうしよう。段ボール箱の蓋《ふた》がわりの新聞紙をめくってみる。ひと箱に泥つきのじゃがいもが入っていた。自家製のじゃがいもだ。

恵介の実家では、トマトだけじゃなく、一年中なにかしらの作物をつくっている。たいていは自分の家で食べたり、あちこちに配ったりするためだけの野菜。空いた土地が少しでもあれば、作物を植えずにはいられない、のが農家の人のメンタリティみたいだ。

味噌汁の具は、じゃがいもとワカメにしよう。ワカメも段ボール箱のどこかにあるはず。

冷蔵庫には卵がまるまるワンパック（これはさすがに市販品）。静岡名物の釜あげしらすもお徳用パックが冷凍されていた。この町は海も近いから、魚介類も豊富だ。そうだ。しらす入りのだし巻き卵をつくろう。しらすはさっと炙《あぶ》ってから卵にまぜるのがコツ。ザク切りにしたほうれん草も加えれば、朝ごはんとしてはなかなかの一品になる。

料理はわりと得意だ。好き、というわけじゃない。母子家庭で、中学の時から自分で夕食をつくっていたからだ。

だし昆布を水に浸し、じゃがいもを拍子木切りにしながら思った。ああ、こうなるとわかっていれば、ゴム手袋を持ってくればよかった、と。

最近の美月は、料理をする時にゴム手袋をつけるようにしている。使い捨ての薄いのじゃなく、厚手で肘《ひじ》までの長さがある本格タイプ。恵介の仕事がうまくいっていないのなら、自分が働こうと思って。現役復帰できないものか、と考えて。

銀河を妊娠するまで、美月はモデルをやっていた。

初対面の時、恵介が前置きなしに「美月の仕事？　モデルだよ」と紹介したものだから、誠子さんには「えーっ、嘘」と正直なリアクションをされてしまった。「ま、たしかに、美月ちゃん、美人？　だし。スタイルもいい？　っていうか悪くないしい」

だいじょうぶです、おネエさん、フォローは不要です。モデルといっても、美月がやっていたのは、手専門のパーツモデル。いわゆる手タレだ。

雑誌やパンフレットの撮影でも、一日でいまのパート仕事の半月分は稼げる。テレビコマーシャルなら一カ月分。月にそう何度も仕事が来るわけではないのだけれど。恵介とは、時計メーカーの広告の撮影で知り合った。

美月は包丁を置いた手をじっと見つめる。もう人並みのケアしかしていないが、いまでもシミはないし、冬場だから日焼けもしていない。

少し開いた指をそり返るほど伸ばして、ポーズをつけてみた。ジュエリーのCMに出演した時みたいに。

「おっはよ～」

背後からの声にあわててひっこめた右手を左手でくるんだ。全身モデルみたいな微笑《ほほえ》みを浮かべて振り返ると、真後ろに眉のない能面みたいな顔があった。誠子さんだ。

「あららぁ、ご飯のしたく？　ふうぅぅーん、ちゃんとコンブでダシとるんだ」

ヒールを脱いだ誠子さんは、美月より目線がだいぶ低くなる。お化粧を落とすと、お義母さんにもお義父さんにも似ている顔で、美月を見上げてきた。

「いいんだよ、美月ちゃん、こんな時にのん気にダシなんかとらなくて」

〝こんな時に〟〝のん気に〟。

言葉のひとつひとつが顔面に突き刺さって、頬がひきつった。こう言いたいのだろ

「あなたはお父さんのこと本気で心配してないんだね」「しょ」

しょせん他人事《ひとごと》なんでしょう。

心配はしている。でも動転はしていない。美月の父親が交通事故に遭《あ》い、四日間生死のはざまを彷徨《さまよ》った末に死んでしまった時に、一生ぶん動転してしまったからだ。

言葉の刺し傷の疼《うず》きをこらえて聞いた。

「雅也《まさや》さんももう来られてるんですか」

朝食を何人分用意すればいいのかを知るために。雅也さんは誠子さんのダンナさんだ。唐突に行動するタイプの人だから、夜中に駆けつけたかもしれない。

冷蔵庫から麦茶を取り出している誠子さんの背中は答えてくれなかった。

雅也さんは名古屋でＩＴ関係の会社を経営している。誠子さんより二つ年下で、恵介とは学年がひとつ上なだけの同《おな》い年生まれ。恵介が前々から独立する夢を持っていたことは確かだけど――結婚する前からお酒に酔うと「三年後、いや五年後には俺の事務所をつくる」そう言って、まだどこにもない仕事場の間取りまで描いていた――決断に至った理由の四分の一ぐらいは、何かにつけて比較される雅也さんへの対抗心だと思う。

聞こえなかったのかな。もう一度尋ねた。

「朝ごはん、雅也さんのぶんも――」

どん。

麦茶のコップを流しに置く音がやけに大きかった。能面みたいな横顔が、本当に能面になっていた。

でででででで。

望月家の長い廊下を走る音が聞こえてきた。

「ママ、ここどこ？　ママ、ママっ」

銀河だ。

こっちよ、と声をかける間もなく、
でででで。

足音が遠ざかってしまった。

でで、でででで、ででで。

廊下をうろちょろしている。

襖《ふすま》を開ける音とともにまた声がした。

「ひ〜、なんかいる」

廊下の奥の絹江さんの部屋を開けてしまったらしい。絹江《きぬえ》さんは、九十三歳の恵介の祖母だ。

でででででで。

「うるさいっ」

誠子さん親子が寝ていた客間から、陽菜ちゃんの声が聞こえた。

「あんた、もう出てってよ」

なんだか誠子さんそっくりの声だった。


黒いマルチシートに覆われた台形の高畝に、苺の実がしなだれかかる様子は、まるで小さな赤い釣り鐘をはてしなく並べたようだった。

白い五弁の花の真ん中、黄緑色の花芯は、散りかけたものになると、苺のミニチュアみたいにふくらんでいる。苺のまだ小さな実は緑色、中ぐらいのものは白く、大きく育ったものは赤い。

同じ蔓の先に、花と、小さな実と、赤く熟れた実が同居している。長く垂れた蔓とは別の、新しく伸び出した蔓にも花が咲きはじめていた。

農家の多いこの土地に生まれた恵介でも、苺がなっているのを間近で見たのは初めてだった。苺狩りなんかしたこともないし（農家にとって作物の収穫は娯楽ではなく労働だから）。

畝と畝の間の通路に足を踏み入れてみた。トマトより畝が高く、脛《すね》の上のほうまである。母親はハウスの隅にしゃがみこんでいた。ちいさな体が高い畝とみっしりした繁みに隠れて、草葉の間から姉さんかぶりの頭が見えるだけだ。

恵介は、パリコレのモデルみたいな歩き方しかできない狭い通路を奥まで進んだ。母親はしゃがみ歩きをしながら、せっせと苺を摘み、摘んだ苺を腿《もも》と左手で抱えた平たいトレーに並べていた。こちらにはまるで気づいていない。

「寝てたんじゃないの」

声をかけると、ようやく顔をあげた。

「ああ、おはよう」

照れ笑いなのか、にっと歯を見せる。そうすると、顔の真ん中に皺《しわ》が集まった。母親は六十七歳。顔だちじたいは童顔なのだが、一年中紫外線に晒《さら》される農家の主婦の宿命なのか、皺が深いから齢《とし》より下に見られることはあまりない。

「朝のうちに採っておかにゃあと、味が落ちるら」

言いわけじみた口調で言い、作業に戻ってしまった。昨日今日身につけたとは思えない、手慣れた動作に見えた。

「ねぇ、どうしたの、これ」

恵介は苺が並んだトレーを指さす。

「え？　ああ、薄型トレー〝トレトレ君〟。カキタ種苗の新製品」

いや、そっちじゃなくて。

「苺のこと」

「紅ほっぺ」

品種はいいから。

「なんでトマトをやめたの」

親父には似合わない。トマトの時も思ったことだが、苺はなおさらだ。

「苺は儲かるって、お父さんが言うもんで。まぁ、そんなでもなかったけどね。去年は」

「去年から？」

「おととしから」

「なぜ急に」

「ほら、苺のほうがおしゃれじゃんか。喜ぶんじゃないか、って思ったたらぁね」

「喜ぶって、誰が？」

聞いたとたんに答えがわかってしまった。自分の質問の答えが聞きたくなくて、母親の隣にしゃがみこみ、収穫を手伝う、ふりをした。

実をぶら下げている茎は、楊枝《ようじ》のように細いのに、なかなか折れない。母親が顔の皺を真ん中に集めた。

「ほら、こうするの」

指の間にへた近くの茎をはさみ、折るというより、くいっと上にひねりあげた。

まねをしてみた。くいっ。

苺を潰してしまった。難しいもんだ。

くいっ。くいっ。ようやく採れた。

母親が苺をひと粒、恵介の鼻先に近づけてくる。

「食べてみ」

差し出した恵介の手のひらに落としたのは、ひときわ大きくて、ごつごつと歪《いびつ》なかたちをした苺だ。

「まず先っぽのとこ齧《かじ》ってみ。先っぽがいちばん甘いから」

言われたとおりにした。


あ。


ちょっと、待て。なんだ、これ。

甘い。

ほのかに酸っぱい。

うまい。

苺って、こんなにうまいものだっけ。すっかり食べ慣れてしまって、味なんか忘れていた。もしかしたら、いままで食べた苺の中でいちばんうまいかもしれない。

「なぜ」こんなにうまいのか、とまで言う必要はなかった。けっして鋭い人ではないのに、子どもの頃から母親には、表情だけで心を見抜かれてしまう。

「そりゃあ、採れたてだもんで。それに、ほら、出荷すんのは、熟れる前に詰めちゃうから」


十八年前、東京で暮らしはじめて気づいたのは、野菜の味が違うことだ。

たとえば、とうもろこし。夜店で食う焼きとうもろこしも、スーパーで買ったのを茹でてみても、田舎のとうもろこしとはまったく別物だ。

恵介が子どもの頃から食べ慣れているとうもろこしは、畑から採ってきたのを皮ごと鍋にぶちこみ、あちあちと声をあげながら指先のそのまた先で剝いてかぶりつく。それだけのものだ。なのにうまい。ひと粒ひと粒が柔らかくみずみずしく、甘い。テレビのグルメリポーターが刺身も野菜もなんでもかんでも「甘いっ」というせりふを吐くのとはわけが違う。ほんとうに甘いのだ。ちなみに生で食えば、もっと甘い。

きゅうりも違う。恵介はきゅうりスティックをビールのつまみにするのが好きなのだが、いつも、なんだかなぁ、と思う。もいだばかりの、まだ先端に花がついたきゅうりを軽く洗い、刺《とげ》をこすり取り（採れたばかりのきゅうりには、いぼいぼのひとつひとつに鋭い刺が生えているのだ）、マヨネーズと味噌を半々に混ぜ、七味唐辛子を加えた特製ソースをつけて丸かじりする。うまいのは、やっぱり、これだ。

田舎の梨は皮を剝くそばから果汁がこぼれ出てくるのだが、東京のにはそれがない。エダマメやソラマメもぼそぼそ硬くて、青々とした風味に乏しい。

考えてみれば、味の違いに驚くのはすべて、実家でつくっていた作物だ。

父親や母親が野菜づくりに関して天才的な腕を持っているわけじゃない。うまいのは採れたてだからだ。もしくはちゃんと熟したものを食べていたからだ。天才なのは、天地だ。

カボチャやサツマイモはむしろ、収穫してから一カ月ぐらい置いたもののほうがおいしい。トマトは採れたてももちろんうまいが、熟したのをさらに一日二日置くと味がまろやかになる。

実家で採れた野菜なら食べ頃は明々白々だが、店頭に並んだものは収穫時期がわからず、熟していなかったり、鮮度が落ちていたりする。東京で何年も暮らしているうちに、まぁ、こんなもんだよな、子どもの頃に食べたものはおいしく感じるからな、といつしか野菜や果物の味には特別な期待は抱かなくなっていた。

採れたても採れたて、いまのいままで茎とくっついていた苺をほおばりながら恵介は思った。

そうか、これが、苺の味なんだ。

母親がもうひと粒を突き出してきた。紅ほっぺというこの品種はどれも大粒だ。今度は横からかぶりつく。

さまざまな果物の味を想像させながら、そのどれにも似ていないおだやかな甘さ。酸っぱさはほんのかすかで、味の脇役。頰がきゅっとすぼまる。思わず声が漏れた。

「うまい」

母親はカニ歩きをしながら、苺を摘み続けている。手早く、精密機械みたいに正確に。

トマトやきゅうりをもぐ時も、田植機が入れないすき間に苗を植える時も、梨に袋をかける時も、母親の農作業の手さばきは、ふだんのししおどしみたいに焦《じ》れったい言動とは大違いにスピーディーだ。

恵介はちんまりした膝が支えている収穫用トレーに腕を伸ばして、かわりに持った。母親は驚くでもなく礼を言うでもなく、最初から恵介がそうしていたかのように恵介の抱えるトレーに苺を並べていく。見る間にトレーが赤い実で埋めつくされた。それを見ただけで、自分が帰ってこなかった二年間にこの家で何があったのかが理解できた。母ちゃんの手は言葉より雄弁だ。

「そういえば、俺に渡したいものってなに？」

母親が手を止め、なんだっけ、という顔でハウスの天井を見上げる。精密機械が一瞬にして水涸《が》れのししおどしに戻ってしまった。

「ああ、そうそう」立ち上がった瞬間、腰を押さえて呻いた。「あ痛《いた》たたっ」

「だいじょうぶ？」

親父も母親もだいぶ前から腰痛に悩んでいる。毎日の農作業の過酷さを考えたら、腰を痛めてあたりまえだった。母親は自分で自分の腰を揉み、膝もさすりながら呟く。

「年かね。〝らくらくコッシー〟がにゃあとね。らくらくコッシー、壊れたから」

らくらくコッシーというのがいったい何なのか、聞けば話が長くなりそうで、あえて聞かなかった。恵介は苺の詰まったトレトレ君を抱えて、出口に向かう母親の後を追う。畝の間をガニ股でよたよた歩く姿は、二年前よりさらに縮んだ気がする。孫が生まれ、母親が「バアバ」になったのは、もうずいぶん前だが、恵介の知らないうちに本当のおばあちゃんになっていた。

玄関をあがると銀河が抱きついてきた。

「おねえちゃん、こわい」

てっぺんの髪をピンクのヘアゴムでくくられていた。早くも陽菜のおもちゃにされている。

キッチンには美月と誠子ネエがいた。

「おはよう」

声をかけたが、不機嫌そうな顔の誠子ネエには無視された。振りむいた美月の微笑みはぎこちない。エプロンの前に垂らした指先が小刻みに動いていた。

指文字だ。恵介だけにわかる暗号。手話の一種で、美月と初めて逢った撮影の時、仕事のために覚えた。五本の指で輪をつくるのが「お」、すべての指を伸ばして下に向けるのは「ね」。

「お」「ね」「え」「ち」「ゃ」「ん」「こ」「わ」「い」

母親は茶の間に座りこむと、尻をついたまま両手で畳を漕《こ》いで部屋の奥の古簞笥《だんす》に近づく。家の中ではいつも、農作業のために温存しているかのように無駄な体力を使わない。

簞笥の引き出しから取り出したのは、大きな封筒だった。

それを膝に載せ、ゆっくりとにじり戻って座卓の上に置いた。紐《ひも》と丸い留め金がついた茶封筒だ。中身がたっぷり詰まってぱんぱんにふくらんでいる。

開けてみると、書類が出てきた。何冊も。

農業資材会社の営業マンが置いていったものだろう『いちご白書』というタイトルの苺栽培のマニュアル本。注文書付きの苺の苗の商品カタログ。交配用蜂の使用の手引き。紅ほっぺの出荷規格表。薄っぺらなのにやけに表紙が豪華な一冊は、農協だかどこだかの役所が配布しているパンフレットだった。

『農業相続人の手引き』と書かれていた。

「お父さんが、自分に何かあったら、渡せって」

「俺に？」

他に誰がいるのかね、という表情で母親が見返してくる。

農業相続人。

恵介にとっては重い十字架に等しい言葉だった。案山子《かかし》のかたちのその十字架が、

への
への
の目で子どもの頃から恵介を睨《にら》み続け、
もへ
の口で問いかけてくる。三十六歳になったいまでも。

「おみゃあ、うちのハウスと畑を放り出す気じゃにゃあだらぁな」

恵介は座卓の上のパンフレットを指で押し返す。

「この話は、昔さんざんしたよね」

家業の相続に関しては、ガキの頃から親父に呪詛《じゅそ》のように聞かされ続け、何度も説教され、何度も喧嘩をした。

農地を相続する場合、農業相続人――つまり後継者が存在すれば、相続税の納税が猶予される。だが、誰も継がなければ、宅地並みの課税が待ち受けている。払うためには土地を売るか、誰かに貸すしかない。つまり、望月家の農地は、親父たちがいなくなったとたんに消滅するわけだ。

「だいいち、親父はまだ――」

急須《きゅうす》の茶を注いでいた母親の丸い背中が短い棒になった。恵介の言葉を遮るように声をあげる。

「茶柱」

「だいじょうぶだよ」きっと。たぶん。

「いいことがあるら」

「病院の先生だって……」そう言ってはいないが、ほんとうは言いたいのだと思う。だいじょうぶです、と。

「やっぱりお茶は静岡だね。茶柱がいっぴゃあ立つ」

「まぁ、医者は悪いふうにしか言わないから」

「わかってるよ」

湯呑みを両手で包んだ母親が振り返った。まばたきの多い目が恵介を見つめてくる。

「お父さん、ダメなんだろ」

それだけ言うと、お茶うけのきゅうりの漬物を爪楊枝で刺し、あとの言葉をのみこむように口へ放りこんだ。

ぽり。

親父には何の問題もない。必ず治る。母親だけはただ一人、朝霧高原の静岡牛のようにのどかにそう信じているのだと、恵介は思いこんでいた。

ぽりぽりぽり。

茶の間に降りた沈黙に、きゅうりを嚙《か》む音が突き刺さる。早く何か言え、と恵介をせき立てるように。

ぽりぽりぽりぽり。

「………いや、別に……」

ぽりぽりぽりぽりぽり。

「そのぉ、ダメってわけじゃ」

ぽりぽりぽりぽりぽりぽりぽりぽりぽりぽりぽ、りり。

「いいよ、気休めは。あの調子じゃ、ダメだら」

母親が漬物を呑み下して、ほかりとため息をついた。

「しばらくは。治るのに一週間はかかるら」

やっぱり母ちゃんは静岡牛な人だった。

「一週間じゃすまないと思うよ」

「二週間ぐりゃあ？」

恵介が首を横に振ると、母親が初めて顔をしかめた。

「ほかのもんはともかく、苺は一人じゃ無理だよ」

ずずっと茶を啜《すす》り、横目で恵介を見つめてくる。じいいいーっと。

「あのさ……」

じいいいいーっ。

何を言っても墓穴を掘ってしまいそうだった。喋らなくてすむように恵介もきゅうりの漬物を口に放りこむ。ぽりぽり。

農業は嫌だ。

採れたてのとうもろこしやエダマメが食えなくたってかまわない。東京でグラフィックデザイナーを続けたい。いや、万一デザイナーを廃業したとしても、農業だけは嫌だ。

収入が少ない。将来性がない。嫁が来ない（もういるけど）。そのくせ労働時間ばかりやたらと長くて、しかも重労働。休日などないに等しい。

親父は米農家の頃からいろんな作物に手を出していたし、恵介が小学校の頃には豚や鶏を飼っていて、泊まりがけの家族旅行なんて行ったことがなかった。恵介が中学二年の時に出かけた、唯一と言っていい家族全員での温泉旅行のことを、親父は酔うと、いまだに語りぐさにする。繰り返し。何度も。昨日のことみたいに。

ぽりぽりぽり。

大学三年の時、親父はトマトの後作としてきゅうりに手を出した。きゅうりは育ちが恐ろしく早く、半日で大きさが変わる。規格サイズを出荷するためには一日に二回収穫をしなくちゃならない。その年のゴールデンウィークに実家に帰った（金がなくてしかたなく）恵介は、帰省中ずっと、早朝から夜中まできゅうり採りをさせられた。あの時は当の親父ですら「もうきゅうりはやめだ。浅漬けも見たくにゃあ」とこぼしていた。

ぽりぽりぽりぽり。

きゅうり、うまい。国道沿いの直売所で買ったんだろう。きゅうりは経費がかからず失敗が少ないから、労をいとわず手を出す農家が多いのだ。

そうとも、きゅうりなんて、ほかの誰かがつくればいいんだ。トマトも苺も米も鶏卵も牛乳も。なすもねぎもじゃがいもも。それは俺じゃない。

ぽりぽりぽりぽりぽりぽり。

正直に言おう。農業を継ぎたくなかったのは、かっこ悪いからだ。

土まみれの作業着で朝から晩まで地べたに這いつくばる日々を、一生の仕事にはしたくなかった。友だちの父親のようにネクタイを締める仕事がしたかった。グラフィックデザイナーもめったにネクタイをしない職業だが、恵介は広告代理店時代から、プレゼンの時には誰にも求められていないのにネクタイを締めて臨む。学生時代、何かの書類に親の職業を記さねばならない時には「自営業」と書いてきた。

ぽりぽりぽりぽりぽりぽりぽりぽり。

恵介の湯吞みを取り出してポットの湯を注いでいた母親が、いきなり腰に手をあてて呻く。

「痛《あ》たたたたっ」

湯吞みのお湯を急須に移してまた、あたたたと呻き、腰を自分の手で揉む。どことなく芝居じみた動作に見えるのは、気のせいだろうか。

「まいったね。らくらくコッシー、壊れただもんで」

ちょっと待ってくれ。らくらくコッシーがなんなのか知らないが、自分の人生をそんなものと引き換えにされたくない。

台所から美月と銀河の声が聞こえてきた。銀河がぴよぴよと訴えている。

「ねぇ、ぼく、サイテー男だって。サイテーオトコってなに？」

そうだ、美月に昨日のこと話さないと、独り言にしかならない声をあげて立ち上がり、母親の視線から逃れた。

キッチンに歩きかけたとたん、茶の間の電話が鳴り出した。恵介がとる。進子ネエからだった。

「お父さんが、お父さんがね――」進子ネエにしてはうわずった声だった。「喋ったんだよ」

恵介たちが駆けつけた時には、親父は口を開けて眠りこんでいた。進子ネエによれば、点滴を換える時、いきなりふとんをはだけて、

「暑い」と叫んだそうだ。

「それからね、目をこうやって、かっと開いて、言ったんだ。『ハウスの屋根を開けろ』って」

換気してハウスの温度を下げろということだ。トマトの時も冬場の気温が高い日にはそうしていた。いまの親父には、外が真冬に逆戻りした寒さであることに気づくわけもないから。

あんたはなんでもおおげさに言うからね、と剛子ネエは冷ややかだったが、ほかのみんなは進子ネエの言葉にすがりついて口々に言い合った。「じゃあ、だいじょうぶ」「お父さん、ほんと丈夫だから」「やっぱり一週間ぐりぁあだね」

朝の回診後に医師から説明があった。今回は恵介も診察室に潜りこむ。担当医は昨夜の院長回診最後尾ではなく、院長の右隣を歩いていそうなベテラン医師だった。カルテに目を走らせてから、感情のこもっていない声で言った。

「手短に申し上げますと――」

椅子に座った母親と、それを囲んだ姉たちのさらに後方で、恵介は拳を握って身構えた。鼓動がドラムロールになった。

「こちらに搬送されるまでの時間を考えますとティ・ピーエーにはすでに手遅れの状況でしたので、静脈内血栓溶解療法を行いました。つまり詰まった脳血管にカテーテルを挿入し経動脈的投与を行い――」

ちっとも手短じゃなかった。幸いなのは専門用語ばかりの説明がまるで理解できないことだ。早く結論を教えてくれ。いや、急がなくていい。まだ心の準備ができていない。

「患者さんはいま血圧が非常に不安定な状況です」

小刻みにドラムを連打していた心臓が〝どん〟と大きく鳴った。息が止まった。

「血圧が安定ししだいリハビリを開始しますので」

一瞬、何を言われているのかわからなかった。それは姉たちも同じだったようだ。会わせたい人間を呼べ。昨夜の思わせぶりなせりふはなんだったんだ。ようするにそれぞれの背丈で伸びきった背筋が、ひと呼吸遅れてゆるむのが見えた。

親父の命は助かったらしい。恵介は溜《た》めこんでいた息をようやく吐き出す。

全員の安堵の息を吹き飛ばすように医師が言葉を続ける。

「後遺症が残る可能性が高いことは覚悟しておいてください」

進子ネエが訊く。

「後遺症と言いますと」

「複数の可能性があります。手短にお話ししますと、まず神経障害、つまり半身麻痺、感覚障害、視覚障害、そして——」

いつまでも終わらない手短な話を剛子ネエが遮った。

「どのくらいで退院できます」

話の腰を折られた医者が不機嫌そうに眉根を寄せる。

「いまの段階ではなんとも言えません。ケース・バイ・ケースですから、つまりリハビリを院内で行うか通院で可能かにもよりますし――」

医者よりもっと不機嫌そうな剛子ネエの十時十分の眉が、十時七分になる。しかけ時計から鳩を飛び出させるように、ぴしりと言った。

「手短にっ」

「お願いします」進子ネエがすかさずフォローした。

「ざっくりとで」誠子ネエがパスをつなぎ、小首をかしげて婉然《えんぜん》と微笑みながら、医師に言葉のシュートを叩きこむ。

「あ……えー、まぁ、通常なら三カ月というところでしょうか」

剛子ネエの口からはもう、鳩は飛び出さなかった。全員が口をつぐんだ。

三カ月。

命さえ助かればそれでいい。いまのいままでそう思っていたのに、命に別状がないとわかったとたん、現実が重くのしかかってきた。一人一人の背中に口をぽっかり開けて眠りこける親父がおぶさってくるように。

病院の外へ出て、美月に診断結果を伝えた。携帯電話のむこうで美月が長く息を吐く。ずっと自分の父親のことを思い返していたんだろう。遠くで銀河が叫んでいるのが聞こえた。「ウワキってなに？　ぼくそんなの知らないよお」

一階の売店で五人分の飲み物を買い、母親と姉たちが待つ入院病棟へ戻る。四人は休憩室《デイルーム》のソファーセットを占領していた。母親はひじ掛けにひたいをおしあてて、年寄り猫みたいに丸くなって眠っている。「だいじょうぶ。お父さんは丈夫《ずにやあ》な人だもんで」頑《かたく》なにそう言い続けていたのは、ただの強がりだったのかもしれない。診察室を出たとたん母親は腰が抜け、納屋へ戻す案山子みたいに姉たちに抱えられてここまで運ばれた。

座る場所がない恵介は手近なスツールをソファーの脇に運んで、缶コーヒーのプルトップを開ける。

ダージリンミルクティーをひと口すすってから剛子ネエがペットボトルを振った。

「これからだね」ビハインドを負ったハーフタイムのサッカーチームの監督のような重々しい口調だった。「しばらくは交替で病院《ここ》に詰めよう」

「私、平日は、火、木以外なら空いてる」

進子ネエのガラス工芸作品はあまり売れないそうで、主婦や子ども相手の週二回の工芸教室で生計を立てている。

「土日も暇だろ」

剛子ネエに言われて、紙パック牛乳のストローを噛んでいた。週末には観光客向けの体験教室を開いているのだが、予約が入らないことが多いらしい。

小さい頃から恵介は、スケッチブックを手にしてふらりと出ていく進子ネエの後を、お絵かき帳を抱えてくっついて歩いた。あれがデザイナーをめざすようになった、そもそものきっかけだと思う。

恵介は黙って聞いていた。「俺もちょくちょく顔を出すようにするよ」というせりふが喉まで出かかったが、いまの経済状態では「ちょくちょく」新幹線で往復することなんて無理だった。

誠子ネエも無言だった。名古屋からここまでかかる時間は東京と変わらない。恵介と同じく口がはさみづらいのだと思う。うつむいてキャップを開けていない缶ボトルを手の中でころがしていた。恵介に注文したのは聞いたこともないコラーゲンドリンクだったが、売店にあるわけもない。誠子ネエが、見込み違いの誰かに出会ってしまったみたいにじっと見つめているのは、緑茶のボトルだ。

誠子ネエが緑茶のキャップを開け、酒でもあおるように喉へ流しこんだ。

「あたしもやる」

言葉の中身より言葉の勢いに驚いて、恵介は誠子ネエを見返した。剛子ネエも、進子ネエも。

「決めた。あたし、しばらくこっちにいるよ」

出がけの短時間でしっかり眉を描いたその顔には、きっぱりとした決意がこもっていた。

「お母さんとお父さんをほっとけないもの」


鳴ってもいない携帯をこれ見よがしに取り出して恵介が立ち上がると、剛子ネエの眉がつり上がった。ほとんどVの字に見える危険な角度だ。

「まさかあんた、帰ろうなんて思ってないよね」

「え、いや」思ってた。

「仕事？」進子ネエの疑いのないまなざしが痛かった。「だいじょうぶなの、仕事のほう」

「あー、まぁ、なんとか」

事務所の留守電には外出先から録音が聞ける機能が付いている。美月に電話した後にチェックしていた。〝0件デス〟

剛子ネエの視線が恵介の顔とスツールのあいだを往復する。「座れ」という命令だ。恵介が腰を戻すのを確認してから宣言した。

「じゃあ、いったん解散しようか。とりあえずお母さんを家で寝かさないと。誰か一人、残っていればいいら」

その言葉が終わったとたん、誠子ネエが片手を振り上げた。

「いくよー」

誰か一人を決める時は、じゃんけん、というのが子どもの頃からのきょうだいの掟《おきて》だ。四分の一の確率のはずなのに、なぜか二回に一回は恵介が負ける。

「じゃん、けん――」

あんたはもういいよ、と言われた進子ネエもやる気まんまんで加わった。


恵介はベッドのかたわらに腰を下ろし、父親の顔をぼんやり見つめていた。

また負けた。

不思議だ。女ばかりのきょうだいの弟には、姉たちには逆らえない、天の摂理のようなものが存在するのだろうか。

考えてみれば、親父の寝顔をこうしてじっと眺めるなんてことが、いままでにあっただろうか。どうにも視線の居心地が悪い。なのに目が逸《そ》らせない。

片側が歪んでいる顔だ。医者の言う「半身麻痺」の症状のひとつ。左の眉尻と口角がだらんと下がっている。頬がゆるみ、まぶたがきちんと閉じない左目は、薄く白目を剝いていた。

姉たちはショックだったようだが、会うのは久しぶりで、親父の顔といえば仏頂《ぶっちょう》面《づら》しか思い浮かばない恵介には、めったに見せない笑顔に見えた。唇を片側にひん曲げた皮肉笑いだ。「おみゃあはほんとにじゃんけんが弱あな」と言っているような。

「なんでだ」

二人部屋だったのだが、今日は相部屋の老人の姿が消えていた。頭の中のせりふがつい独り言になって口からこぼれ出た。

「姉ちゃんたちが相手だと、いっつも負けるんだよ、俺」

親父ならこう答える気がした。「そりゃあ、おみゃあの気合いが足りにゃあからだ」

なにせ気合いですべてが解決できると思っている人だ。恵介はさっきのじゃんけんで、グーを出した時のように拳を握りしめた。

「俺だって、気合い、入れてるんだぜ」

気合いを入れて独立し、気合いをこめて仕事をしてきた。なのになぜだ。「人生は気合い」じゃなかったのか。教えてくれ。

親父は鼻先で笑うように片側の唇をつり上げているだけだ。恵介も皮肉笑いをつくって、ついぞ言い返せなかった言葉を投げかけた。

「やっぱり、気合いだけじゃ、何も解決しないんだよ」

もちろん親父は答えない。

片手を親父の顔の上にかざして、麻痺した半分を隠す。

「似てないよな、俺たち。ぜんぜん」鼻毛ぐらい切れよ。右の穴から飛び出してるぞ。

子どもの頃から父親似だと言われることが多かった。確かにどちらかといえば面長な輪郭は、母親より父親の遺伝子だろうが、目鼻立ちはまるで似ていない、と自分では思っていた。でも、四十五度の角度から見下ろすこの顔にどこかで見覚えがあると思ったら、それは、毎朝髭《ひげ》を剃《そ》るたびに三面鏡に映る自分の横顔だった。目尻の皺の浮かび方がまるで一緒。

恵介は深々とため息をついた。親父に聞かせるように。

「なぁ、俺には期待しないでくれ」

これからどうしよう。

姉たちは病院での付き添いや介護のことばかり気にかけているようだが、恵介が考えているのは別のことだった。

ハウスの中の苺だ。

母ちゃんはたぶん家へ帰っても寝たりはしない。毎日午後二時までに農協に出荷しなくちゃならないと言っていた。ハウスに直行し、収穫作業を再開するだろう。腰と膝を揉みながら。〝らくらくコッシー〟とかなんとかに毒づいて。

苺、どうするんだ。

さっきも喉までその言葉が出かかったが、口には出せなかった。こう言われるのがオチだからだ。

「じゃあ、あんたがやりな」

無理。

諦めてもらうしかないよ。父ちゃんも母ちゃんもサラリーマンならとっくに定年で、年金生活をしている齢だ。苺の収入がなくたって……

いやいや、待て待て。農家はサラリーマンとは違う。国民年金だけだ。ハウスの建設費のローンだって残っているはず。一棟目のハウスを建てた時も返済に十年かかっている。不作の年に年一の支払日が迫ると、親父は「しゃびゃあ、しゃびゃあ（やばい、やばい）」と頭を抱えていた。

まじ、しゃびゃあ。

しゃびゃあけど、俺には何もできない。グラフィックデザイナーとして成功して、老後の面倒をみることぐらいか。

「だもんで諦めてくれ。俺は、もうひと勝負したいんだ」

このままじゃ終われない。デザイナーとして、夫として、父として。俺だって親父なんだぜ、親父。

　いきなり親父が目を開けた。

　閉めづらい左のまぶたは開けづらくもあるのか、右目だけを大きくひん剝いている。蜂を払うように右手を振って、こう言った。

「ホジョーニオヤカブ」

「え？」

　天井しかない頭上の何かを見つめ、歪んだ唇から涎《よだれ》を垂らしながら、また、

「ホジョーニオヤカブ」

「なんだって」

　聞き返すと、眼球がくるりと動き、まぶたが閉じた。そして再び眠りに落ちた。

　何語だ？　アラビアの呪文？


　恵介は帰ってこないし、お母さんは箱詰めした苺を軽トラックに積んでどこかへ出かけちゃったし、誠子さんはお茶の間で寝てしまったし、私、どうしたらいいんだろう。

美月は庭の物干し台で洗濯物の乾き具合を確かめている。洗濯機に放りこまれたままだったお義父さんの作業着やお義母さんのモンペスラックスなんかを、朝のうちに洗ってここに干しておいた。

すっかり乾いている。一日じゅう陽《ひ》があたる、西向きマンション住まいには羨ましすぎる日照条件のおかげでもあるのだが、時刻が時刻だ。もう午後四時。

お義父さんが無事だったのはなによりも。早くに父親を亡くしている美月は心からそう思う。そして、こうも思う。

なによりだから、そろそろ帰りたい。パート先に欠勤することを伝えた時、フロアチーフは不機嫌そうだった。銀河の幼稚園もある。誠子さん、怖いし。沈む陽に、美月の心も炙《あぶ》られる。

いきなり背後からスカートの裾をひっぱられた。座敷わらしか。居てもおかしくはない家だ。

「見て～」

大人用のサンダルを履いた銀河だった。おでこやほっぺたに妖怪ウォッチシールがぺたぺた貼られている。なんだかハズレっぽいのばっかり。

「じゃんけんでまけたの。ヒナちゃんに。バツゲーム」

どうせグーで負けたんでしょ。小さな子どもはグーばかり出すから、ちょっと賢い年上の子には見透かされて、ころころ負ける。

「似合う〜？　ヒナちゃん、あなたにはお似合いよ、だって」

「次は勝ちなさい。チョキを出すといいよ」

銀河のお尻を叩いて子どもの戦場へ送り返してから、美月は借り物のエプロンをきゅっと締め直した。

先のことは先のことだ。よっしゃ、とりあえず夕飯つくろ。

朝、恵介たちは何も食べずに病院へ行ってしまったから、だし巻き卵がまだ残っている。冷蔵庫には確か鯵《あじ》の干物《ひ》があった。あと一品ぐらいあれば……

そうだ。きゅうりの挽き肉炒めにしよう。あれなら文句が出ないはずだ。この家では。

きゅうりの挽き肉炒めは、どんなレシピ本にも載っていない、望月家のオリジナルメニューだ。昔、ビニールハウスできゅうりもつくっていた頃、規格外品《はじきもの》が余って余って、お義母さんがなんとかしようと、やけっぱちで考案したらしい。

つくり方は簡単。
①きゅうりを粗《あら》め長めの千切り（冷し中華の具ぐらい）にする。
②挽き肉を適量の醤油《しょうゆ》、ごく少量の酒、みりん、砂糖とともに炒める。
③きゅうりを加え、しんなりしたら、完成。あつあつのご飯に載せて食べる。

段ボール箱の中に並んでいたきゅうりは、どれもかたちが良くない。

近所の農家のおすそわけだろうか。三日月《みかづき》みたいに曲がっていたり、へちまみたいにどでんと大きかったり。わりとまともな大きさで曲がりの少ないのを見つくろってまな板に載せる。

千切りには余分なへた近くを斜めに切り取った。家ではぽいぽい捨てちゃうんだけど、ここはダンナの実家《アウェイ》だ。三角コーナーにもお義母さんや誠子さんの目が光っているかもしれないから、証拠隠滅。切り取ったはしっぽをぽりぽり食べた。

おいしい。かたちは悪くても味は同じ。いや、同じじゃない。冷蔵庫に入れてないのに、近所のスーパーで買うものよりもみずみずしい。

ちりちりりん。

昼間は鍵をかけない玄関の引き戸がチャイムがわりの鈴を鳴らした。

「ただいま～。おお、銀河、どうしたんだ、顔のシール。う、うん、似合うよ」

恵介だった。帰ってくるのなら、電話ぐらいしてよ。病院の中だと思ってこっちは遠慮してたのに。自分の家よりくつろいだ声で「ただいま～」とか言ってる夫になんだかイラっとして、千切り中のきゅうりが百切りになった。

「あ～やれやれ」

お義母さんの声も聞こえた。病院に寄っていたらしい。あそこが痛い、ここが痛い、もう年だ、と口では言ってるけど、ほんと、タフな人だ。

恵介がキッチンに顔を出した。

「遅くなってごめん」

「いいんだよ」

良くはないけど、とにかくいまは、お義父さんが無事だったことがすべてだ。美月が小学校五年生の時、通勤途中で居眠り運転のトラックにはねられた父親は、病院でいったん意識を取り戻し「心配するな。早く学校へ行け」と美月に笑いかけた翌日に亡くなった。

「よかったね、お義父さん」

「おお」

恵介は背後に視線を走らせて、人の目がないことを確かめてから、美月に抱きついてきた。そして「ああ」と大きなため息を漏らして、美月の髪をそよがせた。

誰もいなくはなかった。恵介の背中をとんとん叩いてやっていたら、美月も背中の下のほうをとんとんと叩かれた。

「よかったね、オトサン」

顔のシールをまたまた増やした銀河だった。

銀河はヒナちゃんと見ていたテレビ（恋愛ドラマの再放送）に戻ったが、恵介は美月にまとわりついたままで、やけにハイテンションで捲《まく》し立て続けた。

「三時に交替する約束だったのに剛子ネエが来なくてさ。やっと来たと思ったら、それが母ちゃんで。シルエット若干似てるから、最初、見間違えた」

結局、剛子さんの代わりに佐野さんが来たのだそうだ。佐野さんというのは剛子さんのダンナさん。

「だもんで、しばらく佐野さんと話をして。佐野さんは、親父の入院、どんなに長くても三カ月以内じゃないかって。三カ月以上入院させると、保険点数が下がって病院の儲けがなくなるんだって。信用金庫勤務だもんで、あの人、金の話にはえらくシビアさぁ」

おいおい、いつのまにか静岡弁がまじっているよ。

「三カ月……」けっして短くはない。「私たちにも何かできることがあれば……」何があるだろう？

恵介の饒舌《じょうぜつ》は、お義父さんが無事だとわかってハイになっているのだと思っていたのだが、それだけではなさそうだ。ちらちらと走らせてくる目が、こちらの表情を窺っているように見えた。小遣いが足りないんだ、と訴える時と同じ目つき。

「あのさ」

美月はさくさくときゅうりを刻んでいた手を止めた。返す言葉がつい硬くなる。

「なに」

「もしかして、今夜はきゅうりの挽き肉炒め？　久しぶりだな」

「で」

「え」

「何か言いたいことがあるんでしょ」

さくさくさくさく。

恵介のまばたきが激しくなった。一万円でいいからちょうだい、という時の表情。

「もう少し、ここに残ろうと思うんだ」

さく。

「えーと、それって、つまり、独りでってことだよね」

さくさくさくさく。

「……もち……ろん」

一緒にいて欲しい。恵介のロマンチックな思考回路はそう考えていたらしい。無理だよ。先月は美月の半日パートのほうが収入が多かった。

「で、恵ちゃん、はいつまでいるの」

恵ちゃん、というところで容赦なく語気を強めた。

「二、三日。いや、三、四日。母ちゃんが落ち着くまでだから」

美月は無言できゅうりを刻む。お義母さんのレシピに比べると細すぎるほどの細さに。恵介は冷蔵庫を相手に喋り続けた。

「まぁ、一週間……ってことは……ない…………かな」

さくさくさくさくさくさく。

「心配ない。留守電とメールはこっちでもチェックできるし、仕事が入りしだいそっちを優先する」

長くなりそう。三本あればじゅうぶんなのに、美月は四本目のきゅうりまで刻んでしまった。

さくさくさくさくさくさくさくさくさくさく。


金属製の鳥が耳もとで囀《さえず》るような音が、恵介を眠りの国から引きずり出した。

目覚まし時計を止めるために、布団に潜りこんだまま左手を伸ばす。

二度寝はフリーの特権。美月がパートで働きはじめてからはそうそう寝坊ができなくなったが、仕事がまともにあった頃は会社員時代からの夜型に拍車がかかり、起床時間はいつも十時前後だった。

左手が空振りした。あれ？　時計がない。

金属鳥はけたたましく鳴き続けている。手探りをくり返した指が触れたのは、スマートフォンだった。

そこで寝ぼけ頭にようやく、遅配された郵便物のように現実が差しこまれた。二月の朝の冷気も。

そうだった。俺は実家に泊まったんだっけ。昨日の夜、美月と銀河を駅まで送っていき、誠子ネエと親父の生還を祝して酒を飲みはじめ、早寝の母親に、明日はハウスを手伝うと約束して――

布団の中でもぞもぞとアラームを解除する。画面に表示されている時刻は、

AM4：50

なんだよ、これ。恵介にとっては朝ではなく、深夜だ。

なんだも何も、自分でセットした時刻だった。

蛍光灯の紐《ひも》スイッチに結ばれた長いビニール紐をひっぱって明かりをつけた。

寝ぼけ眼《まなこ》で見上げる天井は、わが家の白いクロス張りではなく、木目が浮いた板張りだ。波形の木目が、親父のベッドのかたわらに置かれた心電図を思い出させる。こ

こは恵介が十八で上京するまで自室にしていた十畳の離れだ。

スマホの時刻表示を見なかったことにして、もう一度寝床へ潜りこむ。掛け布団のぬくもりが再び体に沁みわたり、背骨がとろける。ああ。あと十分、いや、あと二十……


ガンガン、ガガン、ガン。

突然、空き缶を脱水機に放りこんだような騒々しい音が鳴り響いた。

ガンガンガガン、ガキゴキ、ペコ。

外からだった。ぶつぶつ呟く声もとぎれとぎれに聞こえる。

「……まったく………しょうがにゃあな……役立たずで………」

母ちゃんだ。もう仕事の準備か？　離れのすぐ向こうには納屋があるのだ。にしても、わざとやっているとしか思えない。

ガンガンガンガンガンガン。

ぶつぶつぶつぶつぶつぶつ。

もうっ。布団をはね飛ばして、寝癖《とも》の立った頭を窓から突き出す。

外はまだ真っ暗だった。明かりを灯した納屋の軒先に母親がいた。朝日のようなまんまるの笑顔をむけてくる。

「おはようさん」

母親は片手に金槌《かなづち》を握っている。足もとに視線を落とし、眉をハの字にした。

「何やってるの」

「らくらくコッシー」

母親が見下ろしているのは、ちっちゃな四輪車だった。骨組みだけの台車を細くして、小さな椅子の座板をくっつけたようなもの。長さ七、八十センチ、幅は三十センチあるかどうか。

フィールドカートってやつだ。苗を植えたり作物を収穫したりする時に、屈《かが》み歩きをせずに作業ができる農作業用台車。おそらくは苺畑用に特化したタイプ。

ガンガン、ガガン、ガン。

「直らにゃあもんかと思ってね」

「叩いたって直らないよ。新しいの買えばいいのに」

「お父さんの誕生日プレゼントだもんでね」

「じゃあ、俺が新しいのプレゼントするよ」

「二万六千八百円」

「直そう」

そうとう酷使したんだろう。らくらくコッシーは、車体が歪《ゆが》んで座席の土台部分と後輪のシャフトが接触してしまっている。確かに叩いて直すしかない。アルミ製だから思いきりぶっ叩けばなんとかなりそうだ。

動かなくなったのは一週間前だそうだ。「お父さん、後で直す、後で直す、毎日そう言って入院しちゃって」母ちゃんがぶっ叩いて直そうとしていたのは、らくらくコッシーじゃないのかもしれない。

よっしゃ、なんとか動くぞ。

「おーい、直ったよ」

母屋から出てきた母親は、野外用の花柄の割烹着《かっぽうぎ》とUVカットつば広帽子と長靴。すっかり作業用ファッションに身を固めていた。

「どれどれ、ちょっくら」らくらくコッシーにまたがった母親が両足を動かす。ペダルがついているわけじゃないから、足で地面を蹴って進むのだ。「ああ、動いた。ありがとね」

母親はそのままコッシーに乗ってハウスへ向かった。歩いていきゃあいいのに。仕事がきついから、農家の人間は農作業以外で体力を使うことを嫌う。遠ざかっていく母親の背中が言った。

「お茶」

「え？」

「お茶～」

母親の場合、往々にして体力だけでなく言葉も節約する。茶をいれたから飲め、ということだった。茶の間に行くと、恵介のためのお茶と、きゅうりの漬物、うぐいす餅が用意されていた。

望月家の朝は、お菓子で始まる。親父も母親も朝食をとるのはいつも、朝の作業が一段落した八時すぎで、それまでのつなぎにお菓子をひとつ食べるのだ。

うん、うぐいす餅、うまい。いい青大豆、使ってる。

茶の間には、きちんと畳まれた親父の作業着も置かれていた。これを着ろ。ぐずぐずするな、という言葉を節約するかわりに、めだつ場所に。

親父の服では丈が短すぎ、ウエストがだぶだぶに違いなかったが、ほかに着るものもない。のんびりとうぐいす餅を食い、きなこのついた指をしゃぶってから、洗濯したてでもよれよれの作業着を手に取った。

予想どおり、袖と裾は短かったが、腰回りはそれほどゆるくはなかった。親父、この二年で瘦せたか？　いや、違う。俺の腹囲がまたひとまわり成長してしまったのだ。しゃびゃあな。もともとは瘦せ型なのだが、夜型の不規則な生活を十何年も続け、ろくに運動もしていない恵介は、三十を超えたあたりから、手足が細いまま、腹だけがぽっこりしはじめている。

長靴を履いて外へ出た。空はようやく明るくなってきたが、太陽はまだない。しっかし寒い。いくら静岡の沿岸部とはいえ、二月はまだまだ冬だ。恵介は身を縮め、両手で二の腕をさすって、のろのろと歩いた。いつも仕事場へ出かけるのは午前中の遅い時間だから、この時期の早朝の寒さを体が忘れている。

やっぱり、俺、農業には向いてないな。朝弱いし、寒がりだし。作業着を着終えてわずか一分で、恵介のやる気はかぎりなくゼロに近づいている。かまぼこ屋根を連ねたハウスが、不摂生の罪で都会人を拘置する収容所に見えた。

寒いのは、作業着のせいでもある。冬場なのに薄くてぺらぺら。親父はこんなので仕事をしているのか。齢のせいで体温調節機能が低下している？

いや、違うわ。ハウスで作業するからだ。そうかそうか、ハウスの中は暖かいんだ。目の前に迫った収容所が、急に南国リゾートに思えてきて、恵介の足どりは早くなる。

引き戸を開けたとたん、寒さに縮んだ体を濃密な熱気が叩いた。暖房と日射がつくる熱と、植物がいっせいに放出する呼気の濃さだ。

透明なゼリーをかき分けるように、恵介は第一歩を踏み出した。

ハウスの中の苺の株は規則正しい行列をつくっている。黒いマルチシートに覆われた通路は区画整理をした街路のようにまっすぐだ。

これればかりは認めざるを得ない。親父は私生活と仕事では別人だ。家の中ではぐうたらで大雑把なのに、仕事に関しては神経質でいたって几帳面《きちょうめん》。かつてこのハウスでつくっていたトマトも、ハウスを建てる前の田んぼの稲も、定規をあてたようにまっすぐに植わっていた。

閉ざされた空間のせいか、中へ入るとハウスは広く感じる。まだ薄く闇が残っているいまはなおさらだ。苺の繁り葉が整然と並ぶ畝は、淡い光に霞み、はるか向こうで緑の地平線になっていた。ここでは今日最初の光に輝くビニール屋根が空だ。

「おーい、俺はぁ〜何をぉ〜すればいい〜」

ハウス奥にいた母親にかける声もついつい山頂からやっほ〜と叫ぶような大声になる。母親もつられて声を嗄《か》らしていた。

「叫ばにゃあでもおぉ〜、聞こえるよぉ〜」

らくらくコッシーに乗って母親がこっちへやってくる。慣れた足さばきでコッシーにブレーキをかけて恵介の目の前に急停車した。

「まぁまぁ、ぴったりだこと」

親父の作業着を着た恵介に、朝の光がまぶしいのか目を細めてから、にっと笑いかけてきた。

「んじゃ、頼もうかね」

母親が指さしたのは、ハウスの隅に積み上げられた収穫用トレーだ。

「オーケー、あれに並べればいいんだろ」

苺の摘み方は昨日覚えた。へた近くの茎を指の間にきゅっとはさんで、くいっとひねりあげる。きゅっで、くいっ。楽勝だ。

「あとは、ほら、あれ」

母親がトンボ採りみたいにひとさし指をくるくる回す。

「あれ、じゃわからないよ」

「ランナー取り」

「ランナー？」

苺の株からコードみたいに伸びた蔓《つる》を、恵介の前でぷちりと手折ってみせた。なるほど、この蔓をランナーって呼ぶのか。

「実がなってる時は栄養が取られちゃうから、ランナーに」

「鋏《はさみ》は？」

「手で。〝ツルツルキッター〟失《な》くしちゃったもんで。鋏は菌がつくって言って、お父さんは使ってなかったし」

「了解。じゃあ始め……」

「あとは――」

まだあるのかよ。

「テッカ」

「テッカ……ああ、摘果ね」

楽勝だ。トマトの手伝いをさせられた時にもよくやった。実や花を間引きすることだ。すべての実を育ててしまうと小粒になるし、味も落ちるから、数を調整するのだ。

「ふつうの株はひと房に七。小さい株なら五」

どの株がふつうで、どれが小さいのかよくわからないが、「楽勝」と答えておいた。

「それから——」

「えーっ、まだあるの」

「葉欠きと芽欠き」

葉欠きは古い葉を取り除くこと。芽欠きは茎にできる余分な脇芽を取り除くことだ。トマトの場合、脇芽は主幹と葉のつけ根のあいだに伸びる。でも——

「芽欠きって……苺の脇芽はどこ？」

「芽は、クラウンのとこ」

なんだよ、その妙に使い慣れてるふうな横文字は。クラウンとかランナーとか。デイズニーをデズニーって発音して、孫たちに笑われてるくせに。

「これがクラウン」

母親が苺の葉をかき分ける。株の根もとにわさびに似た突起が見えた。すべての茎がそこから放射状に伸びている。これが苺の株元か。意外に小さい。

「ここに脇芽が出てたら取るだよ」

実を摘むだけじゃないんだ。これを毎日やっているのか。母親一人じゃ無理だ。いや、俺が手伝ったところで、いつになったら終わるのか――ちっとも楽勝じゃなかった。

恵介は朝の光に包まれはじめたハウスを呆然《ぼうぜん》と眺め渡した。

親父のビニールハウスは、間口27メートル、奥行が36メートルだ。

トマトや後作を何株植えるか、肥料を何キロ入れるか、親父はいつも「36×27」を基準に電卓を叩いていたから、その数字は恵介の頭にもこびりついている。株間を狭めすぎると品質が落ちる。かといって余裕を持たせてしまうと収量が落ちる。学校の体育館ほどのここをどう巧《うま》く使うかが、親父の毎年の「勝負どころさぁ」だったのだ。

このハウスにはどのくらいの苺の株があるのだろう。畝の数をかぞえてみた。二十だ。ひとつの畝の両端に株を植えているから、四十列。一列の長さは三十メートルはありそうだ。株は二十センチちょっとの間隔で植えられているから――

そう難しい計算ではなさそうだったが、答えを知ってしまうのが恐ろしくて、計算するのを途中でやめた。

とりあえず母親の向かい側の列を担当することにした。葉の陰に隠れている艶々《つやつや》の大粒を指ではさみ、スナップを利かせてひねる。きゅっ、くいっ。うん、俺、わりと筋がいいかも。

畝の反対側で恵介を見守っていた――いや、監視していた母親から声が飛んできた。

「ああ、だめだめ」

「え？」どこがだめ？

「その苺はだめ」

「なんで？　すごくうまそうだよ」

「こんくりゃあのを摘むの」

母親がちんまりした指先でかざしてみせたひと粒は、赤色に染まりきってなくて、へたの近くがまだ白い。よく見ると、トレーに並べた苺もだ。どれも色が薄く、全体が真っ赤ではなく白が残っていたりする。

「こんくりゃあじゃにゃあと、出荷できにゃあら」

そうか、トマトと同じか。

親父のトマトは、まだ青さが残っているうちに収穫して、出荷する。完熟したものでは柔らかすぎて運送しづらいし、そもそも農家から農協へ、農協から市場へ、市場から――と流通するうちにぐずぐずでろでろになってしまう。

トマトはもいだ後からでも時間が経てば赤くなるのだ。だから、赤というより薄緑のトマトでも、店頭に並ぶ頃にはちゃんと赤くなる。熟しきらない味のまま。苺もそうなのか。出荷した後に色がつくんだ。昨日、味見した時に感動的にうまかったのは、スーパーで買う苺とは別物だったからだ。

もったいない。何がもったいないのかよくわからないまま、恵介は思う。

もったいない。

へたの下が塗り残しみたいに白いひと粒を摘み取って母親に見せる。

「いいの、これで」ほんとうに？

齧ってみた。まだ堅い。甘さも足りない。昨日はほどよく思えた酸味も強い気がする。

「そうそう、そんくりゃあの」

これからの作業量を考えると、ため息をついている暇はなかった。ま、いいか。たかが苺だ。俺には関係ない。自分にそう言い聞かせて、熟しきっていない苺の収穫作業に戻る。

歯がゆかった。採れたてなら、もっとうまいのに。なんだか悔しかった。百メートル競走にサンダル履きで出場している気分だ。

私生活とは大違いの繊細さと几帳面さで、用土にも肥料にも凝《こ》りまくって作物をつくっている親父は、どんな気持ちで、この真紅《あか》くない苺を出荷しているのだろう。

恵介の仕事でいえば、納得のいかないないデザインを、大人の事情で世に出さなくてはならない時とよく似た気分だった。


恵介がフリーになった理由はひとつじゃないが、順番に挙げろと言われたら、まず第一は「もっといい仕事がしたかった」ことだと思う。

広告代理店に在籍していた最後の数年間、恵介が下につくことが多かったクリエイティブディレクターは、才能ではなく世渡りで出世した男で、社内会議では恵介たちが練り抜いたアイデアをことごとく否定した。

「こういうの、あのお得意じゃ無理。あっちのレベルに合わせて、もっとドン臭くてベタなやつでいこうよ」

そこを通すのが、あんたの仕事でしょうに。才能のない奴は、とかく人を自分の地平に引きずり下ろそうとする。

自分の裁量でプレゼンできる小さな仕事も、なかなか思いどおりにはならなかった。上司に情熱を削りとられたクライアントの担当者は言う。

「僕はすごくいいと思います。でも、上がなんて言うか。うちの部長は頭が固いから」

たいていの会社では失敗を恐れ、失点しない人間が出世する。十何年もやっているのだ。広告デザインが独りよがりの芸術ではないことは理解している。ベストの案が通ることがめったにないのもわかっている。でも、自分がつくるからには、常にベストをめざしたかった。それだけの腕は、うぬぼれでなく、持っていると思っている。

フリーになれば、上司はいない。仕事も選べる。派手なレースは減るかもしれないが、ちゃんと競技用シューズで走れる。そう思っていた。

なのにいまは目の前にスタートラインがない。

苺を摘む手についついよけいな力が入ってしまう。ああ、また潰しちまった。

ようやく一列ぶんが終わった。ここまでで何分かかっているだろう。そうしたところで何も変わりはしないのに、薄目の横目で腕時計を眺める。

開始から四十七、八分。

親父と母ちゃんはこいつを毎日？　信じられない。

全部で四十列、その半分の二十列を一人で終わらせるとしたら、かかる時間は――

これ、一日じゃ無理だろ。どう考えたって。

母親はもう三つ先の畝にいる。やる、と言った以上、とにかくやらねば。恵介は二

列目にとりかかるべく、うし、と気合いを吐いて、屈みっぱなしだった体を立ち上がらせる。そのとたん、
あ、痛《つ》つつっ。

腰に痛みの電流が走った。痛《え》ててて。

「でゃあじょーぶかい」

らくらくコッシーに乗って母親が近づいてくる。俺も、らくらくコッシーが欲しい。

「午前中はまず収穫。ランナーやら摘果やらは一日《いちんち》じゃ無理。何日かかけてちっとらっつでいいだよ」

早く言ってよ。


八時二十分。朝の——午前の、ではなくあくまでも朝の——作業がようやく終わった。恵介が逃げ帰った茶の間には、朝飯が用意してある。

先に戻った母親がつくったものだ。目玉焼きに、千六本にした大根とアサリの剝き身の味噌汁、漬物、焼き油揚げ。

焼き油揚げは、実家の朝食の定番のひとつ。油揚げを縁《ふち》にかりかりの焦げめがつくまで焼き、短冊切りにして、熱々のうちにさっと醬油をかけたもの。大根おろしや刻みねぎを添えてもいい。朝食に手間をかけたくない母親と、朝から油ものが欲しい育

ち盛りの頃の四人きょうだいのニーズが合致したメニューだ。美月は「それ、ふつう、味噌汁の具でしょう」と呆れるが、うまいのだ、これが。

正味二時間ちょっとで、すでに体はへろへろ。腰が重く疼いているが、悪いことばかりじゃない。朝飯がうまい。なんでもないおかずが胃に沁みる。茶碗がたちまち空になった。

朝飯でおかわりをするなんてひさしぶりだ。二杯目は目玉焼きをご飯にのせ、醤油をたらして、半熟の黄身をつぶしながら食べた。三杯目にはおかずがなくなり、漬物の白菜でご飯を巻いて食べる。最後は大根とアサリの味噌汁をぶっかけてかきこんだ。牛が反芻《はんすう》するように漬物をゆっくりと咀嚼《そしゃく》していた祖母《ばあ》ちゃんが、親父に白髪のカツラをかぶせたような顔を向けてきた。

「若《わきゃ》あ衆《し》はいいらぁ。まっと食べなん」

「いや、もうパンパン。ほら」

トーストを齧っている誠子ネエが、恵介の突き出た腹に冷ややかな視線を投げ寄こす。昼だけ残してすでに化粧はばっちりだ。

「二時に交替だからね」

「わかってるよ」

親父の付き添いのことだ。病院からは、ずっと付き添っていなくてもだいじょうぶ、と言われているのだが、病院が許しても、姉ちゃんたちは、とくに剛子ネエは、それを許さない。

むしろありがたかった。午後の仕事をサボれる。母親が言うには、収穫を午前のうちに終え、それを「箱詰め」し、午後二時までに農協の出荷所へ持っていけば、仕事は一段落だそうだ。終わるわけではなく、あくまでも「一段落」。

誠子ネエの隣では、陽菜がフォークで目玉焼きを熱意なくつついている。髪形も、どこぞのお嬢様みたいなファッションも、誠子ネエのミニチュアみたいだ。恵介は素朴な疑問を口にした。

「そういえば、陽菜の学校はいいの？」

「いいんだよ。私立はいまの時期、授業がヒマだから。ねえ、陽菜」

陽菜は母親の言葉に答えず、フォークで卵の黄身をぐちゃぐちゃに崩した。


午後二時半。恵介は病院のベッドの脇で、自分で自分の腰を揉んでいた。いまのところ鈍痛だが、なにかの拍子に激痛に変わりそうな不吉な疼きに顔をしかめている。背骨の両側に鉄板を張りつけられたかのようだ。骨ほどの硬さのネジでぐりぐりと。

親父は今日も眠っている。誠子ネエが切ったのか、ランナーみたいに伸びていた鼻毛が消えていた。少し前までは目を覚ましていたらしい。

「十分前だよ。寝ちゃったのは。言葉も喋ったよ。わかりづらいけど。まぁ、ふだんから何喋ってるかよくわかんない人だからね」

やっぱり俺とは相性が悪いってことか。まさか俺と話をしたくなくて、わざと寝ちまったわけじゃないよな。

外は二月だが、病室の中は暑くも寒くもない、ハウスの中のような気温に保たれている。自分の腰をマッサージするほかに恵介にはすべきことがない。じっと座っていると睡魔に脳味噌を吸い取られてしまいそうだ。なにしろ起床時間は四時五十分。すでに丸一日を過ごした気分だった。

一度、姉たちと話し合わなければならないだろう。やっぱり親父がいなければ、苺を続けるのは無理だ、と。

恵介は病院に来る前のことごとを思い返した。


結局、朝飯を食った後は、苺摘みだけに専念した。苺は収穫したそばから納屋の中に設置された冷蔵庫の中で保管する。冷蔵庫といっても恵介の家の浴室ぐらいの広さがある。いつのまにこんなものを。母親は「ヨレーコ」と呼んでいた。

なんとか午前のうちに収穫を終え、予冷庫から順次苺を取り出し、出荷作業に入る。納屋の脇に二年前にはなかったプレハブ小屋が建っていることには気づいていたが、そこが苺の出荷のための作業部屋だとは知らなかった。

八畳ほどのスペースに、苺のイラストが描かれた紙パッケージが山積みになっている。大きな作業台にはキッチン用の計量秤《ばかり》と、セロテープ台を巨大にしたような機械が置かれていた。部屋の隅には小型テレビ。

母親は机に収穫トレーを置き、透明プラスチックパックを並べ、「よっこらしょ」と椅子に座って、リモコンでテレビをつけた。そのとたん、自分にもスイッチを入れたように、両手が忙しげに動きはじめた。

苺をつまみ、飛び出た茎を鋏で切り、へたを斜め下にしてプラスチックパックに詰めていく。素早くむだのない手さばきだ。ただのBGMがわりなんだろう、情報バラエティが映ったテレビには見向きもしない。

恵介も机の向かい側に座って、見よう見まねで作業を開始する。だが、始めたとたん、立て続けにダメ出しを食らった。

「ああ、だめだめ。3Lに2Lを混ぜちゃだめ」

「それはL。こっちに入れるの」

苺はサイズの等級別にパック詰めしなくてはならないのだ。かたちの悪いものや規格外の小粒はこれとは別口のパックにする。驚いたことに母親は、見た目ではなく、手にとった時の微妙な重さの違いで選別しているようだった。

ようやく詰め終えたと思ったら、今度は――

「それじゃあ少にゃあよ。もうちょっくら入れにゃあと」

それぞれのパックには規定の重量がある。詰め終えるたびに秤に載せて確かめるのだが、母親はほぼ一発で計量をパスさせていた。恵介には神業としか思えなかった。苺を始めてまだ二年のはずなのに。いままでにどれくらいの時間、ここに座り続けていたのだろう。

巨大セロテープ台は、パックに蓋をする透明フィルムをかけるための機械だった。白文字で『静岡いちご　紅ほっぺ』と印刷されているフィルムをかけたパックが四つ揃うと、今度はそれを、内部が四分割された紙パッケージに詰める。

予冷庫に一時保管された苺は身がしまって、触っても潰れにくくなっている。母親は予冷庫に入れる理由を「さぁ、お父さんに聞いてみにゃあと。鮮度を保つためじゃにゃあかね」と言っていたが、鮮度のためというよりパック詰め作業をしやすくするためのように恵介には思えた。それなのに、ときおり実を潰してしまう。

「それはもうだめ」

恵介が指でへこましてしまった苺を、母親はバケツにぽいぽい捨てていく。ああ、もったいない。そっちのほうがよっぽどうまいのに。指で潰してしまうのは、恵介の未熟さもあるが、苺が完熟に近いからだ。

出荷用の紙パッケージがようやくひと山になった頃、見かねた母親に言われてしまった。

「ここはもういいから、ヨーメンサンプをお願い」

「ヨーメン……サンプ？　何？」

「前にやってからもう十日経ってるし、あれは今日みたいな天気のいい日でにゃあと」

「なるほど。で、何？」

何度も説明を聞いてようやく理解した。

葉面散布。

液体肥料を撒《ま》いて、葉から栄養をゆき渡らせる作業のことだ。そんなこと、トマトの時にやってたっけ？　やっていたのかもしれないが、覚えはなかった。恵介に覚える気がまるでなかったからだ。

農家の息子に生まれたからといって、農作業について専門的な知識があるわけじゃない。サラリーマン家庭の子どもだって、親が会社でどんな仕事をしているのかくわしく知っている人間はあまりいないだろう。それと同じだ。

「そこに説明書とお父さんのノートがあるから。散布機はハウスの中」

作業部屋の奥の棚を指さした母親に、ついでに聞いてみた。

「そういえば、ホジョーニオヤカブってどういう意味？」

「あ？」

「ホジョーニオヤカブ。親父が病院で言ってた。うわ言みたいに」

「ああ、ああ」母親は大きく頷いて、きっぱりと断言した。「それはつまり、ほじょうにおやかぶ、ってことだよ」

恵介の農業的知識の欠如は、親の説明能力が一因かもしれない。

散布機というのは、背負い式のタンクにホースとノズルが装着されたもので、ノズルにはフルートみたいに噴射口が並んでいる。こちらの使い方はしわくちゃの取扱い説明書でなんとか理解できた。

散布機の取説より難解だったのは、親父がつけていたという業務日誌のほうだった。ごく普通のB5のバインダーノートで、一ページ目は去年の三月から始まっていた。

日々の作業内容だけを箇条書き二、三行で済ませていることもあれば、栽培に関する情報が延々と書き綴《つづ》られていたり、専門的な記事の切り抜きが貼られていたりもする。ほぼ毎日、赤ペンで書きこまれている「312」「156」「237」といった数字は、収穫した苺のパックの数だろう。

二ページ目のこんな記述に目がとまった。

3月7日　親株入手（紅ほっぺ280）
圃場の準備を急ぐこと。

そうか、「ホジョーニオヤカブ」は「圃場に親株」という意味だったのか。

圃場――聞き覚えがある気はするが、なんだっけ。以前の親父のボキャブラリーにこんな言葉があったろうか。

ただでさえ親父は悪筆なのに、自分だけ解《わか》ればいい走り書きで、略称や記号で記されていることも多い。読み進めるのは、暗号の解読に等しかった。

3月17日の日付の後には、ここだけはサインペンで、めでたいことでもあったかのようにでかでかと、

『親株定植』

と書かれ、赤ペンで丸く囲ってあった。

親株というのがどんなものか知らないが、同じ日に収穫量を示す数字が書かれているところを見ると、どうやら苺は、収穫をしながら同時進行で次のシーズンの苗を育

てる作物であるらしい。このノートは去年の春からの今シーズンの記録で、いま収穫している苺は、一年前に育てはじめたものなのだ。どこだかわからない圃場という場所で。半年勝負のトマトよりずっと面倒が多そうだ。

ぱらぱらとめくってみる。ところどころにサインペンの大文字&赤丸があった。

7月22日　ランナー切離

9月19日　検鏡ＯＫ

　　　　　花芽分化

　　　　　定植開始

11月1日　開花

喜怒哀楽を気やすく他人に見せるのは男の恥だと思っている人だから、人知れずこんなところで喜びだか高揚だかを爆発させていたに違いない。12月7日の日付のページでは、まるまる一ページを使って、躍るような文字でこれだけが書かれている。

『収穫開始　出荷76』

中学生の試験勉強用みたいなバインダーノートが急に、両手に余る重さに思えてきて、恵介は大きく息を吐き、一人きりのハウスを見まわした。親父の病状などおかまいなしに、苺が長い長い列をつくって収穫を待っていた。真夏に近い温度なのに鳥の声も蟬の声もないハウスの中では、実のふくらむ音やランナーが伸びる音すら聞こえてきそうだった。

さて、と。一人の恵介は誰かに聞かせるように、ことさら声に出して言う。「さてと」

とりあえず、今日は今日のこと。いますべきなのは「葉面散布」だ。じっくり読んでいる暇はない。

「前にやってから十日経っている」という母親の言葉を思い出して、ノートの最後のほう、十日前の日付のところを読んでみた。

『葉散』という略語のあとに、薬品の名前らしき単語が三つ並んでいる。

『リンリン』

『Z』

『屈育剤』

謎の暗号を解読すべく納屋へ行く。

望月家の納屋は、かつては瓦屋根の保存古民家じみた建物だったが、恵介が中学に上がる頃に建て替えられた。鉄骨に波形屋根を載せただけの簡素な造りだが、恵介たちの2LDKのマンションがすっぽり入りそうな広さがある。

薬品棚は保冷庫の隣だ。かつての納屋には農薬の袋が積みあがっていたものだが、規制が厳しいいまは、だいぶ量が減っている。薬剤もたいていがコンパクトなボトル入り。そのかわり種類は多くなっているようで、トマト時代より棚がひとつ増えていた。

『リンリン』がどれかはすぐにわかった。『りんりんリーフ』という商品名の液肥。

『Z』はたぶん、これだな。『アミノZ』

あとは、屈育剤か——

洗剤や車のメンテナンス用品みたいなボトルをひとつひとつ手に取ってみる。どれだろう。もしかして、これか。500ミリリットルほどのボトルに、小さくこんな文字が読めた。

『展着剤』。

「屈育剤」じゃなくて「展着剤」だったか。もう少しきれいな字で書いてくれよ、父ちゃん。

ようやく使用する薬剤が判明した。とはいえ事が解決したわけじゃなかった。

どうやって撒けばいい？　薬剤の取扱い説明書が必要だったが、それらしいものは見当たらない。子どものお遣《つか》いみたいで嫌だったがしかたない。母親に聞くために作業場へ戻る。

もう姿がなかった。

駐車場からは軽トラックも消えていた。箱詰めを終えて出荷所へ行ってしまったのだ。

めあてのものは作業場の書類棚ですぐに見つかった。仕事には几帳面な親父が説明書をひとまとめにファイルしていたからだ。

りんりんリーフは、１０００倍希釈で、１アールあたり20～25リットル。ほかの薬剤も混ぜるとしたら、散布タンクの容量だと一回では終わらない。思ったより大変だぞ――とのんきにげんなりしているうちに、肝心なことに気づいた。

一回では終わらないどころじゃない！

「１アールあたり」だ。ハウスの広さは一反。つまり――農業に興味のない農家の息子とはいえ、さすがに土地の換算単位は熟知している――およそ10アール。

十回でも終わらない。

二時までに病院へ行って、誠子ネエと付き添いを交替しなくてはならないのだから、どう考えても終わるわけがない。

少しだけでもやっておくべきか、何回ぐらいならできるかを確かめるために時計を見た。

しゃびゃあ。いつのまにか一時半になっていた。誠子ネエは遅刻の常習犯のくせに他人の遅刻には厳しい。

しかも、車がない。軽のワゴンは誠子ネエが、軽トラックは母ちゃんが乗っていってしまった。バス停まで歩くしかなかった。いや、走るしかない。一時間に二本のバスがすぐに来るとして。

茶の間には昼食が用意してあった。ハムときゅうりのサンドイッチ。昼寝中の祖母ちゃんや帰ってくる誠子ネエたちの分まで。母ちゃんが一人で箱詰めをして、出荷所へ行くまでのわずかな時間でこしらえたのだ。俺が葉面散布の準備だけにぐずぐず手間取っている間に。

凄《すご》い労働量だ。前々から思っていた。専業農家で大変なのは、じつは奥さんのほうじゃないのかと。

徒歩（急ぎ足で）十分のバス停に病院行きのバスが来るのは十八分後。作業着を着替えていると飯を食う時間がなくなる。どちらを取るかは、自分でも驚くほど迷わなかった。三つ切りのサンドイッチ六個を立て続けに口へ放りこみ、コップ二杯の牛乳で腹に押しこめて作業着のまま家を出た。あんなに朝飯を食ったのに、すでに胃がくうーんと子犬みたいな悲鳴をあげるほど腹が減っていたのだ。

というわけで恵介は、何もかもの仕事が中途半端なまま、親父のベッドのかたわらにいる。悔しかった。自分に腹が立っていた。

広告代理店でそれなりに仕事がこなせるようになると、「面倒をみろ」「育ててくれ」という命《めい》のもとに後輩デザイナーをアシスタントとしてつけられる。正直、迷惑だった。自分の時間を割《さ》いて手とり足とり教えたり、頼んだ仕事が下手すぎて自分でやり直したり。かえって足手まといになることのほうが多かった。

今日の恵介がまさしくそれだった。手伝ったのではなく、邪魔をしていただけ。苺の箱詰めは母親が一人でやったほうが早かった。少しは貢献したと思っていた収穫だって、もぐ時に茎を長く残しすぎて、よけいな手間をかけさせてしまった。

親父は眠り続けている。家から持ってきた『いちご白書』を読むことにした。実家の仕事をどうするかきょうだいで話し合ったとしても、自動的に体が動いてしまうらしい母親を説得し、仕事をやめさせるには時間がかかりそうだ。少しでも邪魔にならず手伝えるように、最低限の知識は持たなくては。

『いちご白書』は、パソコンでつくった書類をコピーして綴じただけの冊子だが、初心者農家向けに書かれていてわかりやすい。農業資材会社が自社製品を売り込むためのものだから、こうるさく商品名が出てくるのが玉にきずだが。

農家は毎年毎年同じ品種をつくり続けている特定の野菜のプロフェッショナル、と思いこんでいる人は多いが、必ずしもそうじゃない。親父がいい例だ。土地を休ませるために品種を変えたり、違う作物を植えたり、もっと儲かると聞いた野菜に切り替えることもある。土地をどう使おうが自分の勝手。農家はいわば自由業で、土地が元手の起業家だ。

認めたくはないが、恵介がフリーになった理由の何番目かは、農家に生まれたことかもしれない。就職した当初から会社勤めが窮屈でしかたなかった。自分の才量と裁量で仕事ができたらどんなにいいだろう。割り当てられた狭いデスクで、そればかり考えていた。

『いちご白書』と一緒に親父のノートも持ってきていた。両方を引き比べると、暗号みたいなメモ書きの意味が少しずつわかってきた。

そうか、ただ土を盛っただけに見えるあの台形の畝の中には、水と肥料を送りこむチューブが張りめぐらされているのだ。トマトの時には手動だった暖房機はセンサー付きに替わっていた。

望月家の農業は恵介が知らないうちに進歩していた。ノートにたびたび出てくる『天敵』というのは、苺の害虫を駆除するための生物農薬のことだった。肉眼では見えないほどの小さな虫が害虫を捕食する。薬のかわりに虫で虫を退治しているのだ。イギリス製だそうな。

親父はこんなことをしていたのか。日が暮れて帰ってくるとすぐに「風呂、メシ」で、ジャイアンツのナイター中継を観ながら酔っぱらい、中継が終わる前に寝入ってしまう。そんな姿しか知らなかった。

皮肉笑いを浮かべているような片側麻痺の寝顔を眺めて、恵介はため息まじりに呟く。

「大変なんだな、親父も、母ちゃんも」

苺から伸びている「ランナー」という名の蔓は、ただ無駄に伸びているだけだと思っていたのだが、大違いだった。

『いちご白書』によると、一株から何本も出てくるランナーの先端には芽があり、土と接触すると根を伸ばして、新しい株をつくるのだそうだ。その子株からまたランナーが伸びて——という具合に苺はタコ足配線のように増殖していく。

収穫期には栄養が取られないようにぽきぽきもいでしまうが、育苗期には大切に伸ばして、ポットに受け、子株を増やしていくのだ。最終的にひとつの親株から二十〜三十の子株を採取し、それを畝に定植して、収穫用の実をならせる。

　植物ってのは凄いもんだ。農業に興味のない農家の息子でも、それはいつも思う。じゃがいもは切り分けた種いもの一かけらから芽を出し、十も二十も新しいいもを生み出す。

　トマトもきゅうりもなすも、耳垢《みみあか》みたいな小さな種が、百の実に変わる。粒胡椒《こしょう》ほどの大根の種は、引っこ抜くのに苦労するほどの大きさになる。

　苺の種は、赤い実に点在する例のつぶつぶではなく、あれのさらに中にあるとても小さなものだそうだ。それが何十もの株になり、それぞれの株が何十もの実をつける
——

　錬金術なんてものはこの世に存在しないらしいが、近いものがあるとしたら、それは農業かもしれない。労働という対価をたっぷり支払わねばならない錬金術だ。

　親父はトマトを種から育てていたが、手間と、それ以上に神経を使うようで、何年も前にやめている。苺も「親株」という元になる苗を、種苗会社から買っているようだ。ノートによると、去年の十一月に、来シーズン用の親株を予約している。

『紅ほっぺ　240』

『いちご白書』には「不出来も考慮して1親株から採取する子株は20程度と見積もる

のが望ましい」と書かれているが、あのハウスの苺は四千八百株じゃきかない。親父のことだから「もうちょっくらぁいけるらぁ」とぎりぎりの勝負を挑んだのだと思う。

その一週間後には、こんな記述があった。

『追加予約　章姫　160　夏までに第二棟システム工事』

最初は何のことかわからなかった。追加予約ってことは――

『いちご白書』をめくって巻末に載った「いちごカタログ」を流し見る。やっぱり。「章姫《あきひめ》」は苺の品種名だ。

あきれた。親父は仕事の手を広げるつもりだったのだ。もうひとつのハウスを使って。おそらく不肖の息子を見かぎって。

どうかしてる。七十にもなってこれ以上仕事を増やすなんて。そんなことしてるから、倒れちまうんだよ。

「望月さーん、体位変換しましょうねぇ」

背後から声が飛んできた。愛嬌のある丸顔と頑丈そうな丸い体の看護師さんだった。

「あらぁ、今日は息子さんなんですか。もう付き添いはなさらなくてだいじょうぶですよ、と娘さんにはお伝えしたんですけど」

どの娘さんだろう。まぁ、間違いなく剛子ネエだろう。

看護師さんは太い腕を親父の体の下に差し入れたかと思うと、寝技系格闘技さながらの高度なテクニックで寝たきりの親父を反転させる。

「うあぁむ」

親父が目を覚ました。

体の向きをこちらに変えた親父が白目を剝いている左目だけでなく、きちんと閉じた右のまぶたも開けた。

顔の前に手をかざして左右に振ると、動きに合わせて眼球も揺れた。

「親父、俺だ」

鎧戸《よろいど》のように皺がだぶついたまぶたの中の瞳には、ちゃんと意識の灯《ともしび》が宿っている、ように恵介には見えた。

唇の片側がひくりと震え、親父が声をあげた。

「おぁお」

うがいをしているようなガラガラ声は病気のせいというより、もともとの地声だ。糸で吊りあげられたみたいに唇の端をめくりあげて言葉を絞り出す。

「け……」

おお、恵介か、と言ったのだと思う。

「ああ、恵介だ。よかったよ、命に別状はないってさ。やっぱりしぶといな」

二年ぶりの会話だ。憎まれ口を叩いている場合ではなく、話したいことはいろいろあった。いろいろあるはずなのに、後の言葉が出てこない。口をついて出たのは、どうでもいい言葉だった。

「この前、ホジョーニオヤカブ、って言ってただろ。あれの意味がやっとわかったよ」

「ほぉお」

「うん、圃場。圃場っていうのはどこ？　親株はいつ来るの？」

「お、お、おっおわ……」

ブランケットがもそりと動いた。体の下になっている麻痺のないほうの右手を動かそうとしているのだ。

「起きる？」そうだよ、起きてくれ。起きてもっと話をしてくれ。小言でも説教でもいいから。

手を差しのべようとしたら、丸い看護師さんにまるっとした声でたしなめられた。

「まだ安静期です。無理は禁物ですよ」

恵介の手は宙で止まり、親父も体のもぞもぞをぴたりとやめる。そろって先生に叱られた小学生みたいに。

「リハビリが始まるまでは、ゆっくり休まなくちゃ」

はい、先生。自分だけいい子になろうとするように、親父の蛙《かえる》目の中の眼球がくるりと動き、また眠りの世界へ戻ってしまった。

夕方六時すぎに進子ネエが母親を連れてやってきた。

ベッドサイドの椅子を恵介が譲ると、母親は、親父に話しかけるでもなく、ただ顔を見つめて「うんうん」と何度も頷いた。

「さっき、俺の名前を呼んだんだ」たぶん。「明日からは流動食が摂れるかもしれないって」

恵介の報告にも振り返らず、親父の顔を眺めたまま「うんうん」

「もうだいじょうぶだね」という進子ネエの言葉にも、うんうん。

母親がベッドから垂れた親父の右手を両手で握りしめる。仲むつまじい姿なんて見たこともない夫婦だが、あと何年かで金婚式の長い年月が培った、二人にしか通じないテレパシーで交信し合っているのかもしれない。進子ネエが、席をはずそうか、と目くばせをしてきた。

デイルームで缶コーヒーを買い、中身をひと息で半分に減らしてから恵介は言う。

「親父の付き添い、そろそろいいんじゃない？」

コーヒーはふだんなら選ばない甘ったるいミルク入り。肉体労働に疲れ切った体が糖分を渇望しているらしい。進子ネエは持参した水筒を取り出した。

「私もそう思う。でもお姉ちゃんが頑固でね。この病院は近所で評判が悪い。信用できないって」

「じゃあ、自分だけ続ければいい」面と向かっては言えないせりふを吐き出す。「俺は抜けていいかな」

ここへ来なければ、葉面散布を終わらせられた。ランナー取りや摘果だって何列ぶんかは進んだはずだ。

進子ネエが真冬のベンチで出番を待つサッカー選手みたいなロングコートを脱ぐ。コートの下は長袖のTシャツだけだ。ガラス工房は酷く暑いが、火傷《やけど》や切り傷を防ぐために半袖はNG。進子ネエは真夏でもたいてい長Tを着ている。手にした水筒は砂漠に一泊二日できそうなほどでかい。コートを背もたれにして恵介を見返してきた。

「東京に帰るのかい」

「え？」

「むこうのこと、心配だよね」

「あ……う、うん」

「しかたないよね、仕事があるもんね」

仕事のこと、忘れてた、なんて言えなかった。

「忙しいんだろ」

私と違って、という自嘲を呑みこんだような口調だ。恵介の美大進学のお手本だった進子ネエ自身は、美大受験を二度失敗し、結局、地元のデザイン専門学校に入った。タウン誌やPR誌の編集プロダクション勤務、フリーのイラストレーター、アルバイト生活、普通の会社の事務職などなどを経て、三十を過ぎてからガラス工芸家に弟子入りし、自分の工房を開いたのが、五年前。

自由に生きていると自他ともに認めている人生だが、フリーを二年間経験した恵介は知っている。「自由」は案外と不自由だ。

「帰ったほうがいい」

あんたはここにいちゃだめだ。そう言っている表情を見つめ返すことができずに恵介は目を逸らして、手の中の缶コーヒーを雑巾みたいに絞りあげた。

「でも、苺をほっとけなくて。ハウスの中の苺……あ、いや、母ちゃんをほうっておけないって意味だけど」

進子ネエがソファーにもたれて天井を見上げる。

「苺かぁ」

「どうしよう。やめろって言ったって、母ちゃんはやめないよ」

農家にとって収穫期のいまは、いままでの労働の賃金を畑から拾い上げているようなものだ。経済的にもやめられないだろう。

「あの人はねぇ。頑固っていうんじゃなくて、目の前の仕事に条件反射でしがみついちゃう人だから」

進子ネエが天井を見上げたままごつい水筒で自分の肩を叩く。

「よっしゃ、とりあえず私が手伝っておくよ」

「ほんと」

「おう、まかせろ。こう見えて――」一瞬口ごもってから、恵介にそっぽを向いて言葉を続ける。「暇だからな」

「じゃあ、東京へ帰ろうかな」いったん。

進子ネエに後を頼めるなら心強い。ちょくちょく実家に顔を出しているから、親父の仕事には俺よりよっぽどくわしいだろう。

「葉面散布だけは俺が終わらせとく」

「ヨウメン……って何？」

「えーと、圃場ってわかる？」

「なんですかいな、そいつは」

だいじょうぶかな。

恵介だけじゃない。姉たちだって、恵介と親父の、家を継ぐ継がないの抗争を、他人事《ひとごと》として眺めるだけで、三人とも農家から抜け出すことしか考えてこなかったはずだ。

忍耐力と繊細さにおいて、女性は農業に向いている気がする。婿《むこ》を取るという意味ではなく、女性が自分自身で農業を継ぐという考え方は悪くないと思うのだが、そういう発想はこの土地には、少なくとも親父の頭の中には、そもそもの姉たちにも、ない。

誠子ネエがよくふくれっ面でこんなことを言う。

「女を舐《な》めてるんだよ、うちのお父さんは。私たちの名前からして、そうじゃない。男の名前しか考えてなかったけど、女が生まれちゃって、面倒だから下に『子』だけつけてみました、っていうのが見え見え」

だとしたら、恵介という名前は、次もどうせ女だと決めてかかった親父が面倒がって「恵子」しか用意していなかっただけ、ではないだろうか。

進子ネエが水筒で叩いていた肩をすくめる。

「苺のことはよく知らないんだ。お母さんだってあんまりわかってないと思うよ。お父さんがいきなり独断で始めた仕事だからね。お父さんにしたって、始めたはいいけど、試行錯誤してるって感じじゃないの」

そうかもしれない。『いちご白書』にはあっちにもこっちにも受験参考書みたいに赤いアンダーラインが引かれている。

「トマトならねぇ。昔、よく手伝わされたもんね。私で役に立つかどうか」

ご謙遜を。高校時代はバレー部のエースで、肉体労働でもあるガラス工芸に明け暮れている進子ネエのほうが、フィジカル的には恵介よりよほど戦力になるだろう。

「手伝いつつ気長に説得するよ。お母さんだって冷静になればわかるはずだ。お父さんが退院したって根本的な解決にはならないってこと。元の体に戻るまでどのくらいかかるか……」

言葉を濁したのは、元には戻らない可能性もある、というせりふを呑みこんだからだと思う。そうなのだ。恵介たちが付け焼き刃で手伝ったところで、どのみち望月家は農業を廃業することになる。

「苺、どうせあと二カ月ぐらいだろ」

「いや、もう少し」親父のノートによれば、去年は五月いっぱいまで収穫していた。

「明日は帰るだろ？」

「え、ああ……」そんなに急に？「夕方まではやっていく。で、また来るよ」

「無理しなくていいよ。さすがに私も毎日は無理だから、誠子にも手伝わせよう。農作業、いちばん嫌がってたけど、やらせれば、あのコがいちばんうまかったよね、昔から」

「でも、誠ネエだって、そう長くはいないだろ。陽菜の学校だってあるし」

ソファーに長い手足を沈めていた進子ネエが身を乗り出して、耳打ちする口調で言う。

「ありゃあ、とうぶん帰らないよ。雅也クンとまた何かあったんだね。今回のことにかこつけて、出戻るつもりじゃないのかね」

「まさか」

「去年も、十一月の初め頃だっけか、いきなり家を出てきちゃって。二週間ぐらいこっちにいたんだよ」

進子ネエは「結婚」や「夫婦」に関してネガティブな意見を持ち、なおかつその言葉に敏感に反応する人だ。話し半分に聞いていたのだが、「半分」ではなく、七十五パーセントぐらいは信憑性がありそうだった。

「雅也クンとはもう離婚するって言って」

そういえば、この三日間、誠子ネエの口からは、雅也さんの「ま」の字も出てこない。

恵介が母親を連れて家に帰ることになったのだが、どこかへ移動する前には必ずトイレに行く母親がなかなか戻ってこない。先に一階へ降り、軽トラックを駐車場から出しておくことにした。

夜間出入り口の前で、戸外の喫煙所から戻ってきたらしい男と鉢合わせになった。先を譲り、点滴スタンドをころがす男をやりすごしてから、ドアを抜けようとしたら、

「あれ、もしかして、喜一《きいち》さんのとこの？」点滴スタンドがこっちを振り返っている。親父と同世代に見える老人だ。「恵ちゃんじゃにゃあの」

「どうも」誰だかわからないまま頭を下げたとたんに思い出した。すっかり禿げあがっていたから気づかなかった。増田さん。実家の近所——といっても七、八百メートルほど東で——みかんや花卉《かき》の農家をやっている人だ。

「おひさしぶりです」

「いやいやいや、そうかそうか」

増田さんはなぜか嬉しそうだった。恵介の頭からつま先までに視線を往復させて、顔をほころばせる。

「いいなぁ、喜一さんのとこは。長男がいて」

満月みたいな笑顔の理由がようやくわかった。恵介が作業着を着ているからだ。

「いやぁ、ついになぁ。喜一さんも水臭《みずくさ》あ。息子が家を継ぐって話は前々から聞い

てたけんど」

親父が入院していることは知らないようだ。噂が近隣に、とくに同業者には、水に墨汁を垂らしたように速《すみ》やかに伝わるこの土地では珍しい。増田さんはもう農業をやめたのかもしれない。点滴スタンドにすがりつくような足どりだった。二人の娘はずいぶん前に結婚していて、この町にはいない。

「ここも活気づくら」

違うとは言い出せなかった。他人の家のことなのに、わがことのように喜んでいたからだ。


二列シートの窓側に座ろうと腰を落とした瞬間、
いっ。

痛みの電流が腰に走った。

今日も朝五時に起き、まだ暗いうちから、ヘッドランプを装着して収穫作業をした。

昼からは葉面散布。終わったのはほんの一時間半前だ。シャワーを浴び、荷物をまとめ、昼近くから仕事に加わった誠子ネエに車中ずっと愚痴と厭《いや》味を言われながら送ってもらい、午後七時すぎのこの東京行きの新幹線に駆けこんだ。

金曜日の夜だから座席はあらかたが埋まっている。窓の外は一面の闇で、富士山はシルエットすら見えない。

列車が動き出し、街灯り《まちあか》が後方へ飛び去っていく。恵介は痛む腰をシートに預けて深く息を吐いた。

いつからだろう。故郷を出る時の気持ちが、一抹の寂しさではなく、一抹の安堵に変わったのは。

美大に入学が決まって上京した時も、事後承諾の就職の報告をしに来た帰りも、初めて美月を連れていった日も、この町を出る時の気分はいつも「脱出」だ。

とりあえず、つかのまの脱出の成功を祝して、駅で買った缶ビールを開ける。つまみは静岡名物「茹《ゆ》でらっかせい」。駅弁はなし。遅くなっても久しぶりにわが家で飯を食いたくて、美月には昼のうちに連絡してあった。

親父譲りで酒はいけるほうなのだが、今日は二本目の缶ビールの途中でまぶたが重くなってきた。小田原を過ぎた頃には、夢の中だった。

本当に夢を見ていた。苺を収穫している夢だ。

摘んでも摘んでも苺は新しい実を実らせる。高速再生した記録映像のように。畝を振り返ると、きれいに収穫したはずの苺が、もとどおり赤い実を鈴なりにしていた。

ハウスの中で「しゃびゃあ」と叫んだところで目が覚めた。

「お帰り〜」

パジャマ姿の銀河が飛びついてきた。こらこら、もう寝る時間を過ぎてるぞ。まったくもう、嬉しい。

「ねえねえあのねきょう幼稚園でこばと組とドッジボールをしてね」

着替えをしているあいだも恵介にまとわりついてくる。

「ぼくボールあてたんだよ。はるとクンとここなチャンに」

我慢して起きていたんだろう。銀河の両目は半開きの蛙目になっている。隔世遺伝ってやつか。愛らしさは大違いだが、病床の親父の目もとを思い出してしまう。

風呂に入りたかったが、美月は明日も早い。先に飯にする。銀河はダイニングでも、座布団を二枚重ねた自分の椅子を恵介の隣に運んで喋り続けた。

「でね、こばと組の……子が……ね………」

「で、ドッジボールで勝ったのは、ドッジ?」

恵介は珠玉のオヤジギャグを放って銀河を振り返る。

「…………」

電池切れ。椅子に背中を預けて、口をひし形に開いたまま寝ていた。

美月には話したいことがたくさんあった。何から話そうか考えていたら、先に言葉をかけられた。

「そういえば、電話があったよ」

「静岡から？」

突然の逃亡に対する剛子ネエからの怒りの電話だろうか。様子を見にまた戻る、と誠子ネエには伝えたのだが、伝えてないな、間違いなく。

「ううん、仕事関係の人。仕事場と携帯に何度も連絡したけど、繋がらなかったって」

あ。新幹線に乗った時に電源をオフにしたままだ。急いで寝室に携帯電話《スマホ》を取りに行く。

自宅の番号を教えている仕事先はそう多くない。代理店時代からつきあいのある小さな広告制作会社《プロダクション》の社長からだった。事務所用の年賀状に『たまには一緒に仕事をしましょうよ』と儀礼っぽく、じつは切実に書き添えて、恵介にしてはせいいっぱいの売り込みをしていた相手だ。

時刻は午後十時近かったが、広告業者にとっては夜のとば口だ。

予想どおり、まだ会社にいた。

「ああ、よかった。急ぎの仕事が入っちゃってね。うち、デザイナーが一人辞めたばかりで、どうにも手が回らなくて。望月さんクラスには半端仕事だろうけど、受けてもらえます？」

スケジュール帳を確かめるふりをして、ソファーにころがっていた『妖怪ウォッチ大図鑑』をめくった。

「ええっと……だいじょうぶ……だと思います」

あれだけ待ち続けていた仕事の依頼なのに、素直に喜べなかった。恵介のいまの気持ちをひと言で表すと、こうなる。

「なぜ、いま来る？」

パソコン画面の中にこしらえた横長のフレームに、陽光に輝く若葉の写真を貼りつける。ネットで探した写真素材《レンタルフォト》ではなく、海外ロケに行った時に自分で撮っておいた中の一枚だ。

左上に文字を打ちこむ。

『地球に優しいテクノロジー』

せっかくの見開きページだ。見出し《ヘッド》コピーは、どーんとど真ん中にレイアウトしようか。

新しい仕事は、会社案内パンフレット。競合プレゼンではなく、企画も見出しコピーもページの割り付けもすでに決まっている。面白みはないが、そのぶん苦労も少なく、取りはぐれもない、いわゆるおいしい仕事。全32ページ。半年前から値下げしているデザイン料でも、七桁近い金額が稼げるだろう。

土曜の今日も美月はパート。家で銀河と遊ぶつもりだったのだが、「はるとクンとやくそくがある」そうで、ついさっき出かけてしまった。手持ちぶさただから自宅のノートパソコンで仕事を始めたばかりだ。

ページ割りは昨日の深夜にメールで届いている。「タイトなスケジュール」と社長がこぼしていた提出期限は一週間後。他に仕事のない恵介には一週間あればじゅうぶんだった。

地球に優しい、か。何千回聞いた言葉だろう。この会社のスローガンだそうだ。何をしているかといえば、製品のリサイクルをきちんとしているというだけ。いちばん地球に優しいのは、この会社が製品をつくらないことだろう。

親父は、地球に優しくするために、農薬を減らしているわけじゃない。ただ単に規制が厳しいからだ。親父のことだから、どうやって規制ぎりぎりで勝負するか、あれこれ算段をめぐらせているに違いない。

そういえば、次の農薬散布はいつだったっけ。親父のノートと『いちご白書』は持ち帰っている。調べなきゃ……いやいや、いまは自分の仕事だ。

とりあえず、次のページのデザインを考えることにした。見出しコピーは、これだ。

『自然と共存する未来へ』

口で言うだけなら簡単だ。

「地球に優しく」だの「食の安全を守れ」だのと、かけ声ばかりあげているうちにも、作物が消えていく。かけ声と理屈だけで、誰も土にまみれようとしないからだ。

遠からず日本はコンクリートに覆われ、人が住む場所のどこもかしこも、みんなが好きな都会になるだろう。

もちろん恵介も、その「みんな」の中の一人だ。それどころか、目の前にぶら下げられた農業という職業を自ら放棄している。だがそれを、その他大勢の「みんな」から責められても困る。こう言うしかない。「そうですよね、農業、大切ですよね。じゃあ、あなたに譲りますから、かわりにやってください」

いかん。下手くそなコピーに毒づくのは、グラフィックデザイナーの悪いくせだ。久しぶりの仕事なんだから集中しなくては。

筋肉痛が昨日より酷くなった腰を揉みながら『自然と共存する未来へ』という見出しにどんなビジュアルがふさわしいか考えた。

蜜蜂が頭に浮かんだ。花に受粉させ、花から蜜をもらう。まさに共存——

とはいえ、苺のハウスの蜂たちは、あまり共存していない。苺の花は蜜が少ないうえに、確実に受粉させるための蜜蜂の数は過剰なほど多いから、苺の蜜だけでは餓えて死んでしまう。餌になる乾燥花粉や砂糖水を定期的に与えなければならないのだ。

母ちゃんはちゃんと餌をやっているだろうか。「なんでだらぁね。私ばっかり刺すだよ」と蜂にいまいましげだった母親は、段ボール製の巣箱には近づこうともしていなかった。進子ネエに教えておくべきだったか——

いかん、いかん、なぜここで苺が出てくる。集中集中。蜂と花の写真をネットの中から探す。

デザイン案を提出する時、以前の恵介は、頭に浮かんだイメージを自分で描いていた。オーケーが出たら、カメラマンを人選して撮影する。あるいはイラストレーターに発注する。それが広告制作の基本だと思っていた。

だが、いまの仕事は、低予算のレンタルフォトで済ませてくれ、という依頼ばかりだ。美大じこみの素案画《ラフスケッチ》は「わかりにくい」と不評だし、どうせ二度手間になるから、最初からレンタルできる写真をネットで探す。

良さそうな写真はいくつかあったが、虫は気持ちが悪いからやめてくれ、というクライアントもいる。うーむ、蜜蜂でいいのだろうか。

企画書をメールで送りつけてきた制作会社のコピーライターは顔も知らない人間で、電話での連絡はなく、まだ声すら聞いていない。下の名前が「純」だから、性別も不明。打ち合わせぐらいしておくべきだと思ったが、メールには電話番号が添えられていない。連絡はメールだけにしてくれ、という意思表示みたいに。

こういう仕事の流れにも最近は慣れっこになってきた。でも、ときどき、うんざりするほど延々と続く代理店時代の企画会議が懐かしく思えてくる。

まぁ、いいや。たいした仕事じゃない。好きにやってくれってことだろう。気持ちの乗らない仕事をする時、恵介は請求書の金額を思い浮かべることにしている。時間を金で売ったと思えばいい。

表紙　5万円

ページ　3万円×31

蜜蜂ではなく、ハチドリという手もありだろうか。キーボードを打つ手が宙をさまよう。その拍子に、

くいっ。

指が知らず知らず苺を摘む動作をしていた。

単純労働というのは恐ろしい。たった二、三日で体にしみついてしまった。集中集中。

ハチドリと花の写真をいくつか見つけ、どれにするか逡巡していると、恵介の指はまた、くいっ。


「♪よーでるよーでる妖怪でるけん、でられんけん」

銀河がパジャマ姿で『ようかい体操第一』を踊ってる。

「♪ウォッチ！　いまなん時？」

「寝る時間よ」

銀河をたしなめながら、美月は思った。ようやく元の暮らしが戻ったと。

お義父さんのことがあった一週間前に、というより、恵介にちゃんと仕事があった頃の暮らしに。

帰ってからの恵介は土日も仕事。月曜も火曜の今日も帰りは、銀河の就寝時間の直前。

銀河が『ようかい体操第二』を始めてしまった。いまさっき帰ってきたばかりの恵介にかまってもらいたいのだ。腰つきに気合いが入っている。

早く寝かせたいこちらとしては、迷惑な帰宅時間なのだけれど、忙しくても銀河に会いたくて、むりやり仕事を終わらせていることはわかっているから、文句の言葉もひっこむ。

以前と何かが変わったとしたら、恵介が早起きになったことだ。今日も美月が起きた六時すぎにはもう仕事を始めていた。何時に起きたのだろう。ダイニングテーブルには朝ごはんまでつくってあった。ハムときゅうりのサンドイッチ。

「銀河、時計を見なさい。太い針はどこ？」

「うーん、まだななめ下」

食事を済ませた恵介が両手を合わせて言う。

「いただきました」

腰をくねくねさせていた銀河が笑う。

「パパ、おかしいっ」

恵介は怪訝《けげん》そうな顔をしている。気づいていないのだ。

「おとななのにまちがえてる。ごはんがおわったら『ごちそうさま』でしょ」

「え……あれ、俺、ごちそうさまって、言わなかったっけ」

ううん、銀河、パパは間違っていない。パパの田舎では「ごちそうさま」のかわりに「いただきました」って言うんだよ。

知り合った頃の恵介は「方言なんてないな。俺たちの世代は完全に標準語だよ」と言ってるそばから故郷《クニ》の言葉が出ていた。自分では標準語だと思いこんで。

でも、それも、ここ何年も、すっかり消えていたのに。

「さ、銀河、寝よう。パパが絵本読んであげるよ」

「絵本より昆虫図鑑がいい」

「……あれ、面白いか？　カチカチ山でいいら？」


どんなにはしゃいでいても、銀河は布団に入ると五分ともたずに、ころり、だ。恵介はすぐに寝室から戻ってきた。何か話があることは、食事をしている時から、ちらちらとこちらに走らせてくる視線でわかっていた。いまも、テレビのニュースを眺めるふりをしながら、ちらちら。

「お茶どうぞ」

「あのさ」

やっぱり。

なぜだろう。美月には恵介の言葉が予想できた。

喉の詰まった声で切り出してきたのは、予想どおりのせりふだった。

「俺、しばらく静岡に帰ろうと思うんだけど、いいかな」

「それは……いいけど。帰る、じゃないでしょ」

「え？」

「『帰る』じゃなくて『行く』って言って」

「あ……うん、行こうと思う」

ただいま、って言える家は一軒だけにして欲しい。美月の亡くなった父親の最後の言葉が「ただいま」だった。病院のベッドでいったん取り戻した意識をまた失って、たぶん家に帰りついた夢を見ていたんだと思う。動かせる右手の指で何かのしぐさをして、消えそうな声で言ったのだ。

「ただいま」

あの指が何に触れようとしていたのか、もう誰にもわからない。ドアノブを握ろうとしたのか、帰るなりいつもそうしてくれたように小学五年生だった美月の頭を撫でようとしたのか。

「しばらくって、どのくらい？」

ロケで一週間家を空ける時も「ほんのちょっと」と言う人だ。しばらくというのは、ほんとうに「しばらく」である気がした。美月は湯呑み茶碗を握り締めて次の言葉を待つ。

「ずっとむこうに行きっぱなしなわけじゃなくて、往復するって意味だから。えーと、往復といったって交通費の許す範囲で……」

弁解に弁解を重ねる恵介の視線は、美月にではなく、背後の宙に向けられている。はるか遠く富士山の麓を眺めているふうに。

ここ数日、恵介はことあるごとに「苺」の話をする。

「ずぅーっと、しゃがみっぱなし。だもんで、腰に来る来る」「タンク担いで農薬撒いて。農家の息子なのに生まれて初めてさぁ。これがまた重くて」

たいていは愚痴。なのに饒舌。まるで「嫁に孫の世話を押しつけられちゃってねぇ」なんて、迷惑顔をしながらまんざらでもないって感じのお年寄りと話しているみたいだ。

「採れたての苺、美月と銀河にも食べさせてやりたいな。うまいんだ、ほんとうに。あれを親父たちがつくっているなんて信じられない」

実家の窮状を見かねて家業を手伝いに行く。すごく遠い場所ではないし、時間の都合がつくフリーランスなんだから、なにも問題はない、はずなのだけれど――なんだろう、この漠然とした不安は。美月はとりあえず唯一の問題点を口にしてみた。

「仕事はいいの？」

「今日のうちに終わらせた。期限より早く渡したから、次の作業は来週以降になると思う。いちおうノートパソコンを持っていって、むこうでも仕事ができるようにする」

デザインの仕事にはしつこいぐらい真摯《しんし》なこの人にしては、やけに手離れが早い。ふだんはどんな仕事でもぎりぎりまで粘るのに。むこうでも仕事ができる——って、家計を切りつめて家賃を払って事務所を借りているのは何のため？

何があっても、仕事にはまじめな人だから、美月は安心していたのだけれど、いまは仕事にまじめな恵介が心配だった。

言いたいことはいろいろあったが、恵介の実家がいま大変なのは事実だ。たくさんの言葉をのみこんで、これだけ言った。

「いつから？」

「明日」

2

バス通りを折れて農道に入ると、実家までは一本道だ。

停留所で降りた恵介は、当座必要な仕事道具を詰めこんだキャリーケースをころがしている。でこぼこ道に慣れていない、海外ロケの時のバーコードシールがあちこちに残ったキャリーケースが、ドナドナドナと心細げな音を立てていた。

時刻は午前九時をまわったばかり。こんな早い時間に実家へ帰るのは初めてだろう。前方には今日もぬっそりと、銭湯の絵みたいな富士山。

いつものことだが、玄関には鍵がかかっていなかった。

中に声をかけたが、返事はない。この時間の母親は外で仕事と決まっているのだから、最初からハウスに顔を出すべきだったか。踵《きびす》を返そうとしたら、廊下の左手、茶の間の半開きの襖から小さな頭が飛び出した。

「おう、陽菜」

恵介だとわかったとたん、長い結い髪を揺らしてそっぽを向く。誠子ネエがまだこっちにいることは電話で聞いていたが、だいじょうぶなのか、陽菜の学校は。

「お母さんは？　誰もいないの？」

眉の間にコインをはさんでいるような顔が引っこんでしまった。なんなんだ、あの子は。不機嫌な時の誠子ネエの縮小コピーみたいだ。

作業場を覗いてみた。ピンク色のヨットパーカーが見えたからだ。母親にしてはやけに派手な服だと思ったら、苺をパック詰めしていたのは、誠子ネエだった。

恵介に気づくと、眉間に五百円玉が二枚はさまりそうな顔を向けてきた。

「ったく。大変だったんだよ、こっちは。あんたが帰っちゃってから」

それだけ言って、いまいましそうに睨みつける相手を山積みの収穫トレーと、そこにぎっしり並んだ苺に変えた。とはいえ、苛立たしげにパックに詰めこむ手さばきは、恵介よりずっと素早い。

なんと、祖母ちゃんもいた。

誠子ネエの向かい側に座り、切り取られた苺の茎をゆっくりゆっくり集めている。

「一服するべや」

誠子ネエが首を横に振ると、集めた茎をゆっくりゆっくりポリバケツに捨てて、また口をもごもごさせた。

「そろそろ一服するべや」

「ばあちゃん、おはよう」

声をかけたら、親父に似た蛙目を丸く見開いて、他人行儀に頭を下げてきた。

「いいあんばいで」

「俺だよ、恵介」

「ああ、なんだ、恵介ちゃん。早く学校に行かにゃあと、遅れるだら」

ハウスの中では母親と進子ネエが畝《うね》にへばりついていた。

「よう」

首タオルが似合いすぎの進子ネエが繁り葉の向こうで手刀を差し上げると、手前にいた母親も「よう」と片手をあげた。恵介は苺の実り具合に目を走らせた。緑の中の赤色が先週より少ない気がする。

「あんたの言うとおりだ。腰にくるね」進子ネエが腰を押さえて立ち上がる。「らくらくコッシー、もう一台買うことにしたよ」

もくもくと動き続ける母親の背中が誇らしげに言った。

「らくらくコッシーＤＸ《デーエックス》。パーキングブレーキ付き」

恵介は二人のかたわらに積まれた収穫トレーを抱えあげる。並んだ苺がどれも小粒なのが気がかりだ。

「とりあえず、これ、誠ネエに渡しとく」

進子ネエが長い指を指示棒のように振る。

「いや、その前に、予冷庫に入れないと」

「あ、そうだった」

「左端に積んどいて。右側に積んであるのが、朝ご飯前に採ったやつだから、それを誠子に。あいつ手が速いからね。次のをどんどん渡さないと、サボってどっか行っちゃう」

恵介がいないあいだに、姉たちのほうがすっかり仕事に慣れている。気負って東京を出てきた自分が馬鹿に思えてきた。

美月は誤解しているようだが、親父の後を継ごうなんて考えているわけじゃないのだ。ただ、望月家が代々営んできた農業がもう終わってしまうのだとしたら、そのことに——そう思いたくはないが——自分に責任があるとしたら、せめて最後までまっとうしたかった。

きちんと見とってやりたい。そう思うだけだ。本当だとも。

何度乗っても軽トラックの運転には慣れない。ボンネットがないから、脚の長いキャスター付きの椅子で車道を走っている気分になる。病院に出かけた母親のかわりに、恵介が出荷所へ行くことになったのだ。

親父のその後の状態は、二人の姉たちから口々に聞かされていた。

「お粥《かゆ》が食べられるようになった」「プリンも」「もうベッドの上で体を起こせる」

「今週中にはリハビリ開始だね」

ただし、二人揃って、こうも言う。

「言葉がねぇ」「何を言ってるんだかさっぱりわからないんだよ」「まぁ、もともとだけどね」「小言を聞かなくてすむからいいんだけどさ」

道の先に農協の看板が見えてきた。出荷所は農協の支店の敷地内にあるのだ。初めてなのに一人で行くのは不安だったのだが、母親は片手をへらへら振ってこう言う。

「なぁんも難しくにゃあよ。係の人がみんなやってくれる」

敷地の奥、広い駐車場の右手に、開け放した倉庫のような建物がある。あそこが出荷所のようだ。いまの季節に頻繁に出入りしているのは苺農家ぐらいなものだそうで、恵介のほかに生産者の姿はなかった。

車をどこに停めればいいのか迷っていると、間口に立っていた係員が手招きしてきた。なるほど、横づけすればいいのか。

軽トラから降りてきたのが恵介だとわかると、中年の係員が不思議そうな顔をした。

「あら、房代《ふさよ》さんじゃないのか」

「代理のものです」

「もしかして息子さん？」

「ええ」母親に渡された生産者用の伝票をパスポートみたいにかざして、言われる前に言った。「仕事を休んで臨時の手伝いをしてます」

「だよねぇ。喜一さんによく似てるもの。あ、そこに置いてくれればいいから」

天井の高い倉庫風の建物には、ローラー式のコンベアーが縦横に何本も走っている。恵介は荷台から4パックでワンセットのケースを出して、係員が指さしたコンベアーのとば口に積み上げた。

「あのぉ、息子さん、すんません、等級別に揃えて出してもらえます」

「あ、ああ、はい」

もたもたしている恵介を見かねて、係員も荷下ろしを手伝ってくれた。

「喜一さん、具合はどう?」

「おかげさまで、ぼちぼちと」

確かに「なぁんも難しくにゃあ」だった。ケースを車から出してコンベアーに積む。あとは係員がケースの中身と数をチェックし、コンベアーで奥へと送る。文字どおりの流れ作業だ。その場で金銭の受け渡しがあるわけでもない。金はあとで振り込まれるそうだ。

恵介はローラーの上をごとごとと進んでいく望月家の苺をぼんやりと眺めて、チェックが終わるのをじっと待つ。なんだか鵜《う》飼の鵜になった気分だ。

間口側の柱のめだつ場所に『青果物市況』と記された紐綴《と》じの閲覧用ファイルがフックでぶら下げられている。暇つぶしに開いてみた。

作物とその等級がパソコン文字で印字された表が並んでいた。空欄に手書きされている数字は値段だろう。紅ほっぺのところには、こんな数字が書きこまれている。

3L　310
2L　310
L　290
A　265
B　150

1パックあたりのいま現在の買い取り価格だと思う。

等級の高い3Lでも300円ちょっと。今日出荷したのは112パックだから、売り上げは——

三万円ぐらい？

「苺は儲かる」と親父は言っていたそうだが、一家総出で朝早くから働いていたことを考えると、高い金額とは思えなかった。恵介のパンフレットのデザイン料1ページ分だ。

最盛期にはもっとたくさんの苺が採れ、値ももう少しいいのだろうが、それにしても。苺には元手がかかるようだし、ハウスや設備のローンもある。

恵介は気づいた。もし自分が農業を継いだ孝行息子だったとしても、それで何もかもうまく行くわけではなかっただろうと。

恵介一家三人に親父と母親、祖母ちゃんの六人が、苺だけで食っていけるだろうか。

たぶん、無理だ。

夢から覚めた気分だった。どんな夢を見ていたのか、自分でもよくわからない夢から。


「おーい、お前」

背後から声をかけられた。

目の前に黒くてでかいバンが停まっていた。フロントグリルにアメ車のエンブレムが燦然《さんぜん》と輝いている。運転席から日に焼けた四角い顔が恵介を睨んでいた。

頭に巻いたタオルで、こだわりラーメン店の店主みたいに目の真上まで覆っている。顎の先だけに生やしたデザイン鬚《ひげ》。この出荷所の掟のようなものを恵介が破ってしまったのだろうかと、へどもどと軽トラを停めた場所に視線を走らせていると、男がこう言った。

「望月じゃねえの」

誰？

男が車から降りてきた。フルサイズバンの運転席では大男に見えたが、目線は、平均よりやや上ぐらいの背丈の恵介のだいぶ下だった。とはいえ、ミリタリージャケットみたいな作業着の上からでも頑強さがわかる体格だ。

「北中の望月だろ。俺だよ、俺」

タオル男が猫の威嚇みたいな笑いを浮かべる。

「えーと」

曖昧に微笑み返したが、男は無言のまま。自分から名乗る気はないようだ。俺のことをちゃんと思い出せってことらしい。恵介は目深なタオルの下のぎょろりとした目を覗きこむ。北中の同級生？　こんなヤツいたっけ？

「ひさしぶりだよな」

タオル男が歯を剝く。焼けた肌を引き立たせるほど白くはない。右の前歯が少し欠けていた。

あ。

「もしかして、ガス？」

「おう」

ガス。本名、菅原。中学二年の時の同級生だ。下の名前は——忘れた。

「……変わったな」

「そうかぁ」

ガスは空惚《そらとぼ》けて顎鬚を撫でてみせる。聞き飽きたせりふを受け流し慣れているそぶりに見えた。

ガスというあだ名は、菅原の「菅」を逆さに読んだものじゃない。アスパラガスのガスだ。中学の頃はチビで痩せっぽちで色白で、手足が白アスパラガスみたいだったから、ガス。

運動が苦手で、体育の授業の球技や、昼休みのサッカーの時にはいつもみそっかす。無口でおとなしいから、クラスの不良たちの格好の標的だった。

いま目の前にいる男は、まるで別人だった。アスパラガスじゃなくてアスパラエース。二の腕にタトゥーが入っていたとしても驚かない。

「お前こそ。ちゃらちゃらしてたのに、継いだのか」

「継いだ？　ああ、いや、そうじゃなくて。まぁ、いろいろとあってね。話すと長いんだけど……」

聞いちゃあいなかった。ガスは年上の係員に「うっす」と鷹揚に挨拶すると、もう恵介は眼中にないようで、バンに戻って荷台を開けた。そして、背が隠れるほど積み上げたケースを軽々と抱えてきた。

苺のケースだ。

コンベアーの上にどさりと置き、車に引き返すと、また大量のケースを抱えて戻り、どさり。

どさり。

どさり。

出てくる。出てくる。いったい何ケースあるんだろう。

親父は苺の出荷の時にはいつも、軽トラを使っているそうだ。雨の日にはわざわざ幌をつけて。それはたぶん意地と希望と、見栄のためだと思う。望月家の出荷量なら、母親と兼用で使っている軽自動車でこと足りる。

だが、ガスのフルサイズバンの荷台には、まだまだ苺のケースが詰まっているようだった。

運びこんでいる苺の品種は「章姫」だ。紅ほっぺより実がほっそりしていて、同じ赤でも色合いが微妙に違う。グラフィックデザインの色指定的に言えば、紅ほっぺがM（赤）１００％＋Y（黄）80％ぐらいだとしたら、章姫はM１００％＋Y50％。日本画の画材のようなしっとりした赤色だ。

ガスが最後に大げさなほど慎重な動作で荷下ろししたのは、高値で取り引きされる、規格品より大粒の苺を詰めたケースの山だった。

全部で百ケースは超えている。パックで換算すると四百数十。五百近くあるかもしれない。

ぼんやり立ちつくしていた恵介にガスが歩み寄ってきた。「これだけあると大変だぜ」というアピールにしか見えない、自分の肩を自分で揉むジェスチャー付きで。恵介に、にっと笑いかけてくる鼻の穴がふくらんでいた。

「やれやれやっと終わった。今日は少ないほうだから、ラクだったけどな」

すごいな、という言葉を言わせたいのだろうから、言わない。

「望月んとこは紅ほっぺだろ」

「ああ」親父が来シーズン用に章姫の親株を予約しているようだが。

「章姫にしなよ。最近の流れは章姫よ」

「いや、俺は一時的に手伝ってるだけだから。親父が病気になっちまって――」

ガスは空軍のパイロットじみた作業着からキャメルを取り出して火をつける。恵介の言葉など聞いちゃあいないようだ。遠くを見つめ、煙草のけむりに目を細めて言う。

「章姫を育てんのは、難しいけどよ」

外見は変わっても中身は変わっていないようだ。あいかわらず面倒くさいヤツ。中学の教室でガスが無口だったのは、話し相手がいなかったからだ。たまさか誰かと喋る時には、あらかじめ言葉を用意している。そして自分のことばかり話す。

ひっそりとした出荷所に〝ももいろクローバーZ〟の歌声が響きわたった。ガスがカーゴパンツのポケットからスマホを抜き出して送話口の向こうに舌打ちをし、苛立った早口で仕事の指示らしき言葉を捲《ま》くし立てる。

恵介が手刀で挨拶をし、立ち去ろうとしたら、スマホを肩にはさんで片手をひらつかせた。

「ちょ待てよ。これ渡しとく」

チョキにした指にはさんで差し出してきたのは、苺の写真入りのカラー名刺だった。

菅原農場
副社長　菅原　豪
「今度遊びに来いよ」

スマホに戻って片方のまぶたをひくつかせた。目にゴミでも入ったのかと思ったら、ウインクだった。

個人的には親しくなりたい人間じゃないが、ぜひ見てみたかった。いったいどういうハウスで、どうやって育てれば、あるいは経営すれば、一日に五百パックもの苺を収穫できるのか。


出荷所を出たその足で病院へ向かった。

親父と話をするためだ。ちゃんと帰省をしていた頃でも会話の少ない父と息子だったが、いまは話すべきことがいろいろあった。

ひとつは「圃場に親株」のことだ。

「圃場」という言葉をスマホで調べたら、あっさり身もふたもない答えが返ってきた。なんのことはない。『農産物を育てるすべての場所』だそうだ。

農業の専門用語なのだろうが、親父の口からは聞いた記憶がない。仕事のことは家ではほとんど喋らないし、仕事に出る時、行き先を言い残すにしても、口にするのは「田んぼに行く」「畑に出てる」「ハウスを見てくる」そんな言葉だったと思う。

まぁ、業界用語とはそういうものだ。現場の人間は案外に使わない。広告デザインの世界でも、小難しい用語を口にするのは当のクリエイターではなく（そもそもこのクリエイターという言葉自体、当事者は気恥ずかしくて使わない）、広告制作の入門書を読みかじったばかりの新任のお得意さんだったり、新入社員だったりする。

言葉の意味がわかっただけで、親父が望月の土地のどこを親株を育てる圃場として使うつもりなのかは謎のままだ。

母親に訊ねても、

「去年？　どこだっけ。ハウスの右？　違う。左？　いやいや、右？　途中で場所を移してた気もする」「今年はまた場所を変えるって言ってただから、お父さんじゃにゃあとわかんにゃあよ」

いっこうにらちがあかない。

そもそも恵介が思い悩んでいるのは、もっと根本的なことだった。

はたして知る必要があるのか、今年の収穫までは自分が見とると決意したが、来シーズンの面倒まで見るべきなのか。

今年で廃業するのなら、まだ種苗会社から届いていない親株はキャンセルすべきだろう。もうひとつのハウスへの設備投資も。だが、親父が奇跡的な回復をとげる可能性もゼロじゃない。その場合、来年の仕事と収入が消滅してしまう。

これは、ただの見舞いじゃない。恵介はそう考えている。親父がはたして復帰できるのかどうか、シビアに見きわめるつもりだった。農家の長男。自分が初めてその責務を背負っている気がした。皮肉なことに、すべてが終わってしまうかもしれない、いまになって。

病院の駐車場に軽トラを停め、エントランスをくぐってからも恵介は悩み続けた。

ところで親父になんて言えばいい？

「いまの苺は俺が面倒を見るから、とりあえず次のシーズンは休もう」いや、中途半端に期待を持たせるのはかえって酷だ。はっきりと「その体じゃもう農業は無理だよ」か。

言えるか、そんなこと。この俺に。

できることなら、親父には今日も眠っていて欲しかった。

病室にはもう母親と進子ネエの姿はなく、かわりに丸っこい背中が見えた。小さいのに屏風《びょうぶ》岩に見えてしまう背中だ。

「うっす」

おずおずと声をかけると、丸い背中と丸い顔がこちらを向く。剛子ネエだ。

入ってきたのが恵介だとわかると、クマのぬいぐるみのボタン目みたいなまなざしが、速贄《はやにえ》にする獲物にロックオンしたモズの視線に変わった。剛子ネエに黙って東京へ帰ったことをまだ怒っているのかもしれない。

「静かに。お父さん、寝てるから」

短い顎でデイルームの方向をさし示す。説教か。やだな。剛子ネエは、怒ると黙りこんでしまう親父より、ある意味怖い。

デイルームのソファーに腰を据えた剛子ネエの頬は、ぷっくりふくらんでいた。文句の言葉を冬眠前のリスみたいに貯めこんでいるに違いなかった。

「あんたさ」

思わず身構えた。

「……………なに」

剛子ネエの頬がすぼんだとたん、言葉の弾丸が飛んできた。

「仕事、うまくいってないんじゃないの」

弾丸は恵介の胸を、ズボシッと貫く。

「……いや、一段落しているというか、ひと頃より落ち着いたというか……」

言い逃れを試みたが、作業着姿の頭からつま先までをモズの視線でなで斬りにされただけだった。

「車はどうした？　乗ってきてないよね、今回も」

売った、と言えずに言葉を濁していると、

「美月さんは使わないだろ。確か免許を持ってないから」

まるで法廷の検事だった。外見は母親に似ているが、中身は大違い。十倍ぐらい鋭い人だ。

「誠子から聞いたよ。あんた、こっち来てもぜんぜん携帯使ってないって。たまにかけるのは東京の家にだけ、だってね」

仕事の連絡はメールで——という言い訳を思いついたが、無駄だろう。八歳年上の剛子ネエの前で嘘をついても、顔や声のどこに出るのか、なぜかすぐにバレるのだ。

「あんたの仕事のことは、どうしようが、どうなろうが、あんたの自由だ。だけどね」

そこで言葉を切って、丸い顔の中の目玉を三角にした。

「いまの仕事がダメになりそうだもんで、家を継ごうなんて、いまさら虫が良すぎないかい」

「は？」

「勝手なまねは許さないよ。あんたは長男かもしれないけど、四、番、目、なんだから」四番目というところで語気と目の光を強める。「望月の家と土地はみんなのものだからね」

「ちょ、ちょっと」待ってよ。俺が土地を相続して、売り飛ばすとでも思っているのだろうか。反論を試みようとしたが、剛子ネエに口で勝てるわけもなかった。

「あの土地は守る。大輝《だいき》が継ぐかもしれないし」

大輝は剛子ネエの長男。高校一年だ。ようやく恵介の口から飛び出したのは、呆れ声だった。

「ありえないだろ」

二年前の正月に会った時には、このへんの中学校の校則が昔のままなら体育教師に丸刈りにされるだろう鬱陶しいヘアスタイルを撫でつけて「俺、ミュージシャンになるんす」って言ってたぞ。

「拓海《たくみ》だっている」

これは次男だ。まだ中二。

「うちのが定年になったら農業をやるかもしれないし」

もしかして、佐野さんのさしがねか。そういえば、先週、病院で会った時に、農業相続人の話を持ち出されたことを、つい佐野さんに愚痴ってしまったっけ。

剛子ネエのダンナの佐野さんは、信用金庫に勤めていて、金にうるさく、損得勘定に敏感な人だ。このあいだ病院で話をした時も、「保険点数」がどうとか「差額ベッド」はこうとか、金の話ばかりしていた。

きょうだいとその家族が揃って外食する（かつてはそういう時期もあったのだ）時などは進んで幹事を務め、一円単位まで一人頭の支払額を計算して徴収する。食べ盛りの佐野家の二人の息子と、まだ赤ん坊だった銀河も同額。美月は「ありえない」と怒ったものだ。

「大輝はわりと向いているよ。トマトが大好きだからね」

「ちょっと待った」いったん落ち着こう。ギターのかわりに鍬《くわ》を抱えた大輝を夢想しているらしい剛子ネエの顔の前に、手のひらを突き出した。

「剛ネエ、いま親父のハウスの中がどうなってるかわかってる？」

「当たり前だろ。知ってるよ。あんたよりよっぽど」

「もうトマトなんかつくってない。ぜんぶ苺だよ」

「………知ってるよ。はじき物をもらってジャムにしたりしてるだもの」

いいや、近くに住んでいるから多少は知っているだろうが、まったく関心がないと思う。家と土地を守る、なんて言っているけれど、剛子ネエだって、婿を取らせようと悦子伯母が画策し、縁談話が持ち上がったとたん、駆け込むみたいに佐野さんとの職場結婚を決めたのだ。いまさらなのは、剛子ネエのほうじゃないのか。

「今年の苺はどうするつもり？　来年の苺は？　圃場に親株は？　向いているのなら早いほうがいい。大輝にやらせようか。高校を中退させて。それとも佐野さんが会社の合間に面倒をみてくれるの？」

剛子ネエが何か言いかけたが、「あの人が無報酬で？」とたたみかけたら、唇を「へ」の字にしてあとの言葉をのみこんだ。口論で剛子ネエを黙らせたのは、初めてかもしれない。

「いまの苺だけはなんとかしようと思ってるんだ。仕事をやめるとか、家を継ぐとか、そんなつもりじゃない」

「じゃあ、どういうつもりさ」

どういうつもりだろう。じつは自分でもわからなくなっていた。

剛子ネエに「一度、きょうだい全員で話し合う」ことを約束させられて、一人で病室へ戻った。親父はまだ眠っているようだった。

こちらに向けた頭頂部の髪が薄くなっていることに恵介は気づく。自分は禿げない体質、と恵介が信じこみ、他人にも吹聴している根拠は、白髪は多いが親父の髪がふさふさである、ただその一点にあるのだが、怪しいものに思えてきた。

思わず自分の頭頂部に手を伸ばした。そういえば、ここ二、三年、抜け毛が多くなっている。他人に頼れないのに他力本願な自営業のストレスが、毛根を蝕《むしば》んでしまうのだろうか、俺も親父も。

親父が眠っていてくれたことに、恵介は正直安堵していた。親父にかける言葉を結局、思いつけないままだったからだ。しかも剛子ネエのおかげで、頭の隅に閉じ込めておいた、相続やら土地のことやらの、ややこしい問題を思い出してしまった。

ほんとに農家はめんどくさい。

起こさないように、ひそめ声をかけた。

「父ちゃん、俺だ。恵介だよ」

二人部屋のもうひとつのベッドは空いたままだ。どうせ誰も聞いちゃあいない。寝ている親父に愚痴をこぼした。

「農業って大変だな。やってみないとわからないもんだ。舐めた口をきいて悪かったよ」

〝あんなこと、ぼくやらないよ。ちっとも楽しそうじゃないもの〟

そう言ったのは、小学五、六年生の頃だ。親戚の集まりで誰かが口にした「恵介もいまのうちに仕事を覚えにゃあとな」という言葉に言い返したのだ。あの時、親父はどんな顔をしていただろう。怖くて見られなかった。

〝俺はちゃんと自分を活《い》かせる仕事をしたいんだ〟

これは美大に進学すると宣言した時のせりふ。怒鳴りつけてきた親父は、なんと言っていたっけ。ろれつが回ってなくてちゃんと聞き取れなかった。親父がひどく酔ったのをいいことに口走ったのか、恵介が美大に行くと言ったから親父がひどく酔ったのかは、覚えていない。

つむじ周辺がおぼろ月になった親父の頭に謝罪するように、もうひと言。

「楽な仕事なんてないんだな。楽じゃないから、仕事なんだ」

感傷的な言葉を口にしてしまったことが我ながら恥ずかしくて、恵介は独り病室で頬を上気させた。

「今日は出直す。また来るよ。顔だけ見て帰る」

窓側の壁とベッドのあいだの狭いすき間に体を押しこんで、寝顔を覗きこむ。

親父の両目はぱっちり開いていた。

いま目覚めたわけでも、寝ぼけているわけでもなさそうだった。麻痺しているほうの目もぎろりとしている。無事なほうの目は、ぎろぎろ。いつもの親父の目だ。それがばっちり恵介の顔を捉えていた。

曲がった唇の端から、老猫が唸るような声を漏らした。

「よぉぉおう」

あちゃあ。聞かれちまったか、さっきの言葉。唇の動く側だけがくいっと吊り上がる。脳梗塞の後遺症の痙攣《けいれん》か？　いや、めったに見たことはないから断言はできないが、たぶん笑ったのだと思う。

「なーんちゃってね、冗談、冗談」ベッドの向こう側に戻ろうとしたが、体がすき間にすっぽりはまってしまって、なかなか抜け出せない。「元気づける言葉をかけたほうが早く治るかなって思っただけでさ……」

親父がまた唇の片側をひん曲げた。

痙攣だ、と思いたかった。

動かせるほうの右手を差し上げて指をひらつかせる。

「みじゅ」

水？　ベッドテーブルに置かれた吸いのみを手にとると、こくりと頷いた。

ベッドは身を起こした角度に調節されている。吸いのみを口もとへ持っていくと、筋ばった首を亀みたいに伸ばし、唇を尖らせて吸いついた。

ちゅぽ。

まるで乳首にむしゃぶりつく赤ん坊のようだ。ほっぺたをもこもこ動かして乳、じゃない、水をすすっている。

ちゅぱちゅぱちゅぱちゅぱ。

病気だからしかたないのだが、息子としては見たくはない姿だった。

しっかりしてくれよ。美大に進学することを決めた高校生の頃の俺は、顔を合わせるのが怖くて、いつもびくびくしてたんだぜ。東京へ行ってからだって帰省するたびに、いつ「そろそろ家を継げ」と言われるかと、二人きりになるのを避けてきた。こんなでっかい赤ん坊を恐れたり、反発したりしていたのかと思うと、自分が馬鹿に思えてくるじゃないか。

吸いのみで口が塞がっているいまのうちだ。言わずに帰るつもりだった言葉を口にしてみる気になった。

「俺、いま、苺の仕事を手伝ってるんだ。ついさっきも出荷所に行ってきた」

ちゅぱちゅぱしながら、親父は小さな子どもみたいにこくこくと頷く。

「今年の苺は俺がなんとかする。五月までは苺とつきあうよ。で、相談なんだけど……」

ちゅぽん。

親父が吸いのみを口から離した。そして、うがいをしながら発声練習をするような声をあげた。

「ありゃあとぉ」

は？

いまなんて？

親父はなんて言った？

ありがとう？

吸いのみのことか。それとも苺のことか。どちらにしても、親父の口からは長く聞いたことのない言葉だった。少なくとも恵介が家を出てからはおそらく一度も。

いや、まさか、親父が俺に。

やめてくれ。そういうの困る。

《俺、逆らう↓親父、怒る》

それが俺たち親子の長年の図式じゃないか。勝手に変更するなよ。いつもどおりやろうよ。

親父の顔を見返したが、吸いのみを求めて髭に囲まれた唇をチンパンジーみたいに突き出してくるだけだ。

続きの言葉は聞けなかった。恵介も何も言わなかった。水を飲ませているうちに、看護師さんがやってきたからだ。

「望月さーん、おむつ替えますよ～」

看護師さんが、壁とベッドのあいだに挟まった恵介に目をしばたたかせた。

「あ、いま出ます」

今日はもう帰ろう。親父に引導を渡すつもりが、自分のほうが最後通告を突きつけられた気がした。

戻ってきて以来、出荷所へ行くのは恵介の仕事になった。一週間が経った今日も軽トラックを走らせている。出荷量はこの時期にしてはまずまずの228パック。恵介と進子ネエが収穫し、母親と誠子ネエがパック詰めした。

荷下ろしを終え、携帯で東京と連絡をとる。相手は毎晩電話している美月ではなく、パンフレットのデザインを依頼されている広告制作会社だ。むこうからは一度も連絡がない。仕事がその後どうなったのか気になっていた。

代表番号にかけたら社長が出た。

「ああ、望月さん。出先から？　もしかして海外ロケ？」

「いえ、国内です」

「例の仕事の件ですよね。いまのところ先方の返事待ち。ほら、仕事を急《せ》かすお得意にかぎってレスポンスが遅いもんでしょ。問題？　ないない。いやあ、やっぱり望月さんに頼んで良かった。さすが手が早い」

手が早い？　静岡へ戻るために早めに仕上げたのは事実だが、手を抜いたわけじゃない。デザインの出来は悪くないはずだ。そっちの評価はどうなんだ？　なしか？

「ほかの仕事もまたお願いできるかな。いまほんと手が足りなくて、まいってるのよ」

誰に頼んでも良かった仕事なんだろう。まぁ、いいや。とりあえずもう少しのあいだ、苺の仕事に専念できそうだ。

出荷所を出た恵介は、実家へは戻らず軽トラックを別の場所へ走らせた。実家からそう遠くないのだが、あまりなじみのない場所だった。

ガスの農場だ。

望月家より市街地に近く、建物が多い一帯だったが、菅原農場は遠くからでも目を引いた。

道沿いに三角屋根のビニールハウスが長々と続いている。望月家のものよりがっしりした鉄骨造だ。分厚い被覆《フィルム》が真昼の光を無機的に照り返らせている様子は、農場というより何かの工場のようだった。

ハウスとハウスのあいだの空き地に軽トラを停めた。ガスには出荷所から連絡してある。「おう、歓迎するよ。なんだったらいまから来いや。何分で来れる?」と気さくな声が返ってきたのだが、迎えに出てくれているわけではないようだった。

とりあえず手近な入口からハウスの中を覗いてみる。

広がっていたのは、望月家のハウスとは、別世界の光景だった。

苺が宙に浮いていた。

ハウスの縦横いっぱいに支柱が組まれ、その上に大きな雨樋《あまどい》のような長い容器が載せられている。苺が植わっているのは、そこだ。地上一メートルほどの高さに葉が繁り、実が垂れ下がっていた。

高設栽培だ。

『いちご白書』によれば、プロの苺農家の栽培方法は、大きく分けて二つ。ひとつは親父がやっている昔ながらの「土耕栽培」と呼ばれる方法。もうひとつがこの「高設栽培」。

ハウスの奥に人影が見えた。ガスではなく中年女性だ。立ったまま収穫だかランナー取りだかの作業をしている。なるほど、この栽培方法なら母親が腰痛に悩み、ポンコツのらくらくコッシーに毒づくこともないだろう。戸口から首を突き出して、女性に声をかけた。

「こんにちはー、望月といいます。豪《つよし》さんはいらっしゃいますかぁ」

返事は背後から返ってきた。

「おう」

ガスだった。このあいだは白だったタオルが、黒に変わっている。ひたいの真ん中にはナイキのマーク。いま巻いてきましたという感じにさらさらに乾いていた。

恵介が戸口に半歩踏み入れた体を向き直らせると、〝不敵な笑み〟風の笑い顔が、しかめ面になった。

「かんべんしてよ。ハウスは開けたら、閉める。温度と湿度が変わっちゃうじゃん。害虫が入っちまったらどうするの」

「ああ、悪い」己のプロ意識の欠如を恥じて、きっちりと扉を閉めた。

「頼むよ、モッチー」

モッチー？　恵介の中学時代のあだ名だが、友だちではなかったガスに呼ばれたことはない。

「まぁ、見てってよ」

ガスは言い、ハウスの引き戸を自分の体の幅だけ開けて、するりと自分だけ中へ入り、恵介の鼻先でぴしゃりと閉める。ハウスに入室する作法の手本を見せるように。なるほど、苺づくりはこうした繊細な心配りの積み重ねなのだろう、と感心しつつ、なんか腹立つ。恵介も三十センチほど戸を開け、体を横にして素早くハウスに入った。中の温度は親父のハウスに比べると、こころもち高い。だが、むっとするほど暑くもなく、湿度もほどほど。苺というより人が心地よい、冷房も暖房もいらない季節のような穏やかな空気に満ちていた。

交配用の蜂が顔にまとわりついてきた。蜜蜂じゃなかった。ずっと大きくて色が黒い。驚いて蜂を払う恵介を横目で窺っていたガスが、ふふんと鼻を鳴らす。

「クロマルハナバチだよ。うちじゃあもっぱらそいつを使ってる。蜜蜂と違って寒くても天気が悪くても朝から飛ぶし、でかいから運ぶ花粉の量も大違いだ。蜜蜂よりずっと役に立つ」

「クロ……マル……？」

メモ道具を持ってくればよかった。恵介は携帯を取り出して、聞き返した蜂の名前を打ちこむ。

打ち終わるのを待っていたとしか思えない間《ま》のあとに、ガスが言葉をつけ足す。

「でも高いぜ。一匹六百円ぐらいする」

自慢なんだろうが、蜜蜂の値段も知らない恵介は驚くに驚けない。

ぷいっと背を向け、高設栽培の棚のあいだの通路を歩きだしたガスのあとを追う。棚と棚との間隔は広く、苺の実が垂れ下がっているのは、恵介の腰の下あたり。俺にはちょっと低いな、母ちゃんにはもう少し低くてもいいかも、と恵介は知らず知らずのうちに考えている。

ガスは短い歩幅でゆっくりと歩く。まるで内部の広さを思い知らせようとしているふうな足どりだ。

実際に、広かった。通路の両側に緑と赤の帯が道路植栽のように続いている。横に目をむけると、列をなした繁り葉が波打つ海原に見えた。恵介のハウスの——ああ、間違えた。親父のハウスの三、四倍はあるだろう。天井の高さもずいぶん違う。

ようやく端まで辿り着いたガスが振り返った。歌舞伎役者が客席に流し目を送るようにハウスを見渡してから、にんまりと笑いかけてくる。

「ようこそ、菅原農場へ」

ふくらんだ鼻の上の両目が恵介の顔に「称賛」の二文字を探している。

「ま、三千六百平米程度だけどな」

すごいな、と言わせたいようだから、言わない。やっぱりこいつの中身は、中学の教室の片隅で誰かに話しかけられるのを待っていた頃と変わっていない。菅原、マジめんどくせぇ〜。無口なぶん、自分語りを腹にたっぷり詰めこんだ菅原に「すげぇ」などと相槌を打ったら最後、たいしたことのない自慢話と蘊蓄《うんちく》を延々と聞かされるはめになるのだ。

「これ、二号棟だから」

「す……」言わない。「……すると、これと同じ広さのハウスがもうひとつあるってこと？」

得意げに輝いていたガスの目が、恵介の言葉をはねつける硬いガラス玉になった。

「もしかして一号棟って」車を停めた時、左手にあったハウスのことか。望月家の使っていないほうと同じぐらいの小さなハウスだった。なぜか側面のＰＯフィルムが巻き上げられていた。「ここの隣に立ってるやつのこと？」

答えないガスに質問を続ける。やりこめるつもりなどない。知りたかっただけだ。

「なぜ、あそこは開け放してあるんだ。何に使ってる？」

使っていないわけではないはずだ。緑の影がちらりと見えた。いま思えば、あれも苺だった。

「教えてくださいよ、師匠」

ただの軽口だったのだが、そっぽを向いてランナーをむしっていたガスの横顔で小鼻がふくらんだ。

「あっちは親株の圃場にしてるからよ」

ホジョーニオヤカブ！　ガスのところに来たのは、なによりそれを聞きたかったからだ。

苺は今シーズンかぎりにしよう、と親父に言い出せないままぐずぐずしていたら、種苗会社から数日後に親株を発送するという通知が届いてしまった。問い合わせてみると、どちらにしてもキャンセルができる期日は、納品希望日の三カ月前まで。とっくに過ぎていた。

来てしまったものを放っておくわけにもいかない。親父の奇跡的な回復を信じて、いちおう親株を育てておく。そんなことが自分にできるのかどうかが、ぜひとも知りたかった。

「親株だとどうして開け放つ？」

「お前、そんなことも知らねえで苺をやってんの？」

「だからぁ、臨時で手伝ってるだけだって言ったじゃないか。どうしてですか、師匠」

怒濤《どとう》の蘊蓄が始まった。

自慢話の部分を聞き流して、必要だと思われる事項だけを繋《つな》げると、ようするに、

①親株は風通しのいい場所で育てないとだめ。
②ある程度寒風に晒《さら》したほうが苗が強くなる。
③ただし雨には当てすぎないほうが良い。
④以上の条件が満たされる場所なら、親株の圃場はどこでも良い。
ということらしい。要点を携帯に打ちこんでいた恵介は、ふと我に返る。あれ、俺、すっかり親株を育てる流れになっているぞ。

「うちは自家製の親株でやってっから、そこらのイッパンの生産者がどうしてるかは知らねえけどな」

「あとでその圃場も見せてくれ」

「それよか、高設のこと、知りたくないか？　モッチーのとこ、まだ土耕だろ。高設に替えなよ。いまのトレンドは、高設よ」

確かに、それも気になる。親父が少しは動けるようで、腰痛持ちの母親の体のことを考えれば、高設栽培は望月家のひと筋の希望になるかもしれない。だが――

恵介の逡巡を見透かすようにガスが言う。

「まぁ、初期投資に金がかかるけどな」

だよなぁ。栽培用の棚は頑丈そうな金属パイプを組んでつくられている。それぞれの列ごとにバルブやメーターがついた配管設備が施されていた。工費が安くないことは聞かなくてもわかった。

「土にも金がかかるしな」

「土？」

苺が植わった容器は白いマルチシートに覆われていて、はっきりとした形状はわからないのだが、驚くほど底が浅い。長く伸びた苺の房の中には、容器より下に垂れているものもある。こんな土の量でちゃんと育つものなのだろうか。育つもなにも、実際に赤い実が鈴なりになっているわけだが。株と株の間隔は望月家より狭く、緊密に植わっている。

「正確に言やあ土じゃあないけどな」ガスがシートのすき間を両手で押し広げると、やけに赤茶けた土、のようなものが見えた。「椰子殻《やしがら》だよ。うちの培土は全部そう。ちなみにスリランカ産な」

「す……」

ガスは恵介の言葉の続きを待ちきれない様子だった。そばだてた耳がタオルから、ぴんと飛び出してきそうだ。両目がキャットフード缶を前にした猫みたいに輝いていた。

「……スリランカ産かぁ」

「そうだよっ。百リットルで二千五百円だぞ」

「す……」

「ん？」

「……少し気になってるんだけど、さっきから」

「なぁにが」

恵介はハウスの奥で作業している女性を指さした。

「もしかして、あの人、ガスの奥さん？」

ガスの両目が鈍色《にび》のガラス玉になった。聞かれたくない話になると外界を遮断してしまうのも中学生の頃と変わらない。

ち、ちち、とガスは二回舌打ちをした。

「かんべんしてよ、パートのおばちゃんだよ」

そうか、人を雇っているのか。

この高設栽培なら作業の負担は減るだろう。だが、苺の管理や収穫が手作業であるのは同じ。作業スピードが驚異的にアップするわけじゃない。

「何人ぐらい雇ってるんだ」

「あーっと」ガスが天井を仰いでこめかみを指で叩く。とっさに答えられないほどの大人数なのか——と恵介にリスペクトさせるためのしぐさに見えた。「えーっと、たいていがパートだから、午前と午後で人数が変わる。週三ってシフトもあるから、一週間でのべ……何人だ？」

のべはいいから。「正味の人数でいいよ」

「四人」

「てことは、ガスとガスの家族を入れると、全部で何人？」

ガスの目がまたもやガラス玉になった。恵介は純粋に従事する人数が知りたいだけなのだが、どうやらガスは、自分が結婚しているかどうかを恵介が遠まわしに探ろうとしていると邪推しているようだった。

別にどっちでもいいよ。というかもう答えはわかったよ。

ガスは質問には答えず、ハウスの片端の通路を奥に向かって歩きだす。あとを追った恵介に、作業用にしてはファッショナブルなジャケットの背中が言う。

「あのな、モッチー。家族でなんもかんもやろうって発想はもう古いのよ」

話を逸らすためのせりふだろうが、言っていることは正しい気がする。苺農家にかぎらず、たぶん、いま現在のあらゆる農家に言えることだ。

恵介の実家だって、米や野菜をつくっていた昔も、苺をやっているいまも、親父と母親が早朝から日が暮れるまで働きづめでなんとかかんとかやってきたのだ。なのに得られる収入は（食費の一部を自給でまかなえるとはいえ）、平均的なサラリーマンよりだいぶ低い。そのあげくに親父は倒れた。

とはいえ、人を雇うほどの農場を営むには土地が要る。元手がかかる。人件費もかさむ。ガスはここの建設費をどうやって捻出したのだろう。

入り口とは反対側のハウスの奥には、POフィルムを壁がわりにした別室が設けられている。ガスが自慢を張りつけた顔を、くいっとそちらに振りむけた。

「コントロール室。菅原農場の心臓部だ」

菅原農場の心臓部は、乱雑でけっこう汚かった。細長い内部に大きなタンクが並んでいる。肥料袋を抱えた男がタンクのひとつに中身を投入していた。ガスと同様、こだわりラーメン店のように頭にタオルを巻いている。ただし店長、じゃない副社長のガスとはなにがしかの格差のルールがあるのか、目深にはかぶっていない。

入ってきた恵介とは目も合わせない男に、ガスが舌打ちをした。

「客だ。挨拶っ」

「ちわっす」

見かけほど若くはない。どこかで見たことのある顔に思えた。

「ここから水と肥料を送ってる」

ガスが背後のコントロールパネルを指さした。

「んで、こいつは肥料の量やら濃度を自動管理する機械だ。そっちは天窓開閉装置」

部屋のとば口には周囲の煤《すす》けた機材にそぐわない、オフィス用のデスクとひじ掛け椅子が据えられている。農業資材の説明書や農協の頒布物の束の上に、重しのようにノートパソコンが置かれていた。画面に映し出されているのは、集中治療室の患者用モニターに似た折れ線グラフだ。

　ガスが「おや」という表情をしておもむろにデスクに座り、画面を眺めて、ふうむと唸った。これはなんだ、と恵介に聞いてほしいのだと思う。

「これはなんだ？」

「ああ、これ？　ハウスの中の温度、湿度、二酸化炭素の濃度、日照量なんかを、こいつで管理してるだけさ。あと、どの数値の時に、どんなふうに苺が育つかもデータ化してる。試行錯誤の連続よ。苺の仕事は」

「す……」ごいな。中学時代のガスはややこしい会話をしかけてくるわりには、成績がいまひとつだったはずだ。勉強したんだろう。大人になってから。仕事のためにやむにやまれず。

　ガスがパソコンを覗きこんだまま、ぞんざいな口調で男に命令を下す。

「ここが終わったら、薬剤散布しとけ。今日は〝アミスター〟のローテーションだからな。こないだみたいに間違えるんじゃねぇぞ」

「うっす」

　男が長身を縮めて出ていく。やっぱり見覚えがある顔だ。恵介の疑問を察知したらしいガスが男の背中を顎でしゃくった。

「北中の土屋だよ。俺らの一コ下の」

そうだ。名前は知らなかったが、中学の後輩だ。拗《す》ねたキツネ目は昔のまま。不良グループの一員だった。いじめられっ子だったガスは、一学年下のあいつにもパシリをさせられてたんじゃなかったっけ。

「ビッグになるとか言って東京に出てったけど、結局、なーんもモノになんなくて、おととしこっちへ戻ってきた。しばらく副社長の下で修業させてくれないかって、やつのオヤジさんに泣きつかれてよ。しかたなく雇ってる」

ガスが煙草に火をつけ、パソコン画面にけむりを吐きつけた。

「東京に行きさえすりゃあ何もかも変わる、何かになれる、なぁんて思ったら、大間違いだよ。自分で変わろうとしなきゃ、どこへ行ったって同じだ。なぁ、モッチー、そう思わないか」

タオルに半分隠れたガスの目は「お前もそのクチなんだろ」と言っているようだった。

「思わない」と言い返そうとしたが、やめておく。やつの言葉はあながち間違っちゃいない。

コントロール室を出たガスは、小さな王国を睥睨《へいげい》するまなざしでハウスを見渡してから、恵介を振り返った。

「なんか役に立ったか」

もう用事は済んだのだから（自分の王国を見せつける用事だ）、早く帰れと言っているように聞こえた。

ずっと言わずにいた言葉を恵介は口にする。

「すごいな」

ガスが首すじを撫でられた猫の顔になった。恵介から目を逸らし、ランナー取りに専念をする、ふりをする。

「別にすごかぁねえよ。このへんは市街化区域だからよ。土地が高く売れる。俺が継がねえならマンションにするってオヤジが言い出してさ。だから土地を半分売って、その金をここに注ぎこんだんだ」

手の中のランナーをもじもじ揉みほぐしながら言葉を続けた。

「定年退職したジジイじゃあるまいし、マンション経営なんて仕事とは言えねぇもんな。人生、勝負しなきゃ、つまんねえだろ」

今日初めて——いや、こいつの口から初めて、頭の中の作文じゃない肉声を聞いた気がした。面倒くさいやつだが、ガスはガスなりに一生懸命なのだ。恵介も思ったたままを口にする。

「やっぱり、変わったよ、お前」

「そうかぁ」

ガスがタオルの上から頭をがしがしと掻き、ひとしきり子どもみたいにわかりやすく照れてから、高設栽培の棚にぶらさがった苺のひとつを摘みとった。

「食べてみ。紅ほっぺとは甘みが違うから」

差し出してきたのは、よく熟した大粒の章姫だ。章姫のことは気になっていたから、じつはもう試食している。東京ではなじみの薄い銘柄だが、地元のスーパーマーケットでは、紅ほっぺと売り場を二分していた。酸味が少なく、桃や梨といった他の果実の味を連想させる、すっきりとした甘さの苺だった。

ガスの章姫はどんな味がするのだろう。まず、苺の実の中でいちばん甘い先端部分を齧《かじ》る。

うまい。

味の平均値を確かめるために横齧りにしてみる。

うむ。

ガスが子どもの発表会を見守る親の目で問いかけてきた。

「うまいだろ」

「ああ」

うまい、ことはうまい。だが、正直に言えば、親父の苺のほうがもっとうまい気がする。ひいき目なしに。

品種の違い、というわけでもなさそうだ。章姫と紅ほっぺの平均的な糖度はほぼ同じのはず。

「もうひとつ、いいか」

「おう、何個でも。菅原農場の味をしっかり覚えてってくれや」

違う列の苺を食べてみる。苺の味は、同じハウスで育てても一株ごとに、同じ株でも一粒ごとに変わる。たまたま不出来な実に当たっただけかもしれない。

三つ食べてみた。でも、感想は変わらなかった。「甘味」や「酸味」ではなく、「深み」とでも言うべきものが違う気がした。

栽培方法？　いや、『いちご白書』では、高設栽培、土耕栽培、それぞれにメリット、デメリットがあると説明されていた（どちらの生産者にも不興を買わないようにという配慮かもしれないが）。それを信じるなら、一長一短というところらしい。

「どう、モッチー、違いがわかるか？」

「俺、素人だから……」

恵介は曖昧《あいまい》に笑ってみせる。正直、わからなかった。何かわかったとしたら、新式の設備を導入し、培土に凝り、環境をコンピュータで管理していても、うまい苺が育つとはかぎらない、ということだ。

苺は、農業は、思っていた以上に奥が深い。

「なぁ、ガス、親株の圃場も見せてくれ」

「ああ、かまわねえよ。うちは去年のうちに親株を定植して、冬越しさせてる。モッチーのとこ、まだだったら、早くしたほうがいいぜ。ランナーの発生量が変わってくっから」

「テイショクってどういうふうにやればいいんだ」

「お前、そんなことも知らねえで苺をやるつもりなの？」

臨時で手伝ってるだけだ、というせりふを今度はのみこんだ。臨時だろうが、ただの手伝いだろうが、農業が、何の知識も技術もなくできるはずがない、と悟ったからだ。

ハウスを出る時には温度の落差に身構えるのがすっかり癖になっているのだが、今日は外の寒さに身を縮めることはなかった。空はよく晴れていて、ハウスの暖気に火《ほ》照《て》った体に風が心地いい。

静岡に、東京より早い春がやってきたのだ。

3

洗濯物をたたむ美月《みづき》の隣で、銀河が床にスケッチブックを広げている。唇を尖らせて「しゅぼぼぼ」「ずがががが」と意味不明の擬音を呟きながら、「つ」の字の指でクレヨンをぐりぐり。

お絵描きは銀河《ぎんが》の好きな遊びのひとつだ。父親が家でもよくデザインの仕事をしているから、マネをしたいのだと思う。

ピンク色で楕円を描《か》き、真ん中に黒い丸を二つ。その下に赤色の棒。顔を描いている、らしい。体は長方形に棒が四本。才能というのは遺伝するわけでもないみたいだ。でも、子どもは誉めて育てねば。上手な誉め方が可能性の芽を育てる肥料になるのだそうだ。タオルを四角にたたむ手をとめて、美月は声をかけた。

「よく描けたね。それは誰？」

わかめみたいなボサボサ髪が紫色で、何かに怒っているように口が「へ」の字に曲がった恐ろしげな顔。『妖怪ウォッチ』に出てくる妖怪かな。

「ママ」

あ、そう。

「じゃあ、その隣は？」

横長の楕円を指さして聞いた。

「銀河」

顔は二つだけ。余白にはなぜかクワガタムシを描いている。

「あれ、パパは？」

「あ」クワガタムシの隣に、人物画よりも精密なカブトムシを描いていた銀河のクレヨンがとまった。おねしょをしちゃった時みたいに、顔の真ん中に皺《しわ》を集めた照れ笑いを浮かべる。「わすれてた」

美月はため息をつく。遠い静岡に聞かせるように「はあ」とことさら大きな音を立てて。いまの言葉、恵介に聞かせてあげたい。ねぇ、恵介《けいすけ》、子どもに忘れられてるよ。序列、カブトムシ以下だよ。

お義父さんが入院して二カ月が過ぎた。五月に入ったいまも恵介は、東京と静岡を往復している。

いや、はたして往復と呼べるだろうか。滞在期間は、静岡が9で、わが家が1。ここ最近を平均すれば、9・5対0・5かもしれない。今月はまだ一度も帰ってきていない。

三月の頃はまだよかった。毎週末にはちゃんと帰ってきたし、仕事の打ち合わせのために週の半ばに戻ってくることもあった（新幹線より高速のほうが割安だと言って軽トラックで）。

四月に入ったら、それが十日に一度になった。しかも、土曜の夕方に帰ってきたと思ったら、日曜の午後にはもう出て行っちゃったり。「オヤカブをテイショクしたばかりだから目が離せない」「クロマルハナバチに学習飛行をさせなくちゃ」とかなんとか、特殊な趣味のマニアみたいな、わけのわかんない弁解を口にして。

毎日寄こしていた電話も、一日おきになり、二日おきになり……。三日間電話をしてこなかった時には、我慢できなくて、こっちからかけて問い詰めた。

「ねぇ、いつまでこれを続けるつもり？」

恵介は「ごめん」と「すまない」を何度もくり返してから、点数の悪いテストを差し出すみたいに答えてきた。

「苺の季節が終わるまで」

少し前には、オヤカブのテイショクが終わるまでって、言ってなかったっけ。

「苺の季節って、いつまで？」

「うーん、あと半……いや、一カ月か……な」

それが先月だ。

スーパーの果物売場ではスイカやサクランボが出はじめて、小粒になった苺は隅に追いやられている。

銀河が新しい楕円を描きはじめた。口の周りに点々の髭を加えているから「パパ」だろう。スケッチブックの隅のほうに。長方形の体は美月や銀河の半分もない小ささだ。

銀河には抽象画の才能があるのかもしれない。まさに、いまのわが家を象徴する図。恵介にこの絵を送りつけてやろうか。

最近の美月は、恵介の独立がうまくいかなくなった時でも浮かばなかった言葉が、頭をかすめるようになった。

家庭崩壊。

あるいは、離婚。

お義父さんが入院してから、美月自身が静岡へ行ったのは、倒れてすぐの時を除けば、三月下旬に一度、お見舞いに行っただけ。それも日帰り。恵介に比べたら冷淡な嫁を、お義姉《ねえ》さんたちやお義母さんが何と言っていることやら。想像がつくけど、想像したくない。

平日は銀河の幼稚園があるし、美月がパートで働いている生活雑貨ストアは、土日も休めないことが多い、という事情もあるのだが、静岡に足が向かないのは、それだけが原因じゃない。

気持ちの問題。

割に合わない気がするのだ。夫がむこうの実家にべったりなのに、自分までせっせと顔を出すのはなんだか。

割り勘にすべきツケを、自分たち夫婦だけよけいに払わされている気分。もちろんお金の損得勘定のことを言っているのではなく。東京の望月家が費やしているのは、たぶんお金より大切なものだ。

ゴールデンウィーク中にも出勤日があったから、同じ私鉄沿線の五駅先にある美月の実家に銀河を預けた。「恵介さんは？」と訝る母に、「仕事と実家のことと、両方で忙しいみたい」とかばいだてして。

嘘でもない。実際、恵介のデザインの仕事は、どん底だった頃よりは入っているようだ。軽トラックで帰ってきた時、デスクトップのパソコンやスキャナーやプリンター、仕事の機材を運べるだけ運んで静岡へ戻っていった。その気になればどこでだって仕事はできるもんだね、とか言って。「フリーのデザイナーには仕事場の住所も大切なんだ。イメージが違う。自分を高く売れる」っていう、麻布にオフィスを借りた時の、あのせりふはなんだったの？

そんなこんなで、美月の心の中には不満と不安がふくらみすぎた風船みたいにたっぷりつまっている。なにかの拍子に針でひと刺しされたら、ぱちんと弾《はじ》けてしまいそう。

ちっとも説明になっていない言いわけで、いつまでも好き勝手をするつもりなら、こっちも好きにさせてもらおう。

このあいだ、パーツモデル時代の事務所のチーフマネージャーから電話をもらった。「ミヅキちゃん、手は元気？　じつはボク、独立したのよ。そ、エージェント。ねえ、ウチに所属する気はない？」

やってみようかな、と美月は考えている。チーフマネージャーが言うには、「最近の手タレは、若いコより三十代ぐらいのベテランのほうが需要が多いの。ほら、広告のターゲットってたいてい主婦でしょ。お肌がもちもちしすぎてると、リアルさに欠けるじゃない」

うん、認めたくはないけど、もちもち感、減ってる。登録しておくだけなら、いまの仕事をやめる必要もない。文字どおり腕一本の仕事だ。自己管理さえきちんとしていれば、それこそ「どこでだってできる」。

「しゅごごご」銀河がせりふ付きで描いている絵は、凄いことになっている。家族の肖像だったはずが、クワガタムシが角から光線を放ち、赤い炎を吐くカブトムシと戦っていた。「ずばばばば」

「ねぇ、銀河、静岡のバアバの家に行かない？」

「すばばば、ばあば？」黄色のクレヨンで光線を描き足していた手がとまり、眉と眉がくっついた。

連休中に出勤したかわりに、今週末は三日間休みが取れる。一度に二つのことができない銀河は、クレヨンをぽろんと手から落として考え続けていた。

「陽菜《ひな》ちゃん、いるかな」

「うん、いるよ。一緒に遊べるといいね」

「じゃあ、行かない」

誠子《せいこ》さんはいまも実家にいるそうだ。鈍感な恵介は驚いていたけれど、誠子さん夫婦はアブナイな、と前々から美月は思っていた。雅也《まさや》さんがいつも、二人っきりになるのを恐れているみたいに見えたから。

陽菜ちゃんは静岡の小学校に編入してしまったというから、かなり深刻。いいえ、人ごとじゃない。私たち夫婦だっていつ……

やっぱり一度、恵介が何をしているのか、どういうつもりなのか、はっきりさせなくては。

「行こうよ。パパに昆虫図鑑読んでもらえるよ」

を、絵本はママ、昆虫図鑑はパパじゃなくちゃだめなんだそうだ。銀河がまたクレヨン

ぽろん。

「うーん」

「パパに会いたいでしょ。今度の土曜に行こう」

「う」「…ん」

ほら、見なさい、恵介。銀河に「会いたい」って即答してもらいたいなら、変な夢からはもう覚めて。農業を継ぐ、なんて言葉は聞きたくないからね。

ぽた。

ひたいから滴り落ちた汗が、苺の葉の上で朝露みたいにまるまった。

苺のハウスは寒さをしのぐためのものだから、五月ともなると中は酷く暑い。天窓は、害虫害鳥予防のネットを張って、全開にしている。

それでも暑い。まるでサウナだ。汗を吸ったTシャツが体に重い。

ぽた。

ぽた。

　ぽたぽたぽた。

幸い——と言いたくはないのだが、このところの収穫時間は短い。実の数が減ってきたからだ。

　恵介は今日最後の収穫ケースを抱えて外へ出る。二十五度を超えているはずの外気が涼風に感じられた。本日の収量は二十ケース、80パックがいいところだろう。

　そろそろ苺の季節が終わろうとしている。だが、それは、新しい苺の季節の始まりだった。

　母親と誠子ネエがパック詰めをしている作業場にケースを置いた恵介は、休む間もなくもうひとつのハウスに向かった。

　こっちは暑くない。屋根だけ残して、側面のフィルムを巻き上げているからだ。田植え間近の田んぼを吹き渡る土の匂いの風が、汗ばんだ肌を撫でていく。

　第二棟には、横長のプランターが並べてある。園芸用のプランターとたいして変わらない大きさだが、その数、百三十四。白いプランターの中で、緑の葉を風にそよがせているのは、来シーズン用の親株だ。

　苗は農家にとって、ラーメン店のスープ、団子屋の秘伝のタレ、手品師の鳩。収益の礎だ。届いてしまったものを放置するなんてことは、不肖とはいえ農家の息子のかすかな血が許さなかった。宅配された苗は、紅ほっぺ240、章姫160の計400。6000株近くあるハウスの苺の世話に比べたら可愛いものだ、と考えてもいた。

大間違いだった。いまになって後悔している。

届いた親株はすみやかにプランターに定植しなければならなかった。小さな苗ポットで届く親株はすぐに根詰まりを起こす。しかも定植が遅れると子株を生むランナーの発生量が激減してしまう。ガスによれば「モッチーだから教えておくよ。一刻を争う事態だぜ」

たまさかマンションのベランダに花のプランターをひとつ置くのだって、ホームセンターへ行って花を見つくろい、土を買い、肥料に悩み、ペット売場のクワガタムシの前で銀河と道草をし、ようやく家に着いて一服してから汚れてもいい服を選び、ネットで植え方ガイドを探し、などなどしているうちに日が暮れてしまった——なんて生活を送っていた恵介の前に、いきなり百三十四個のプランター。

試練以外の何ものでもない。しかもそれはほんの序の口だった。

なんとかかんとか定植し終えた親株を、来シーズン用の苗に育てるための次の作業は、水やりと施肥と病害虫対策。基本的にはベランダで花を育てるのと変わりはない。が、なにせプランター百三十四。総株数四百。しかもいまだに慣れたとは言いがたいハウスの中の苺の管理・収穫と並行して、だ。

苺は乾燥に弱いうえに、過湿にも耐えられないという、病弱なお姫さまみたいな作物だ。ガスの農場では育苗圃場でも点滴チューブを使っていたが、こっちにはそんな設備はないから、百三十四のプランターひとつひとつの土の乾き具合をチェックして、ホースで水を撒いている。

肥料も難しい。少なくても多すぎてもいけない。粒状の置き肥をすべての株元にきっちり五粒ずつ撒いたのち、姫たちの顔色とご機嫌（葉の色と葉の伸び具合）を伺いながら、頃合いを見て液肥を散布している。

文字どおりの温室育ちだから、半戸外で育てている姫君は、すぐに病気になる。灰色かび病、萎黄《いおう》病、炭疽《たんそ》病、うどんこ病。

悪い虫もつく。

アブラムシ、ハダニ、チャノホコリダニ、アザミウマ。

四百の株のどこかの葉が萎れているのを発見するたびに、病害ではないかと恵介の身はすくむ。一見元気そうでも、葉の裏のチェックも怠らない。アブラムシがびっしり群がっていたりするからだ。

防除するために、それぞれの症状に有効な各種の農薬を処方している。

銀河がアトピーだったせいもあって、美月は食の問題に敏感で、「無農薬」「有機農法」を謳《うた》っている野菜を好んで買ってくる（ちょっと虫喰いの痕があるだけで大騒ぎをするのだが)。かくれんぼの時、納屋に置かれた農薬袋の陰に隠れたりする少年時代を送ってきたくせに、恵介も、まぁ、農薬を使わないに越したことはなかろうな、などと実家を棚に上げて考えていた。

しかし、かりそめとはいえ生産者の立場になったいまは、思う。

そんなの、ムリ。

農家の使用する農薬には規制があるから、もちろん登録農薬だけを規定の回数以内で使っている。ハダニ対策には、親父が取り入れていた、虫で虫を駆除する生物農薬も使っているし、病害の温床になる雑草を生やさないように、圃場周辺の草むしりもこまめにやっている。

だが、四百株が生い繁らせている無数の葉の一枚一枚の裏に群がるアブラムシを、一匹一匹、手で潰して退治しろ、なんて言われても、できない。

ひとたび炭疽病や萎黄病が発生したら、その株を除去する以外に手だてはない。薬剤治療もせず、指をくわえて見ていたら、四百株が全滅してしまう。

無農薬栽培だって、いわゆる農薬ではない、なんらかの「薬」は使う。たいていが自然由来だが、そのすべてが安全だという保証はない(現に農水省は「無農薬」「減農薬」などなどの呼称は使用しないように、とのお達しを出している)。

植物というのはもともと虫の食べ物でもあるのだ。まして農作物は、人があれこれ手をかけ、甘やかして育てた脆弱な植物。農薬も疑わしい天然由来資材も使わず、ただ自然に育つだけにまかせたら、食の安全を手に入れる前に、食そのものがなくなってしまうだろう。

恵介は親株の葉の上で、手にした500ミリリットルのプラスチックボトルを振る。中から出てくるのはオガクズに似た土だ。実際に使ってみるまで信じられなかったのだが、じつはこれが、親父のノートに書かれていた『天敵』、生物農薬なのだ。この土の中に、ハダニを捕食するチリカブリダニという小さな虫が混入されている。か弱い姫たちを守る体長0・4ミリの兵士たち。頼もしい。ちょっと不気味だが。

親株の管理法のほとんどは独学だ。

入院三カ月目に入った親父は、日々のリハビリの甲斐《かい》あって、杖を使って歩ける程度には回復したが、農業に復帰するめどは——はたして復帰できるのかというめども——立っていない。言葉もうまく喋れないままだ。

病院へ行くたびに親父に教えを乞うのだが、なにしろもともとが悪声で口下手な人だ。よく聞き取れずに何度も聞き返しているうちに、しまいには怒りだす。

「オレロイリロヲシロロロトラカッレニイリリリマワスジャニャ〜」（恵介訳＝俺の苺を素人が勝手にいじり回すんじゃにゃあ）

だから、親父の言葉より、悪筆のノートの暗号を解読したほうが早い。『いちご白書』もいまや付箋と新たなアンダーラインだらけだ。入手できるだけの専門書を購入し、ネットの情報も日々読み漁っている。

ガスにもときおり電話で相談を持ちかける。おだてれば、苺農家なら常識であるらしい基本的なことは教えてくれるが、肥料の成分の配合や、新しく出た農薬の効果といった細部に話がおよぶと、とたんに口が重くなる。

「ま、そのへんのことは、あれだ、人それぞれ、苺それぞれよ。モッチーがやりたいようにやればいいんじゃねえの」

手のうちは明かしたくないらしい。

親父の入院が長引き、素人の恵介が苺の仕事を引き継いでいると知ると、地域の苺組合の人々が心配して訪ねてきてくれるようになった。

プランターに入れる土をどこで手に入れれば安いか、圃場を覆うシートをどうやって敷くか、ハウスのフィルムの巻き上げ方、などなど初歩的なことは親切にアドバイスしてくれ、手伝ってくれたりもするのだが、「どうしたら苺が甘くなるか」「収量をアップする方法はあるのか」という質問は、はぐらかされる。

それぞれが個人経営で、ライバルでもあるわけだから、当然といえば当然かもしれない。ラーメン屋がスープのつくり方をよその店に教えないのと一緒だ。人手は貸しても、高い金を出して揃えた農機具の貸し借りも基本的にはしない。農家の人々は、人間関係が濃く、横の繋がりが強いように見えて、じつは案外にバラバラだ。

定植から二カ月。四百の親株は緑の葉でプランターを覆い尽くし、それぞれにプランターの外を探ろうとする触手のようにランナーを這い伸ばしている。そろそろポット受けの準備をしなければならない。

ポット受け。

考えるだけで憂鬱になってくる。ランナーの先にある芽は、土に触れると根を張り、茎と葉を増やして子株になる。ランナーを根付かせるために、土を詰めたポットをプランターの脇に設置する作業だ。

ポット自体に特別なものは必要なく、9センチビニールポット——ホームセンターによく置いてある花や野菜の苗用の黒ポット——でいいらしい。

ひとつの親株からは何本ものランナーが伸び、複数の子株をつくる。その子株（通称、太郎株）からまたランナーが出て次郎株をつくり、次郎株は三郎株を生み——という具合に、五郎株ぐらいまで繁殖させる。

最終的に必要な株は、第一ハウス、第二ハウス、合わせて一万株。大きく育ちすぎて実なりが悪くなる太郎株は使わないほうがいいらしいから、必要なポットの数は一万数千！

一万を超えるポットに土を入れ、ランナーを誘導し、先端を専用のピンでとめる。

いったいどのくらいの時間がかかるのだろう。ひとつひとつのポットは小さくても、使う土もそうとうな量だ。計算したくもないが、ざっと計算しただけで、三千数百リットル。重量でいえば、2トン！

想像しただけでため息が出た。

体がふたつ欲しい。できれば三つ。

毎朝五時に起き、昼まで苺の収穫と管理をし、午後は来シーズン用の苺の育苗。母親は「毎年つくってるだもんで」と、畑に自家消費分のとうもろこしやきゅうりやトマト、その他もろもろの種を播き、苗を植え、植えたとたんに腰痛を悪化させてしまったから、そのもろもろの世話も恵介の仕事だ。

母屋の北側、ハウスや畑とは少し離れた場所にある梨畑は、もともと手伝ってくれていた寿次《ひさつぐ》叔父さんに世話を頼んでいた。寿次叔父は五年前に製紙会社を定年退職し、いまはシルバー人材センターに登録している。「そうそう仕事はにゃあから、嬉しいよ」収益は叔父さんのもので、逆に恵介たちがお裾分けしてもらう約束だが、まったく手伝わないというわけにもいかない。昨日も高齢者の家の庭木の剪定に行ってしまった叔父さんのかわりに摘果作業をした。

夜は夜で本業のデザインの仕事をしている。親父が倒れた直後からつきあいはじめた広告制作会社から定期的に依頼が来るのだ。打ち合わせや会議の要らない仕事ばかりだから、いまのところすべて受けている。

美月には「せめて電話だけでも毎日して」と言われているのだが、電話で話をする暇さえろくにない（銀河に電話を替わるときまって読み聞かせをせがまれるし。昆虫図鑑のかわりにネットで見つけた『むしさんのおうこく』というサイトを読んでいる）。

恵介はらくらくコッシーに搭乗して親株のプランターを巡回しながら、生物農薬を苺の葉にだだだだっと振り撒いていく。それゆけ、小さな兵士たち。憎《にっく》きハダニどもを殲滅するのだ。ダダダダダ。

ダダダダダダダ。

おっと、生物農薬は５００ミリリットルボトル一本で六千円もする。

ダダダ。

ダダ。

ときどき思う。なぜ俺はここでこんなことをしているのかと。どこでどうしてこうなってしまったのかと。

だが、やめられないのだ。

楽しくてやめられない、わけじゃない。親父の留守を守るためとか、長男の義務であるとか、そんな殊勝な気持ちでもない。

もっと単純な理由。やむにやまれぬ事情だ。

恵介が日々の作業をやめたとたん、苺が枯れてしまうからだ。第一棟の5800株も。第二棟の400の親株と生まれはじめた子株も。

毎日接しているうちに、恵介はごく当たり前の事実に気づいた。

苺は、生き物なのだ。

前の日の蕾《つぼみ》が今日は花になり、今日はまだ白く堅い実が、明日には赤く染まる。安息の地を求めて腕を差しのべるように毎日懸命にランナーを伸ばしている。

いったん世話を始めた生き物を、自分の都合で死なせるわけにはいかない。

ペットを飼ったら、毎日きちんと餌をやり、散歩させ、ウンコの始末をしなくちゃならない。病気や怪我がないように細心の注意を払う。それと同じだ。

いまの恵介の状況をわかりやすく説明すると、こうなる。

父親から物静かで逃げ出すことのないペット（苺）を軽い気持ちで預かったのはいいが、思いのほか手がかかり、しかもいっせいに子ども（ランナー）を産みはじめてしまった――

かえってわかりにくいか。

近隣や同業者とのつきあいも、日々を忙々《せわせわ》しくしている。都会と違ってここでは居留守を使えない。既読表示がないかわりに、人々はアポなしで直接やってくる。苺組合の誰かが「ちょっくらタコるべや」と顔を見せたら、暇つぶし《サボ》に来たとわかっていても、茶を出し、しばし世間話につきあう。ああ、こんな暇があったら、銀河に『むしさんのおうこく』を三匹ぶんぐらい読んでやれるのに、パンフレットのデザインを一ページぶん進められるのに、とじりじりしながら。円滑な関係を築いておかないと、苺について聞きたいことがある時に困るのだ。

今週の金曜日には、地元の保育園の園児たちが、ここへ見学にやってくる。これも苺組合のしがらみだ。

毎年、収穫の終わる頃に、持ちまわりで地域の園児を招くのが組合の恒例なのだそうだ。今年は親父の番。見学といっても事実上、苺の食べ放題ツアー。園児たちにハウスを開放し、苺を好きなだけ採らせる。

「収穫の手間が省けるさぁ。いい骨休みだと思ってやってくれればいいだよ」とベテランばかりの組合員たちには言われているが、ガスによると、そんな生やさしいものではないらしい。

「かんべんだよ、あれは。苺が終わる時期だからやるんだ。餓鬼《ガキ》どもがハウスに入ったら最後、花も未熟果も茎もおかまいなしにむしっちまうから。土耕なんて踏みまくられてズタボロだぞ。モッチーんとこの今年の苺は、その日で終了だと思いな」

酸味が苦手な子どものために練乳《コンデンスミルク》を自前で用意するのも「恒例」。何年も前に園児が刺されて親のクレームが来てからは、蜂を処分しておくことも。

この時期に園児を招待する理由のひとつは、蜂かもしれない。残り少ない花にいまから受粉しても、実が育つ前にシーズンが終わってしまうから、交配蜂たちはもうお役御免。恵介はまだぐずぐずしているが、よその苺農家は、すでに「処分」済みだ。

処分というのは、巣箱に熱湯をかけるか、袋に詰めて太陽熱で蒸し焼きにすることだ。かわいそうだが、購入した蜂の『資材説明書』にはマニュアルのひとつとしてそう書いてある。伝染病予防や生態系維持のために外へ逃がすのはご法度。

薬剤ではなく（親父はトマトの時にはホルモン剤で結実させていた）蜂で受粉させていると聞くと、人は「自然に優しい」などと思いこむようだが、じつはちっとも優しくない。

『みつばちさんははたらき者　みつのある花を見つけると　ダンスをおどってなかまに知らせます』なんてお話を読み聞かせている銀河に、恵介は合わせる顔がなかった。

自然に翻弄される日々を送っていると、人間の傲慢と無力をつくづく思い知る。

自分たちに都合の悪い生き物は、雑草、害虫、害鳥、害獣。おいしい生き物は、食用。愛らしく（自分の文化圏では）食用にしない生き物は、愛玩・観賞用。動物虐待も動物愛護も、どっちも人間という生き物の身勝手だ。

たいていの人間は、生き物が好きだと言うが、生き物は人間なんて嫌いだろう。

八十個めあたりのプランターで気づいた。株の根もとに緑色のゴマ粒がびっしりこびりついている。もちろんゴマ粒じゃない。ゴマはもぞもぞ蠢《うごめ》いたりしない。イチゴネアブラムシだ。

「しゃびゃあ」

恵介はアブラムシを殺戮し、根絶やしにするための化学兵器を取りに納屋へ走った。


今日も朝から忙しい。収穫作業ではなく、ハウスの中の清掃に。置きっぱなしにしていた薬剤ボトルは納屋へ戻し、折り取ったランナーが散らかった通路を掃き清める。

苺は三日前から実らせたままで収穫はしていない。だから、きちんと熟した赤い実が最盛期のようにたわわに実っている。今日は、保育園の園児たちの苺見学の日だ。

母親はいつもの割烹着姿だが、割烹着は新品で、ポケットのところにクマのキャラクターが描かれている。どこで買ったんだろう。クマは一見、くまモンに似ているが、目が怖い。

めったにしない化粧もしている。揚げたコロッケにもう一度小麦粉をまぶしたようだ。口紅も赤すぎ。子どもたちが怖がらなければいいのだが。

「恵介、もうコンデンスミルク出しちゃっていい？」

進子《しんこ》ネエは、ハウスの入り口に置いた長テーブルに使い捨てのプラスチック容器を並べている。

「うん、四十……いや、先生たちの分も入れて、五十かな」

ハウスの外が騒がしくなってきた。ウミネコの大群が襲来したような幼い喧騒。園児たちがやってきたのだ。


ハウスの前に並んだ園児は、三歳児から五歳児まで全部で四十三人。いつもは静かな場所が、ウミネコの繁殖地になった。先生の一人がぱちんと手を叩いて、子どもたちの注意を集める。

「みんな〜、今日お世話になる農家の望月さんでーす」

そう言って、母親ではなく恵介を片手でさし示した。

いや、俺は、農家の望月さんじゃなくて、これは親の手伝いで、本業は——そんな言葉が体から出たがって喉の奥がむずむずした。子どもの頃から、農業はかっこ悪い、そう考えてきたからだ。自分一人の仕事場ではジャージの上下で、締め切り間際にはタオルを鉢巻きにするフリーのグラフィックデザイナーだって、ちっともかっこいい仕事じゃないのに。

「はい、ご挨拶～」

「おおおせおせわわにになりまおせわまますすす」

練習してきたのだろうが、声も頭を下げるタイミングもバラバラ。列から脱走して走りまわっている子もちらほら。うんうん、いいんだよ、子どもはそれで。でも、ハウスのフィルムはエアドームじゃないんだから、ぴょんぴょん跳ね飛びごっこをするのはやめなさい。

進子ネエが子どもたちに容器を渡す。カップ型のプラスチック容器をホチキスで繋いだもので、一方にコンデンスミルクが入っている。もう一方は苺のヘタ入れだ。

「えーミルクなしも試してみてぇ……ください。あー苺本来の……そのものの味が楽しめる……のよぉ」

進子ネエは子どもに慣れていないし、常々、子どもは好きじゃない、と公言している人だから、動作も言葉もぎこちない。三歳児の列に四歳児が乱入すると、なけなしの猫撫で声が一変してしまった。

「こら、危ない。小さい子が先だよ。きちんと並んでっ」

先生たちは慣れたもので、牧羊犬のようにすみやかに園児たちをハウスの中へ追いこんでいく。いちおう見学なのだから、全員が中に入ったところで恵介は説明を開始した。何日も前から考え、こっそりリハーサルもしたせりふだ。

「ここはハウスと言います。苺のおうちですね。ここで苺たちはまず花を咲かせます。白い小さな花です。その花をよく見ると——」

誰も聞いちゃいなかった。苺農家の「見学」に慣れているらしい五歳児が苺に群がると、年下の子どもたちも次々とそれにならう。ウミネコの群れに小魚を放り投げたような騒ぎになった。

ガスの言うとおりだった。通路に垂れたランナーが踏みにじられ、花がむしられ、白い実までつまみとられ——恵介はあわてて声を張りあげた。

「白いのはまだ食べられないよー。赤い実だけ食べてね〜」来週いっぱいまで収穫を続けるんだから。

進子ネエが子どもを叱りつける。

「そこっ、一人でカップを山盛りにしない。人にも場所を譲る」

指を突きつけられた肥満児は背筋と両手が棒になり、容器を取り落としてしまった。

「すみませ〜ん、奥さま」

先生が駆け寄ってくる。口では申しわけながっているが、その顔には、なにも子どもにそこまで、と書いてあった。

「奥さまじゃありません！　姉です」

母親は、らくらくコッシーに二人乗りしている子どもたちに目を剝き、白粉《おしろい》でこわばった顔をさらに引き攣《つ》らせている。

ハウスは、ちびウミネコ軍団に、完全に制圧されつつあった。

かつて名古屋のデパートの紳士服売場で働いていて、子どものあしらいもうまい誠子ネエがいてくれたら、もう少しうまくやれただろうに。

誠子ネエは昨日から名古屋へ帰っている。雅也さんと話し合うためだそうだが、前向きな話じゃないことは明らかだった。陽菜を置いて家を出る前にこう言っていた。

「あの人に会うのはこれで最後かもしれない」

進子ネエによれば「去年の十一月に戻ってきた時も、同じことを言ってた」そうだが。

この二月に七十になった親父が、なぜ無謀にも来シーズンの苺の数を増やそうとしたのか、毎日開いているノートを見ているうちに恵介にはわかった。

11月6日　紅ほっぺ　２４０　予約
この時点では、前年と同数。それがその翌週に、急遽、こう書き加えられている。

11月12日　追加予約　章姫　160

後から知ったことだが、誠子ネエが前回出戻ってきて「もう名古屋には帰らない」と宣言したのは、母親の誕生日にかこつけて帰ってきた時だそうだ。母親の誕生日は十一月八日だ。

親父はこう考えたに違いない。

「これからは、誠子と陽菜のぶんも稼がねば」

まだ白い実をむしりとっている銀河と同じ年頃の子どもに、恵介は熟した赤い実を渡してやる。銀河と、少し前の銀河が四十三人集まっていると思えば、怒ったりはできなかった。

この年になって恵介はようやく気づいた。親父の農業の方向転換や事業拡大は、ただの気まぐれに見えて、いつも理由があったことに。

ごく単純な理由だ。

作物をトマトから苺にかえたのが恵介に後を継がせるもくろみだったことは見え見えだが、いま思えば、米農家をやめてトマトを始めたのも、たぶん同じ理由だ。

あれは恵介が高校二年の時。進路に悩んでいた頃だ。恵介は、美大にするか普通の大学にするかで悩んでいただけなのだが、子どもと会話のない親父は、進学か農業を継ぐかで迷っているのだと勝手に信じこんだのだと思う。きっと、恵介に、トマト農家なら「かっこよくて儲かる」と思わせたかったのだ。

恵介が小学生の頃、養豚にも手を広げて、姉たちから「臭い、汚い」と嫌がられても何年も続けたのは、ちょうど剛、進、誠、三姉の高校進学や大学受験や専門学校への入学が毎年のように続いていた時期だ。

古民家みたいだった納屋を建て替えたのは、剛子ネエが成人式を迎えた年。あれは晴れ着姿の剛子ネエが家の前での記念撮影を拒否したせいかもしれない。「ここじゃ嫌《や》だよ。納屋のおぞい《ボロ》屋根が写っちゃう」

親父のことを恵介はずっと、子どもや家庭は母親にまかせきりで、自分と仕事の都合しか考えていない人だと思っていた。旅行に行こう、ときょうだいの誰かが言っても、「仕事があるから都合が悪い」仕事がなくても「仕事で疲れてるから都合が悪い」何かを買いたいと言っても、「うちには仕事に回す金しかにゃあ」。

仕事。仕事。都合。都合。だが、親父の仕事の「都合」は、じつは俺たちきょうだいの「都合」だった。無口な親父の無言のメッセージだったのだ。面倒くさいメッセージではあるが。

「ハチだぁ」

「ハチっ」

子どもたちが騒ぎはじめた。我ながら甘いとは思うが、この三カ月近く一緒に苺づくりをしてきた蜂たちを、恵介はまだ処分できずにいる。

「にげろ〜」

「たたかえ、ひとだまバースト！」

「ふみつぶせ」

「ころせ〜」

進子ネエが叫んでいた。

「蜜蜂に刺されても死にゃあしないっ」

ふと恵介は思った。そういえば、銀河にはまだ一度も、俺の採りたて苺を食べさせてないな、と。

俺の？

作業服の尻ポケットで携帯の着メロが鳴った。

美月からのラインだった。

珍しいな。たいてい直接電話をかけてくるのに。しかもこんな時間に。

文面は短かった。たまにラインを寄こす時には、銀河の笑撃《しょうげき》写真が添付されているのだが、それもなし。スタンプもなし。

『土曜日に銀河と静岡へいきます』

しゃびゃあ。美月の怒りがコンパクトに詰まった短さだった。

美月が怒るのも当然だと思う。逆の立場なら恵介だって思う。

「いったいあなたは何をどうしたいの？」

でもさ、美月。俺にもわからないんだよ。いつも自分に問いかけている。

いったいお前は何をどうしたいんだ？

自分自身にも理解不能なこの気持ちを、どう伝えよう。「もう帰ってこい」と最後通告を突きつけてくるはずの美月を、どんな言葉で説得すればいい？

自分でも確実にわかっていることがひとつある。何をどうしたいのか、の答えがなんであれ、このままでは終われないってことだ。そこに苺があるからだ。

ああ、どうしよう。悩める年頃の乙女がハンカチにそうするように、恵介は両手で握りしめたスマホを揉みしだく。

スピーディな返信がとりあえずの誠意、と思いつつ、とりあえずの文面も浮かばないまま、すがりつくようにスマホの画面を眺める。

つぃん。

誰かに尻を突つかれた。美月の生霊《いきりょう》だろうか。

振り返ると真下に、三歳児だろう、ひときわ幼い女の子がいた。空《から》になった容器を両手でかかえあげて恵介に見せてくる。目が合うと、にんまぁと笑った。練乳がなくなったから欲しい、ということのようだ。

「ああ、ちょっと待ってね」

保育園児に人生を説きながら練乳をつぎ足している進子ネエのところへ歩きかけてから、子どもの前にしゃがみこむ。

「そうだ。ミルクなしで食べてごらん。ほんとうはそのほうがおいしいんだよ」

女の子はぷるぷると首を横に振る。両手の容器もぷるぷる。

だよなぁ。銀河だって、苺に牛乳をたっぷりかけてから、スプーンで潰して食べる。美月のほうのバアバに教わった食べ方だそうだ。苺が甘さに乏しく酸っぱい果物だった時代の風習が、世間には根強く残っているのだ。

少し前なら、どう食べようが人の好き好きだ、と気にも留めなかっただろうが、いまの恵介には、何種類もの具材を何時間も煮込んだスープに、どばどばとケチャップを注いでトマト味にしてしまうぐらいもったいないことに思えた。

「ほら、これを食べてごらん」

葉陰に隠れていた大粒をもいで差し出す。

ひと口まんじゅうみたいなちいさくてまるっこい手がおずおずと苺をつまみ取ったが、口には入れず、空っぽの容器と見比べて眉と眉をくっつけた。しゃびゃあ、泣かせちまったかと思ったら、ぱかんと口を開けた。銀河と同じだ。何かを口に入れる時にはまず、口を食べ物と同じ大きさに開く。

大きく口を開いたわりには、ほんの少しを小さく齧り取る。ほっぺたをもくもくふくらませたとたん、女の子の目が糸になった。

「ほっほう」

紙をまるめたみたいに顔をくしゃくしゃにした。

な。うまいだろ。

近くにいた年かさの園児たちが恵介に群がってきた。

「オレにも選んで、おいしいの」

「桃花《ももか》にもももかにも」

「よーし、待ってな」

小さいほうがおいしそうに見えるのか、数多く食べられるからか、みんな小粒の苺ばかり狙う。ちっちっちっ。違うんだな。苺は大粒のほうがうまいのだ。おじさんのところでは、大玉をつくるために、ひと房ごとの実の数をわざわざ減らしているのだよ、少年少女たち。

「まず先っぽを齧ってごらん。そこがいちばん甘いんだ」

「うっほー、うまうま」

「あま〜い」

子どもたちみんなの顔がまるめた紙になった。

ふっふっふ。どうだ、まいったか。これがプロの味だ。

「お口の中が宝石箱やぁ〜」

グルメレポートはしなくていいから。

ガスは「ハクビシンの群れをハウスの中に解き放つようなもんだ」と言っていたが、けっこういいもんだ。毎日の地味で過酷で誰も誉めてくれない作業が報われた気がした。この子たちのくしゃくしゃの顔を親父にも見せてやりたい。

人には他人に認められたいという欲求がある。おそらくそれがすべての仕事の原動力だ。誰かに料理をつくったら「おいしい」と言ってもらいたいし、仕事がうまくいった時には、ちゃんと誉めて欲しい。『いいね！』ボタンをクリックされたいのだ。本当はネット上ではなく、目の前で。

上司や同僚のいないフリーのデザイナーだって、打ち合わせやプレゼン先で、相手を唸《うな》らせたり驚かせたり（逆の唸られ方もあるにせよ）できるから、苦労した甲斐があるのだ。

ひゃあひゃあ。

きゃあきゃあ。

あきゃああきゃああきゃあ。

ウミネコの嘴《くちばし》みたいに次々と手が伸びてくる。

「待ってね。ひとりずつ選んであげるから」

楽しかった。

久しく忘れていた気持ちだった。

このところ本業でも、顔の見えない相手とパソコン上で始まって、パソコンの中だけで終わる、空気を受け渡ししているような仕事ばかりだから。

データを受信。加工する。送信。以上。

農業の場合、もっとむなしい。出荷所へ苺を運んでも「おお、待ってたよ。さすが望月さんとこの苺だ。ほかとはモノが違う」なんて言葉はかけてもらえない。流れ作業で受け渡しが行われるだけ。農協共販だから、玉石混交の膨大な『静岡いちご』の中に組みこまれるだけ。

いつもこんなふうに人に仕事を評価されればいいのに。そうすれば、やりがいが生まれる。プライドも持てるし、しっかりやらないと評価が下がる、という緊張感も保てる。

その時だ。

ぽつん。

ふいに恵介の頭に、空からひと粒の種が播かれたように、アイデアが降ってきた。

それは小さな種だったが、考え出すと止まらなくなった。

頭の中で芽を出し、根を生やしはじめた。

やがて実る作物の第一歩がいつもそうであるように。


確かにハクビシンの集団の襲撃を受けたかのようだった。ハクビシンはこのあたりの苺農家にとっていちばんの害獣だ。ハウスからきれいさっぱり赤色が消えていた。しまったな。銀河と美月のぶんを残しておけばよかった。二人にこの苺を食べさせてやりたい。そうすれば少しは俺の気持ちが伝わるかもしれない。らちもなく考えながら、恵介は残り少ない苺の実を数える。

どこかに真っ赤に熟しかけた実はないか。それも大つぶのやつ。赤い実。大つぶ。赤い実。大つぶ。ぶつぶつつぶきながら腰をかがめて歩いていると、
バタタタタ。

鳥の羽ばたきのようなけたたましい音が聞こえた。

バタタタタタ。

スクーターの音だった。ハウスの前で停まった。誰だろう。苺組合のオオイシさんか？

引き戸から現れたのは、スーツ姿の中年男だ。四角い顔に黒縁眼鏡の、サイコロの二の目のような顔。

「やぁやぁ、精が出るねぇ」

佐野さん。剛子《たかこ》ネエのダンナだ。

保育園児たちが食べ散らかした苺が通路に散乱していることに気づくと、佐野さんはよく磨かれたウィングチップが汚れるのを恐れる足どりになった。

初めてこのハウスに入ったのだと思う。自分が歩いているのが、恵介が立つ通路とは一筋違うことに気づくと、高い畝を飛び越えられるかどうか迷う素振りを見せた。

結局あきらめたようで、反対側に立ち、にまりと笑いかけてきた。

「ねぇ、恵介クン、たまには食事でもどお？　ウチに来ない？」

剛子ネエの家で食事？　美月と結婚したばかりの頃、二人で呼ばれたことがあったきりだ。食卓に並んだのは、美月に見せつけるような静岡の郷土料理の数々。美月の実家より緊張した。

「ありがたいですけど、今日中にハウスの中を片づけなくちゃ」

黒縁眼鏡の中で、つぶらと言えなくもない目玉がくるりと動く。

「あ、じゃあ、農協通りにできた新しいイタリアンの店に行く？　ボクが奢《おご》るよ」

奢る？　この人が？　信じられない。そもそも酒飲めないんじゃなかったっけ。以前、誠子ネエのダンナの雅也さんと三人で外で飲んだことがある。勘定になると佐野さんはバッグから電卓を取り出し、料理の金額だけきっちり三等分した額しか払わなかった——。

下戸の人が酒席の割り勘を理不尽に思う気持ちはわかる（だから恵介は多めに払うつもりだったし、羽振りのいい雅也さんなんか、全額自分が出すと言い出しかねない感じだった）。わかるけど、逆に割り切れなかった。なにしろ酒を飲まないぶん、佐野さんはどんどん料理を頼み、その半分以上は一人でたいらげたのだ。

「ウチに上がってください。とりあえずお茶でも……」

恵介が乗り気でないとわかったようだが、佐野さんは向かい側から動かず、石仏みたいに微笑み続ける。

「あのぉ、俺に何か話が？」

「話ってほどのこともないけど」眼鏡のブリッジを押し上げてハウスを見まわしてから、うふ、と一人笑いした。「申しわけないなぁって思って。東京の恵介クンにこんなことさせて。本来ならここに住んでるボクら夫婦がすべきなのに」

「いやあ、そんなそんな。俺が勝手にやってるだけで」

「まぁ、でも、いまだけだよね？」

どうせ、ただの気まぐれなんだろ？　無駄にまつ毛が濃い佐野さんの目がそう言っているように見えたのは、近隣の農家の人々のまなざしや言葉の端にも、同じ針先を感じることがあるからだ。

どうせ、そのうち東京に帰っちゃうんだよね。

どうせ、長続きしないよ。

恵介には返す言葉がなかった。自分自身でもそんな気がしているから。

何年か前、農業を始めたい、そう言ってここへやってきた若い夫婦がいたそうだ。近所の人々は口々に言う。

「最初は親切に教えただよ。だけんど、だめ。ルール守んにゃあから。組合にも入らにゃあし、婦人部にも顔を出さにゃあし、センセイの選挙の応援もしたくにゃあって言うし」「そうそう、シロウトのくせに無農薬でどうのとか言って。ありゃあ迷惑。畑で虫涌《わ》かすわ、病害持ち込むわ、ほかが困るんだ。やっぱしこの仕事を継がせんのは、この土地の人間じゃにゃあと。自分ちの息子じゃにゃあと、ねぇ」

結局、「三年しか持たにゃあで、しっぽ巻いて逃げ帰った」そうだ。逃げ帰ったというより、追い出されたのかもしれない。

佐野さんがレンズ越しの上目づかいで恵介の顔を窺ってくる。

「やらないよね、農業なんて」

「あ、いや……」

即答できずにいると、佐野さんは自分の言葉に自分でウンウンと頷いた。

「そりゃあそうだよね。東京でちゃーんとデザイナーとかしてるんだもの。いつまでもやってられないよね」

確かにいつまでもやってはいられない。いまのままのやり方では。

「でも、」と恵介は口にしかけたが、その声を吹き消そうとする勢いで、佐野さんが先に言葉を継いだ。

「こんなこと言うと、恵介クンは怒るかもしれない。もちろんボクだってお義父さんにはまだまだ元気でいて欲しいと思ってる。でも……今回のことで万一の事態が頭をかすめたのは、ボクだけだろうか」

「万一の事態？」

佐野さんが、ぴん、とひとさし指を立てた。

「そろそろ考えておかないと。相続税のこと」

信用金庫の広告コピーみたいなせりふだった。うん、「ボクだけ」かもしれない。恵介も姉たちも確かに「親父の死」が頭をよぎりはしたが、相続税のことなんて誰も頭の隅にもかすめなかったと思う。

「土地は売ってしまって、売却金をお義母さんと君たちきょうだいで分けるという方法もある。でも、そうすると、税金がどれだけの額になるか……」

怪談話を思い出しでもしたようにスーツの二の腕をさする。そして、いまふと思いついたというふうに、あらかじめ用意してきたらしいせりふを捲《まく》し立てた。

「そうそう、剛子を農業相続人にしておくっていうのが無難かなぁ。なにしろ長女なんだし。ここに住んでるわけだし。そのほうが恵介クンにも迷惑がかからないんじゃないかな」

農地を相続する場合、農業相続人がいれば、相続税は猶予される。

「剛子ネエ、農業やらないでしょ」

ただし、あくまでも「猶予」で、その条件は二十年間農業を続けること。途中でやめたとたんに課税される。

佐野さんは片手をへらへらと振った。

「平気平気。適当に土をほっくり返して、なんかの種を蒔いときゃいいんだよ。柿の木を植えるとかね。いまのご時世、本気で農業なんかしたって、損するだけ」

農地ということにしておけば、固定資産税が「格段にお、ト、ク」だと佐野さんは言う。

東京にも郊外へ行けばいまだに田畑はあるが、本気でやるつもりがあるとは思えないところも少なくない。あれはきっと税金対策のための田畑なんだろう。

東京生まれの美月には、ド田舎にしか見えないだろうが、恵介の実家の地目は、後方の梨畑を除けば、市街地農地だ。農地以外の使用が認められない純粋な「農地」と違って、マンションを建てたり、事業者に貸したりすることができる。

ここにいる三カ月のあいだに恵介は、この手の話に明るくなった。近所の農家の人たちが恵介よりはるかに税金に詳しくて敏感だからだ。なにせ本業の収入は少なくても、じつはみんな土地という「財産」の所有者。「孫を音大に行かすために山を売った」なんて話が日々ふつうに飛び交っている。

「誤解しないでね。ウチが土地をぜーんぶ貰っちゃう、なんてつもりはないから。あくまでも資産の有効活用。先々を見越した相続税対策。みんなに損はさせない。農業やってるより絶対お、ト、ク」

勝手に売却や転用のできない「農地」の場合、持ち主が高齢になったためにろくに使われなかったり、貰っても困るから相続放棄をしてしまう息子や娘もいるらしい。

現に、この家のすぐ手前にも草が生え放題の耕作放棄地が広がっている。「自分ちの息子じゃにゃあと」とみんなが言っているうちに、この辺り一帯はどこもかしこも耕作放棄地になってしまうだろう。

「ボクはほうっておけないんだよ。これだけの資産を有効活用しないなんて。もったいなくて、歯がゆくて、体がむずむずしてくる」

「有効活用かぁ……」確かに必要だ。いまのままではどのみち望月家の農業は立ち行かなくなる。恵介がハウスの天井に考えこむ視線を向けると、佐野さんが農業相続人の申請書の実印に息を吹きかけるような声を出した。

「そう、有効活用。ボクも協力は惜しまないよ」

「佐野さんが協力を？」

「うん、遠慮は無用だよ。ボクだって、望月家の親族なんだから」

「ほんとですか」

「信金マンに二言はにゃあさ」

恵介もいま思いついたという口調で言ってみた。

「それなら、佐野さん、お金を貸してくれませんか」

「は？」佐野さんが内ポケットの財布を守ろうとするように両手で体をかき抱く。

「いや、もちろん、佐野さんに個人的にじゃなくて、信用金庫から」

「ああ、なんだ……え？」

美月は銀河の手を引いて新幹線のホームを降り、改札を抜けた。駅を出れば、いつもなら目の前にどでんと絵葉書みたいな富士山の姿があるはずなのに、今日は雲と霧に隠れて灰色の空しか見えなかった。

麓に近いこの町でも、なぜか暖かい季節には富士山が見えない日のほうが多くなるのだ。恵介の生まれ故郷へ行くのはもう二十回目ぐらいだが、美月はいまだに大がかりな消失マジックにひっかかった気分になる。

駅前ロータリーで恵介が手を振っていた。

「パパ」

蓋が犬の顔になったリュックを揺すって銀河が駆けだした。

三週間会っていないだけなのに、なんだか恵介は、美月がよく知っているはずの夫とは違って見えた。

黒い。顔も手も日焼けして、こんがりトーストの色になっている。

細い。これは前回家に戻ってきた時にも気づいていたことだけれど、この三週間でいちだんとスリムになった。痩せ細ったというのではなく、体から脂肪がそげ落ちた感じ。中年っぽく出はじめていたぽっこりお腹も、いつのまにか平らになっている。

「悪い。改札の前まで迎えに行くつもりだったんだけど――」

別の人間に見えるいちばんの原因は、服だ。ブルーのツナギを着ていた。上半身を脱いで両袖を腰で縛って、白いTシャツ一枚になっている。履いているのは長靴。美月が見たこともない服装だった。

恵介が服を買うのは家族で出かけた時で、たいてい銀河のものを新調するついで。選ぶのは本人だけど、お金を出すのは美月。一緒に見立てをするし、水玉とか買おうとする時には反対するし、クリーニングに出したりするのも。夫が自分の知らない服を身につけていると、妻としては心が落ち着かなくなる。

「――駐車場でばったり組合の部会長に会っちまって。この人たち、話を始めると長いから」

組合って何？　部会長って誰？　それは聞いてないよ。あなたは本当にグラフィックデザイナーの望月恵介なの？　同じ顔をした別人の、双子の兄弟と話しているみたいな錯覚に陥《おちい》ってしまう。

銀河も父親に駆け寄ったのはいいけれど、本当にパパなのかどうか疑っているみたいに、ツナギの腰に伸ばした手を出したり引っこめたりしていた。

「さぁ、乗って乗って」

恵介が美月のバッグをつかんで駐車場へ歩き出す。動作がいつもよりきびきびして見えるのは、日焼けしてお腹がへこんだせい？

軽のワンボックスに乗りこむと、左手でシートベルトを引っぱり出しながら、同時に右手でイグニッション・キーを差しこんだ。前方に目を向けたままで。ホームセンターの立体駐車場に車を入れるのさえいつも苦労していた人とは思えないなめらかな動作だ。

思わず横顔に目を走らせる。静岡に行きはじめてからは切っていない髪がもしゃもしゃと伸びていた。頬や顎には無精髭《ぶしょうひげ》。今日のわが夫は夏の富士山みたいにミステリアスだった。

「お義父さんの具合はどう？」

声が喉につかえてしまったのは、久しぶりの会話だからだろうか？　恵介が片手ハンドルでロータリーを半周しながら答える。

「来週には退院する。でも、良くなったからじゃなくて、病院の都合なんだ。とうぶん通院でリハビリ。杖《つえ》があれば歩けるけど、左手がまだだめ。言葉もまだまだ」

最初の信号待ちの時に、恵介が病院とは反対方向にウィンカーを出しているのに気づいた。

え？　そっち？　美月は喉のつかえを押し出す。

「まず病院にお見舞いに行こうと思うんだ」

こっちこっちというウィンカーの音に合わせて恵介が首を横に振る。

「その前にウチに寄ってってよ」

よそから来た他人に言うようなせりふだった。返す言葉がつい尖《とが》ってしまった。

「なんで」

「見せたいものがあるんだ」

やっぱり別人だ。美月の言葉の刺に動じる気配がない。冷蔵庫から二本目のビールを取り出す時にも私の顔を窺っていた人はどこへ行っちゃったんだろう。


東京なら月極駐車場の経営を勧められるだろう望月家の広い駐車スペースのど真ん中に、ででんと軽自動車が停まる。

車を降りると、恵介は慇懃《いんぎん》なウエイターが予約席に案内するように片手を差しのべた。指《さ》しているのは、お義父さんのハウスだ。

「見せたいのは、ここ。さ、中に入って」

「その前にお義母さんにご挨拶しないと」

「母ちゃんは病院に行ってる。誠子ネエと陽菜しかいない」

「じゃ、見る」誠子さん、怖い。

「じゃ、みる」銀河も言った。

恵介がハウスの戸を体の幅だけ開けて手招きしてくる。誉められるのを待つ豆柴《まめしば》みたいな表情で。

「中を見るのは初めてだろ」

中の空気はサウナみたいに暑くて湿っていた。確かに初めて見る光景だった。黒いシートに覆われた地面がいくつもの大きな波になってうねっていた。黒い波の上のほうは緑の葉で覆われている。天井から漏れる陽の光で、ひとつひとつの葉がつやつやと輝いていた。思わず声を漏らした。

「……きれい」

恵介が豆柴の顔の前で片手を振った。

「いやいや、もうあちこち枯れてきちゃってるんだけども」

銀河が声をあげた。

「まるはなばち！」

「おお、銀河、クロマルハナバチを知ってるのか。でも、まず見てほしいのは、苺なんだよ」

「いちご？」

「苺？」

白っぽい色だったから気づかなかった。よく見ると、繁った葉の下にぶらさがっている実は、苺のかたちをしていた。苺のケーキもストロベリージャムも好きなのに、苺がどういうふうに実るのかを美月はまったく知らなかった。

「たくさんなってるところを見せたかったな。食べ頃のはほとんど残ってないんだけど――」

恵介が緑の列の奥まで歩いて、しゃがみこむ。また別の場所へ行って、腰をかがめる。戻ってきた時には、両手が苺の実でいっぱいになっていた。

苺はどれも変なかたちをしていた。二つの実がくっついているようだったり、生姜《しょうが》みたいにでこぼこしていたり。恵介はそれをまるで宝石を扱う手つきで、器のかたちにした手の中でころがす。

「うん、完熟。大玉。ラッキー、ラッキー。かたちが悪いから、みんな手を出さなかったんだな」

みんなって誰？　と問いかけるより先に、恵介が言う。

「食べてみて」

「だいじょうぶなの」

「こういうかたちの変なやつがうまいんだよ、じつは」

「清潔？　洗わなきゃ」

「平気、平気」と恵介が笑う。

「ぼく、牛乳かけたい」

「このままこのまま」

「ぼく、ネコのやつ」

銀河がネコ耳が生えた苺を手にとる。美月も開きかけのチューリップみたいなのをつまんだ。

「あ、待って。記念に写真撮ろう。二人が食べる俺の最初の苺だから」

恵介がつなぎの脇ポケットからデジカメを取り出した。ずいぶん用意がいい。そして、やけに嬉しそう。

「記念って、苺、いつも食べてるじゃない」

お義父さんの苺は、恵介が家へ戻ってくるたびに、言いわけがわりみたいに大きなケースで持ち帰ってくるから、正直ちょっと飽きていた。

「あれは出荷用。これは別物なんだ」

恵介がカメラを向けてくる。知らず知らず苺をつまむ指先にプロっぽくポーズをつけていた。パーツモデルとして復帰しないか、という誘いにまだ返事をしていないことを美月は思い出した。

「もう食べていい?」

苺というよりネコのかたちが気に入ったらしい銀河が、ネコ耳にかぶりつく。美月もでこぼこの先端をおそるおそる齧った。

え？

なに、これ？

「な、甘いだろ」

素直に頷いた。スーパーで買っている苺とは、別の果物の味がした。美月は齧りかけの苺を見つめ直した。見えない甘味料でも塗られているのではないかと疑って。いままで「おいしい」って言って食べてた苺はなんだったんだろう。恵介が持ち帰ってくる苺にもちょっと驚きはしたけれど、これほどじゃなかったと思う。多すぎてたいていお裾分けしちゃってたし。

「……なんで」

なんで、素人のあなたがつくっているのに、こんなに甘いの？

恵介が、日に焼けているせいか前より白く見える歯を覗かせた。

「採れたてだからだよ。これを食べてもらえば、きっとみんなもっと苺が好きになる」

なに、その『顔の見える生産者』みたいな笑顔は？　確かにおいしい苺だ。採れたてという理由だけじゃなくて、お義父さんとは違う何かをしている手応えもあるのだと思う。このところのグラフィックデザイナー恵介からは見ることがなくなった表情だった。妻としては嬉しい。

「パパ、もう一コ食べてもいい」

「おう、何個でも……って八個しかないけど」

でも、妻として、言わなくちゃならないこともある。ふた口めを齧りかけた手を止めて、美月は恵介の顔を覗きこんだ。

「でも、もう終わるんでしょ」

「あ、ああ、うん。来週、親父が退院するまでは管理を続けて、ここを見せてやろうと思ってる」

「それで全部終わるんだね。ああ、良かった」

後半の言葉は我ながらお芝居のせりふみたいだった。

恵介は答えない。ねぇ、なんで目を逸らすの？

「まさか、まだ続けるつもり？」

「あのさ、隣のハウスも見てくれないかな。来シーズン用の苗をそこで育てて――」

齧りかけの苺から果汁があふれて、手のひらにぽたりと落ちた。

「ちょっと待ってよ、話が違う」

　やっぱりこの人は、別人だ。私の結婚した男じゃない。つい声を荒らげてしまったようだった。銀河が口をひし形にして見上げてきた。黒目が振り子みたいに美月と恵介のあいだで揺れている。美月は銀河の手をぎゅっと握って言った。今度は落ちついた声で。できるかぎりの。

「ねぇ、お願いだから、もう夢から覚めて」

「聞いてくれ。俺、考えたんだ。ここの仕事をしながら――」

　聞きたくない。美月は髪を揺らして、恵介の言葉の続きを振り払った。

「あなたと同じ夢を私にも見ろって言うの？」

　私の口からどんな言葉が出ることを期待していたのだろう。男の夢とか、男のロマンなんて言葉はもう聞きたくない。会社を辞めて独立すると宣言した時も反対はしなかった。せいいっぱい協力した。仕事がうまくいかなくなってからだって責めたことはない。でも、いつも思ってた。ところで私の夢はどこへ行っちゃったんだろうって。

　私にも夢があったはずだ。結婚して、子どもが生まれたんだから、しかたない？だとしたらそのあきらめは、夫婦が半分ずつ負担すべきだ。まだ叶えられるものなら、両方に同じずつ実現する権利があるはずだ。

　夢に夫も妻もない。女も男もない。夢はみんなに平等だ。

ぽた。

また苺の汁が零れた。美月は親指を伝うそれを舌先で舐め、ふた口めを前歯で齧りとる。

うん、おいしい。でも、それとこれとは関係ない。

恵介はいつも思う。なぜ俺は美月に、頭の中の肝心な思いをうまく伝えることができないのだろうと。なんでだ。

男にしてはお喋りなほうだし、デザイナーのわりにプレゼンが上手《うま》いと人には言われる。なのに。美月に言葉で勝てたためしがない。

順序立てて、理論を構築してから喋ろうとするから、男は女に口で負けるのだ、という話はよく聞くが、恵介の場合、美月に語ろうとすることに、たいした序列も理屈もあるわけじゃない。ただ、言葉を外へ放《はな》ったとたん、その言葉が不十分で、適切じゃないことに気づいて、修正を加えたくなってしまうのだ。ひょっとしたら違う考え方があるかもしれない。相手が正しく自分が間違っているのではないか、そういう不安が頭をもたげて、きっぱり言い切ることができなくなるのだ。誠実に話そうと思えば思うほど。

いまもそうだった。劣勢に立たされているのを承知で、恵介は説得を試みる。巣の中の卵を守る親鳥のように必死に。卵から何が生まれるかはまだわからないが、自分一人の卵じゃない。おそらくはみんなのための卵なのだ。間違っているかもしれないが。

「デザインの仕事をやめるつもりはないんだ。ただ、ここでも仕事はできるって気づいてしまって――」

「ちょっと待って。フリーには仕事場の住所が大事だって言ってたのは、恵介でしょ。都合が良すぎない？」

美月が正しい。言いたいことはよくわかる。麻布に事務所を構えていた時の高い家賃さえなければ、いまの生活はもう少し楽だったはずだ。だけど、えーと、なんて言えばいいんだ。状況が変わったんだ。つまり――

「あれは上をめざすためだったんだ。いまは――」

ちょっと違うな。上をめざすというより、自分のデザイナーとしての力がどれほどのものか確かめたかったのだ。それが家族の幸せにもなると信じていた。言い直す前に、美月の言葉の弾丸が飛んできた。

「上をめざすのをあきらめたってこと？」

「あきらめたんじゃなくて、とりあえずやめることにしたんだ」

「同じじゃない」

違うんだ。いまの状況では、野心のための仕事じゃなくて、生活のための仕事にシフトしたほうがいい気がするのだ。ほかにすべきことを見つけてしまったからだ。いや、違わないか。どちらにしても自分のわがままであることは確かだ。

美月の手を握っている銀河が体を前のめりにして、恵介のほうにも手を伸ばしてきた。

「仲良くして」と言いたいのだと思う。だいじょうぶ。喧嘩をしているわけじゃないんだよ。これからも仲良くやっていくために話し合っているだけだ。恵介は銀河の汗ばんだ手を握りこんだ。

空いているほうの手を使って、美月に指文字で問いかけた。

「あ」「と」「に」「す」「る」

指文字を覚えたのは、美月との初仕事で、結局最後の仕事になった、時計メーカーの新聞広告の撮影の時だ。聴覚障害のある人のための目ざまし時計、視覚障害の人のための指触式腕時計を開発していることをアピールする企業広告。キャッチコピーをすべて時計を嵌《は》めた美月の手だけで表現したのだ。

さっき久しぶりに美月の手と指のアップを写真に撮りながら思った。あの時も、そしていまも、美月の手は美しく、そして雄弁だと。

でも、美月の指は答えてくれなかった。首を横に振り、へただけになった苺をぎゅっと握りしめただけだった。拳の間から血みたいな薄赤い汁が垂れ落ちた。

「私にここに住めってこと？」

美月の言葉はかすかに震えている。怒っているからというより、怯《おび》えているふうに。彼女がもっとも譲れないのはそこだろう。

「いや……えーと、でも、そうしてもらえれば嬉しい。もちろんこの家に同居して親父の介護を手伝え、なんて考えてるわけじゃない。どこか別の場所に家を借りて――」

ああ、話がどんどん逸れていく。本当に話したいのは、これからの計画についてなのだが、防戦一方の恵介は、局地戦を持ちこたえるのがせいいっぱいだった。

「どっちにしたって、知らない町で暮らせってことでしょ。生まれたところを離れて、知ってる人がいない場所で。簡単に言わないで。それがどんなに大変か、あなたにはわからないでしょう」

恵介はため息を吐き出してから言った。

「いや、わかるよ」

「なぜ？」

「俺がそうだったから」

これだけは迷わず言える。美月が、意味がわからない、という表情をしたから、言葉を続けた。

「俺は生まれた時から東京にいるわけじゃないんだよ。十八の時からずっと知らない街で暮らしてきたんだ。もちろん行くことを決めたのは自分だけど、それは、そうするしか美大には行けなかったし、デザイナーとして有利に働くためだった。東京は俺の故郷《こきょう》じゃないし、特に好きなわけでもない。君は俺が東京に憧れて出てきて、ずっと住み続けたいって願ってると思っていたの？」

え、違うの？　口には出さなかったけれど、美月の顔にはそう書いてあった。

「ここが好きってわけじゃない。正直、ずっと抜け出したいと思ってた。でも、それは、東京に住みたいってこととイコールじゃないんだ」

故郷《ふるさと》でしばらく過ごしているうちに、懐かしさがこみあげてきた、愛着が戻った、というわけでもない。

ただ、富士山とその従者みたいな碧《あお》い山々を毎日仰いで、すぐそこに当たり前に広がっている畑や田んぼを眺めて、車で少し走れば見えてくるきらきら光る海を目にして、思うのだ。「ああ、ふつうだ」と。

田んぼで跳ねはじめた蛙。草刈りをする藪から粉のように飛び立つ羽虫。土という土を見逃さずに根を張る野草と野の花。飛び交う蝶。その子どもとは思えない醜い芋虫。それらすべてを眺めて思うのだ。「ああ、これが、ふつうだ」

東京へ出てきて十八年が過ぎた。いつのまにか生まれ故郷と同じほど長く暮らしているが、どこにも山がない地平線を眺めていると、いまでも未完成の絵を見せられている気分になる。

どこまで歩いてもアスファルト。花と緑は植木かプランターの中。虫といえば蚊かゴキブリ。

すぐそこにコンビニがあり、テレビや雑誌で評判の店にいつでも行ける生活が捨てがたくて、いつしかそんな暮らしに慣れてしまったが、マンションの窓のむこうに延々と続く屋根を見ていると、ときどき叫びだしたくなる。「なんじゃ、こりゃ」

最初に考えたのは、銀河のことだ。昆虫図鑑が好きなのに、本物を見るのは、ホームセンターの値札付きのケースの中だけ。

銀河をふつうに自然のある場所で育てたかった。別に「ここ」である必要はない。土があって山が見えて、できれば海も見えて、風景が緑色の場所ならどこでもいいのだ。

自分も人生の終わりには、そうした生まれた土地と同じような場所で死にたいと思う。できれば美月がそばにいてくれて。

もちろん田舎に住んだからといって子どもがのびのび育ち、大人がストレスなく暮らせるとはかぎらない。現にいまも濃すぎる人間関係が煩《わずら》わしかったりする。失うものもあるだろう。だけど、いまの毎日では得られないものが手に入ることも確かだ。

といようような自分の思いを、恵介は美月に説明する。長くなりそうな部分は端折《はしょ》り、東京生まれの美月のプライドを傷つけそうな箇所はソフトに言い換えて。うまく説明しようとすればするほど、言葉がつかえ、舌がへろへろになるのだが、いままで仕事では飽きるほど繰り返してきた、どんなプレゼンテーションよりも真剣に。

黙って聞いていた美月の第一声は、これだった。

「そう思うのって、仕事がうまくいってないからじゃないの」

「あ、いや」そんなことは……ない……たぶん。

「だって、初めて聞いたもん」

「いや、前から考えてた」これは本当だ。もし独立に成功したら、近くに海か山がある街に一軒家を構えるのが夢だった。

「人それぞれだよ。私にとっては、恵介が『ふつうじゃない』と思ってる場所が『ふつう』。恵介の『ふつう』の場所が『ふつうじゃなく』思えるもの」

「でも、旅行に行った時、こういうとこいいなぁってよく言ってるじゃない。このあいだだって――」

このあいだ？　家族旅行なんて最後に出かけたのはいつだったろう。

「それは旅行だもの。観光地に住みたいとは思わない」

まいったな。平行線だ。

美月は都会っ子だ。上に「大」をつけたいぐらいの。実家は一戸建てだが、庭はガレージと人工石を敷きつめたテラス。大都会っ子の彼女にとって土はゴミだから、マンションのベランダのプランターからほんのちょっと土がこぼれただけで舐めとるように掃き清める。虫はいっさいだめ。銀河の昆虫図鑑の写真ですら怖がる。部屋に小蠅が一匹でも侵入しようものなら、殺虫剤を片手に追いまわす——

肩をすくめた美月が、せいいっぱいの譲歩という感じで言う。

「だったらベランダにもっと花を植えてもいいよ。必要なのは、緑と土と虫と、あとは？」

説得の言葉が在庫切れしてしまった恵介は、美月の顔を見られず、苺の株に目を落とす。

緑の葉の上に水玉みたいな赤い点が動いていた。

てんとう虫だ。

ハウスの中には交配蜂以外の虫は入れないし、見つけたらただちに抹殺することにしているのだが、てんとう虫は別だ。主食がアブラムシなのだ。少しでも駆除の足しにと、外で見つけるたびにハウスの中へ放っている（ただし黄色くて星の多いやつはNG。葉を食べる害虫だ）。

いまの恵介には、その小さな赤色が希望の灯火に見えた。消えゆく火種を守るように、そっと手のひらに載せる。

「銀河、てんとう虫だぞ」

「ほ。なほしてんとう」

詳しいな。でも、本物を見るのは初めてなんじゃないか。

「手を出してごらん」

おそるおそる差し出してくる小さな手に、てんとう虫を落とす。

「ほ」

銀河が両目をきらきら星にした。

ほら、ごらんよ。恵介は美月を見返した。

家族が、住む場所に迷ったら、子どもの笑顔が多くなるところを選ぶべきじゃないか。俺はそう思う。

「ここにはいっぱいいるんだぞ。てんとう虫も、蜂も、チョウチョも」

背中から落ちたてんとう虫が、銀河の手のひらでくるんと一回転し、短い六本の足でもぞもぞと這いはじめた。そのとたん、

「ひいぃぃいっ」

銀河が悲鳴をあげた。激しく手を振って、てんとう虫を払い落とそうとする。てん

とう虫はてんとう虫で銀河の手に必死にしがみつく。

「ひっ、ひっひひぃぃ」

ようやくてんとう虫が飛び去ると、銀河は半ズボンにこすりつけて手をぬぐった。何度も何度も。恐怖に目を見開いて。

そうだった。銀河が昆虫に興味を示しはじめたのは、それほど前ではなく、『昆虫王メガバトル』というカードゲームにこりだしてからだ。好きなのは図鑑やゲームの中の昆虫だけ？　最近家に帰っていない恵介には、そんなこともわかっていなかった。

美月が勝ち誇った顔を向けてくる。いや、違うんだ。だからこそ、本物の虫を平気で触《さわ》れる子どもに育てるべきで——恵介が反論の言葉を思いつくより先に美月がひとさし指を指示棒のように振った。

「人、それぞれ」

プレゼンテーション、失敗。


美月と銀河は病院へ親父の見舞いに行き、実家で夕方まで過ごしたが、「夕飯、食べてけばいいじゃにゃあの」という母親の誘いは断った。

駅まで送る車内は重い沈黙に包まれた。「いつ帰ってくる？」という美月の問いかけに言葉を濁したら、それきり口をきいてくれなくなった。

新幹線を待つホームで恵介は言うべき言葉を探したが、見つからないうちに『こだま』が滑りこんできてしまった。

ドアが開いた瞬間に「今度帰った時に、もう一度話そう」というせりふを思いついたのだが、いつものように美月の言葉のほうが早かった。

「好きなだけいればいいよ、こっちに」

温度のない口調だった。

銀河が手を振ってくれたが、片手を振るしぐさでてんとう虫を思い出してしまったのか、その手をすぐに半ズボンでこすりはじめた。

閉幕のベルを思わせる発車のチャイムが鳴り、ドアが閉まった。もうお前に話すことはない、と誰かが口を閉ざすように。

恵介は生暖かくて息苦しい、ハウスの内部のような夜気の中にひとり取り残される。

まずくないか、この空気。

4

汗が目にしみる。

片手にランナー切り鋏《ばさみ》を握り、もう一方に苺の苗のポットを掴《つか》んでいる恵介は、両目をしばたたかせて汗を払い落とす。指にはめる輪がひとつきりで、空いた親指で押せば刃が動くしくみのランナー切り鋏は、握ったまま両手が使えるスグレモノなのだが、汗をぬぐう時間も惜しかった。

七月になった。恵介はまだ実家で苺の仕事を続けている。

静岡のこのあたりはヒートアイランド現象とは無縁だが、夏はやっぱり暑い。ハウスの中はとくに。サイドのフィルムは巻き上げてあるのだが、それでも横梁《よこはり》から吊るした温度計は、三十三・五度を指している。

朝からずっと続けているのは「ランナー切り離し」。ポットに受け、数珠《じゅず》つなぎに育てた子株を切り離し、独立した株にするための作業だ。

親株のプランターはスチール製の台の上に載せてある。天板が金網になった育苗台だ。

こんなものがあるなんて親株を定植した時には知らなかった。組み立て式の大量の台が、分解《バラ》されて納屋の脇に積んであったのだが、ずっとトマトの頃の設備の廃材だと思っていた。仕事には凝り性の親父は、最初の一年だけこいつを使い、翌年は――つまり去年は、第二ハウスが余っているのを幸い、育苗も土耕でやっていたらしい。地面の上に黒ポットを並べて。

「両方試したけど、たいして変わらにゃあから、今年は『台載せ』に戻すって、お父さん、言ってた気がする」という母親の言葉を聞いたのは、伸ばしていたランナーをポット受けする直前だった。早く言ってよ。

怪力の進子ネエの力を借り、大輝や拓海まで動員して、台の部品をハウスの中へ運び、何日もかけて組み立て、百三十四のプランターを載せた。

こっちの方式の場合、子株を育てるのは天板の金網に嵌め込むことができる細長い専用のポットだから(こいつも納屋の中で発見した。事業拡大のためにすでに親父が買い足してあったから、アイポットという名前のそいつの数は、一万二千)、ランナー取り作業がスピーディーになるし、培土の量も少なくて済む。

今日からの「ランナー切り離し」は、いままでの長く地味な「ポット受け」がようやく報われる仕事なのだが、なにせ一万二千だから、これはこれで重労働で、残念ながらカタルシスなど感じている暇はない。

急がねば。育苗圃場にしていたこの第二ハウスを、あさってまでに空にしなくてはならない。設備工事が始まるからだ。

第二ハウスにも苺用の設備工事を施すのは、もともと親父の計画で、病に倒れる前から業者に見積もりを取らせていた。土耕を前提とした、灌水《かんすい》チューブの配管やＰＯフィルムの張り替えといった簡単な工事だ。しかも、できるところは自分でやるつもりだったらしい。

まだ会話も体も思うにまかせない親父にかわって、五月の末に恵介が工事を依頼した。独断で新たな発注を加えて。

「高設栽培にしてください」

業者は喜んだが、退院してきたばかりの親父は怒った。

「ショショシンシャノククシェニカッカカッレナコトスルルジャニャアア〜」

（恵介訳＝初心者のくせに勝手なことをするじゃにゃあ〜）

ろれつが回っていないのは半身麻痺から回復していないせいだけではなく、怒りのあまりだったかもしれない。親父に言わせれば、「ドドドドコウジャニャニャニャ〜トホホンモノノイチゴノアジガダダダダダセニャ〜」（土耕じゃにゃあと本物の苺の味が出せにゃあ）らしい。

「その体じゃ土耕はしばらく無理でしょ」

高設栽培のメリットのひとつは、作業が楽になることだ。恵介がどう説得しても、うまく出ない言葉のかわりに曲がった唇を突きだして、動くほうの右手でリハビリ椅子のひじ掛けをどんどん叩くだけだった。

「お茶でもいれようかね」

母親が取りなすように言い、立ち上がった拍子に、腰を押さえて呻き出した。

「あ痛たた。腰がもうえらくてえらくて」

あ痛たた、痛たた、と呟きながら、リハビリ椅子から動けない親父の周囲をぐるりと一周してから部屋を出ていった。

親父はひじ掛けを叩くのをやめ、それきり何も言わなくなった。

親父はずっと「九月の定植の頃には復帰する」と言い張っていたが、恵介たちきょうだいは医者から「現状では元の体に戻る保証はない」と聞かされていた。七月になったいまもそれは変わらない。

もう親父に頼るわけにはいかないのだ。今年で六十八になる腰痛持ちの母親にも。

なにより第二ハウスで始める高設栽培は、恵介が思い描く『望月農家生き残り作戦』の一環でもあった。

業者が喜んだのも当然だった。ハウスはすでにあるし、用水のための井戸もある。

一から工事を始めるよりずっと安く済むと皮算用していたのだが、高設栽培システムの見積もりは想像以上に高額だった。灌水用の設備もシンプルな土耕とは違うし、高設は風雨に弱いから、ハウスには台風対策が必要になるらしい。

当座の資金は佐野さんの信用金庫からの融資だ。なにせ長女の婿の勤め先だから、佐野さんのところは望月家のメインバンク。昔から親父との取り引きが多かったおかげで、担保も保証人もなしにすんなり融資を受けられた。だが、借りたものは返さねばならない。定期の利率があんなに低いのになぜ、と思えるほどの利息とともに。自分の計画が失敗した時のことを考えると、夜、眠れなくなる。

農業はギャンブルだ。文字どおり運を天にまかせる賭け。天候に左右され（天候が良すぎて豊作だった場合でも、市場価格が暴落して儲けがなくなることもある）、天災という逆目《ぎゃくめ》に一瞬にしてすべてを奪われる。

いま思えば、部屋を借り、機材と電話さえ揃えれば、すぐに開業可能なグラフィックデザイナーの独立など、可愛いものだった。初期投資の額が違う。雨が降っても風が吹いても仕事はできる。自分は父親より凄いことをしている、仕事に保守的な親父より俺のほうが人生を攻めている、なんて自惚《うぬぼ》れていたのが馬鹿に思えた。

東京のわが家にあとどのくらい貯えがあるのか、美月に聞いてみたいのだが——美月はしっかり者だから、恵介の収入が激減してからも定期預金は取り崩していないはずだった――聞けるわけがない。

それでなくても月に二、三度帰るだけの恵介に、ろくに口をきいてくれないのだ。夫婦喧嘩をした翌朝のようにまったく喋らない、というわけじゃない。話しかければ答えは返ってくる。でも、業務連絡のような用件以外で、むこうから声をかけてくることはない。苺の仕事のことも、そんなものはこの世に存在しないとでもいうふうに、何も聞かれない。

ある意味、夫婦喧嘩の翌朝より深刻で恐ろしい状況だった。美月は何かをあきらめたのではないか、そう思えて。その「何か」というのが「夫」である気がして。

美月は誤解しているようだが、恵介にグラフィックデザイナーをやめる気はなかった。

「ランナー切り離し」が終われば、少しは時間に余裕ができるはずのこの夏のあいだに、デザインの仕事を受けられるだけ受けて、資金を増やすつもりだ。

えり好みせず、つまらないプライドを捨てれば、仕事はあるもので、苺のシーズンが終わった後、地元の広告会社にあちこち売り込みをかけたら（ひとつは昔勤めていた代理店の静岡支社だ）、仕事がいくつも舞いこんできた。大手だった広告代理店に勤務していたキャリアは、東京では珍しがられもしなかったが、ここでは多少の威光があるらしい。

「望月さんって、何年か前にＡＤＣ賞獲ったヒトでしょ」

「ええ、まぁ」ＴＤＣ賞も獲ってます。

「あれ、良かったですよ。生命保険の広告ですよね」

「……いえ」ＡＤＣ賞のほうは結婚情報誌の広告だった。ＴＤＣは、美月がパーツモデルになった時計メーカーの企業広告だ。

農業もフリーのデザイナーも不安定な自営業だが、だからこそ、二つの仕事があれば少しは安心できる。

いまの日本には専業農家より兼業農家のほうが多いそうで、そのことを憂える声もあるようだ。憂えるなら、本当に心配なら、あんたがやってくれ。低収入を覚悟で、誰も助けてくれない専業で。

兼業上等。命綱《タイトロープ》は一本より二本。多角経営だと思えばいい。農業にかぎらず、自分にはこの仕事しかない、と思い詰めると人は苦しくなる。志も曲がる。数か月前の自分がそうだったように。

子株のいくつかの葉がすっかり喰い荒らされていた。ランナーを辿ってみると、親株の葉もギザギザに蝕まれている。またヤツらか。親株の株元を掘った。怒りにまかせて根を傷めないように、慎重かつ攻撃的に。

やっぱり。

土の中に五歳児の小指ぐらいの灰褐色の芋虫がまるまっていた。

ヨトウムシだ。

露地育苗だと、どんなに注意していても、虫は防ぎきれない。隣の株を掘ってみると、もう一匹。くっそお。これで何匹目だ。

二匹ともつまみあげて、地面に放り落とす。もちろんそのまま捨てておいたりはしない。またどこかへ潜りこんでしまう。長靴の底で圧殺した。必要もないのに体重をかけて。

憎かった。可愛い苺を犯し、自分たちの生活を侵す虫どもが。目に見える大きさの虫を殺戮するたびに恵介は、なぜ世界中で戦火が止まないのか、その真理のはしっこを摑んだような気分になる。「虫さんにもひとりひとり命があるのです」なんて読み聞かせをしている銀河には見せられない姿だが、「虫も殺さぬ優しい人間」では農家はやっていけない。虫を殺してなんぼの毎日だ。

午後三時をまわったが、気温は依然として三十度を超えている。少し休んだほうがいいかもしれない。何日か前にも、近くの梨農家のじいさまが、作業中に熱中症で倒れて病院に運ばれた。

恵介はクーラーボックスからスポーツ飲料を取り出し、保冷剤をうなじに載せる。

休憩時間には、ノート形のレイアウトペーパーと鉛筆を手に、依頼されたデザインのアイデアを練るのがこのところの常だ。

　休みなく働き続けているのは、ぼんやりしていると余計なことを考えてしまうからだ。美月や銀河のことを。二つの仕事の繁忙さとプレッシャーなど、夫婦と家庭の問題に比べたら、苺のへたのようなものだ。

　育苗台に置いていた携帯電話が鳴った。

　もう長くむこうからはかかってこないのに、美月からかと思って飛びついた。表示されていたのは、思いもよらない名前だった。

「ひさしぶり。元気？　近くまで来てるんだ。いま東名のインターを降りたところ」

　柔らかな低音。コミュニケーションスキルの高さがひと耳でわかる、よどみない口調。

「なぜ俺に電話を？」

　恵介のとまどいに、屈託のない声が返ってくる。

「誠子がぜんぜん電話に出てくれなくて。そこへ行くのってどうすればいいんだっけ。俺、一人で誠子んちへ行ったことなくてさ、道がわからないんだ」

　雅也さん。誠子ネエのダンナだ。

望月家に向かって走ってくる車は、農道にはまるで似合わないスポーツタイプだ。ハウスの前の駐車場で意味なく半回転してから急停車した。

狭い運転席からひょろりとした手足をくねらせて雅也さんが出てくる。グレーのスーツにノーネクタイ。会議をちょっと抜け出してきました、とでもいった格好だった。胸にはポケットチーフ。

「ありがと、恵介くん。助かったよ。住所わかんないし、このへん、カーナビの目的地もないじゃない」ツナギ姿の恵介に目をとめると、驚いたふうも見せずに驚きの声をあげる。「あらあ、なんかキャラ変わったねえ」

三十代後半のビジネスマンにしては長めの、ウェーブのかかった髪をさらりとかきあげて笑いかけてくる。細面の猫みたいな笑顔だ。

「いまこっちにいることが多いんです。ここの仕事、ほかにやる人間がいなくて。だもんで……」

「知ってる。だから恵介くんに電話したんだ」雅也さんは曲げた肘を恵介に向けて、つっつくまねをした。「家に帰れないのは、なんか訳あり？　恵介くんもやらかしちゃったの」

「やらかしてませんよ、何も」

一緒にしないで欲しい。確かに状況は雅也さんたちと似たようなものだが。

「誠子はいる？」

「いや、まだ帰ってません」

誠子ネエは先月から働きに出ている。ときおり実家に顔を出す剛子ネエに、タダ飯を食っていることに関してちくちく嫌味を言われたからだろう。職場は農協通りに新しくできたイタリアンレストラン。ただのバイトのウエイトレスなのだが、誠子ネエは「将来、この町で食べ物の店を開く。そのための布石だよ」と豪語している。ランチとティータイムだけの勤務だから、帰りは夕方。あと一時間ぐらいだ。

「イタリアン？　あ、さっき通り過ぎたとこかな。派手な赤い三角屋根の。チャンポンの店かと思った。行ってみよ」

「ちょっと待って」車に戻ろうとする雅也さんをあわてて引き止めた。言葉だけでなく片手を伸ばして進路を遮って。「今日、来ることを誠ネエは？」

いつか酔った誠子ネエが「あいつは何かっていうと〝サプライズ〟。あれで人が喜ぶと思ってる神経のほうがサプライズだよ」と言っていたのを思い出したからだ。

「ううん、知らない。ラインもメールもブロックされてるから。アポなしで迎えに来たんだ」

「じゃあ、やめたほうがいいと思います」

「そお？」

「第一、迎えに来たのに、この車じゃまずくないですか」

恵介は雅也さんが乗ってきた車に、問題点を指摘する矢印のような横目を走らせた。BMWの二人乗り《ツーシーター》だ。

「そお？」

うん、そう。まるで説得力がない。

「いま、これしかないんだよ。ほら、4ドアは誠子が持ってっちゃったし――」五月に名古屋へ帰った誠子ネエは、戦利品のようにベンツのCクラスに乗って帰ってきた。いまはバイトの通勤に使っている。「四駆は車検に出しちゃったし。あれ、日にちがかかるんだよね、日本に部品がなくて」

だったらなぜよりによって今日？　新幹線という選択肢は？

よくわからない人だ。スティーブ・ジョブズも大切にしたという「直感力」に長《た》けているのか、それともただのアホなのか。

「陽菜はいるんでしょ。ああ、早く会いたいな。さらに可愛くなった？」

「陽菜は今日はピアノ教室かな」

誠子ネエが帰りがけに迎えに行っているはずだ。雅也さんの常に微笑んで見える顔が初めて引き攣った。

「ピアノ教室？　こっちで？　それってまずくない？」

自分のことは棚に上げて恵介は思った。この人は事態の深刻さをちゃんと理解しているのだろうか、と。

「まずいと思います」

陽菜に甘い親父は、ピアノを買ってやる、と言い出している。


望月家の茶の間は薄氷みたいな緊張に包まれて、真夏なのに冷え冷えとしている。もっとも、緊張しているのは恵介だけかもしれない。冷却装置である当の雅也さんは母親のいれた茶をのんびりすすって「やっぱり静岡のお茶はおいしいですねえ。お義母《かあ》さんのいれ方がうまいのかな」なんてのん気に言っている。

「いんやいんや」

母親が照れて、両手ではさんだ頬を染めた。

口には出さないが、たぶん母親は、もう一人の婿である佐野さんより、雅也さんのほうを気に入っている。佐野さんは「ケチ臭《くさ》あ人」だが、雅也さんは「気前がいい」し、「いんやぁ、あの人は男前」だからだ。

確かに雅也さんは、端正といえば端正な薄い顔だち。目は細くて垂れ気味で、笑うと糸になってしまうのだが、こういうタイプは女にもてる。

親父は逆だ。佐野さんは「地元《ここ》の人間」で「話が通じる」が、雅也さんは「よそもん」で「何をくっ喋《ちゃべ》ってるか、さっぱりわからにゃあ」からだ。しかもいまは「娘を泣かせてるろくでなし」だ（母親はどっちもどっちだと思っていると思う）。

一時間前、雅也さんが茶の間に入ってきた時も、いきなり喚きはじめた。

「何をしに来た」「誠子には会わせん」「娘を泣かすやつは許さない」というような趣旨の発言をしたことが、親父言語に慣れてきた恵介にはわかったが、雅也さんには聞き取れなかったらしく、難解な方言にいつもそうするように適当な相槌とともに右から左へ聞き流し、リハビリ椅子ににじり寄った。笑顔を崩さず親父の動かない左手を両手で握りしめた。

「ご無沙汰してすみませんでした、お義父さん。でも、お元気そうでなにより」

その後も、何を言ってもにこやかに頷くだけ。気味悪そうに左手をさすっていた親父は「しゅしゅしゅ少し寝《しゅこ》りゅ」と誰にともなく言って椅子から立ち上がった。

「お義父さん、よかったら杖、お贈りします。スワロフスキーの」

親父にとって雅也さんは「よそもの」というより「宇宙人」だろう。

「やあ、お義母さんの漬物はいつもおいしいな」

「いんやいんや、それ貰い物」

玄関の引き戸が開く音がした。いつにもまして猛々しい音だった。駐車場のＢＭＷに気づいたのだと思う。閉める音がさらに荒っぽいのは、三和土《たたき》に置かれた雅也さんの先尖《とが》りシューズのせいだろう。

雅也さんが立ち上がる。恵介の腰も浮いた。

ふだんは茶の間に直行するはずの誠子ネエは、なかなか姿を見せなかった。

雅也さんが外国人風に肩をすくめる。つられて母親も短い首をちぢめていた。

最初に入ってきたのは陽菜だった。

「陽菜ぁ〜、会いたかったよ」

雅也さんが両手を広げて近づく。と、陽菜はお稽古用バッグを胸にかき抱いて、じりっと後ずさりした。

「なにをしにきたわけなの」

誠子ネエにせりふを吹きこまれてきたのだろう。陽菜の両目はガラス玉になっている。頬を赤く染めて言葉を続けた。

「こちらとはお話しすることはなにもありません」

雅也さんがにこっと笑って、この五カ月で伸びた髪をポニーテールに結った陽菜の頭をくりくり撫でる。ガラスの目をした陽菜の顔も、首振り人形のようにくりくりと動いた。

「よく覚えたね、陽菜。でも、ママが言ってたのは、『こちらとは』じゃなくて『こちらには』じゃなかった？」

そのとたん、陽菜がわっと泣いて、雅也さんに抱きついた。

廊下をずずずずずんと踏み鳴らす、ゴジラのテーマソングみたいな足音が近づいてくる。

それが部屋の前でぴたりと止むと、雅也さんと陽菜がひしと抱き合った。

「ちょっとあんた、陽菜に何をしたのっ」

誠子ネエ、登場。陽菜を斥候に出し、自室にしている客間で全身を耳にしていたのだろう。

「ああ、誠子、少し太った？　何って、親子の再会だよ」

鈍感な笑顔で答える雅也さんに、誠子ネエは片手を突き出して手のひらをひらつかせた。

「持ってきたんでしょ、早く出して」

「え、なに？」

「離、婚、届」

「あんな紙切れ、送られても。うちの会社はペーパーレス決裁がモットーだもの」

「関係ないでしょ、それ」

「お前がいないとダメなんだ。実印の場所もわからない」

「あんなの三文判でいいのっ」

騒ぎを聞きつけて親父が戻ってきた。親父が病気で倒れてからはやけに元気な祖母ちゃんも襖の陰から顔を覗かせる。

「あたしがいなくたって、あの女がいるじゃない」

「あの女って誰？　そんな女はいない。誤解だよ。俺には誠子しかいないもの」

茶の間が修羅場になった。誠子ネエに加勢して親父まで喚き出す。

「おりぇのむむしゅめをにゃかせりゅややつは――」

「お父さんは黙ってて」

誠子ネエに睨まれ、肩を落として唇をすぼめた。

「陽菜、こっちにおいで」

驚いて泣きやんでいた陽菜が雅也さんにさらにすがりつく。ママとパパの戦争の楯《たて》になろうとするように。誠子ネエの髪が逆立った、ように見えた。

「何？　なになになにこれ？　あんた、陽菜までたらしこんだの。女ったらし、放牧種馬、穢《けが》らわしいドンガバチョ！」

ドンガバチョ？

誠子ネエ以外のおとな全員の目が点になった。

もしかして「ドンファン」の言い間違えか。陽菜への教育上の配慮から、あるいは親父と母ちゃんにアピールするために、うろ覚えの古めかしい言葉を使おうとして失敗したのだと思う。

雅也さんはあわてず騒がず、陽菜をそっと体から引き剝がし、ドンと畳に両手をついて、ガバっと頭を下げた。

土下座だ。

ドラマではよく見かけるが、実物を見たのは、ガキの頃、親父に連れられて出かけた選挙候補者の決起集会以来だ。

「穢らわしいドンガバチョでごめんなさい。でも、これだけは信じて。俺にはお前しかいない。本当だよ。帰ってきてください」

膝立ちになって陽菜を再び抱き寄せてから、もうひと言をつけ加える。

「陽菜のためにも」

雅也さんは意外にすごい人だと思う。天性の直感力（あるいはアホ）と鈍感力（あるいは馬鹿）。どちらも、個人事業とはいえ、いちおうは経営者になった恵介が持ち合わせていない資質だ。

「お、お、おりぇのむむむ」

親父がまた声をあげたが、まともな言葉にならないうちに母ちゃんから背中をつつかれた。母ちゃんは、ここは二人にまかせようというふうに、親父と祖母ちゃんを部屋の外へ追い立てる。誠子ネエが声をあげるのをやめ、すすり泣きを始めたからだ。

恵介がぼんやり突っ立っていたら、母親がひとさし指を、くいっくいっとひねった。お前もだよ、と。

はあ。

テーブルのむこうで雅也さんがため息をつき、白ワインを飲み干した。恵介たちは農協通りのイタリアンレストランにいる。

「まいったな。戻って欲しいなら、誠意を見せろって言うんだよ。誠意って何だろ」

誠子ネエは離婚届を出すことは思いとどまったようだが、名古屋に帰ることまでは承諾しなかったそうだ。そりゃあそうだ。迎えに来た車が二人乗りでは。

ひとまず雅也さんは一人で帰ることになったのだが、恵介を酒に誘ってきた。名古屋まで代行運転してくれる業者が見つからず、静岡市内のホテルを予約したそうだ。

雅也さんはグラスをくるくるまわしてワインを波立たせながら、もう一度ため息をつく。

「何をすればいいのか聞いても『誠意は誠意よ』としか答えない。具体的に教えてくれないとわからないよ。ねぇ、恵介くんは何だと思う？」

アサリのワイン蒸しをつついていた恵介は、九割がたの確信をこめて答えた。

「誠子ネエ自身もわかってないと思いますよ」

頭ではなく口から飛び出しただけの言葉だろう。誠子ネエにはよくある。たぶん自分も悩んだんだから、お前も少しは悩め、ということだ。雅也さんを振りまわすための罰ゲーム。

「女のこと？　あの女とは本当にとっくに別れたんだよ」

あれ？　さっきは、そんな女はいない、って言ってなかったっけ。誠子ネエの気持ちもわかる。雅也さんはもう少し悩んだほうがいいかもしれない。

「誠子のつくった料理に味噌カツソースをかけちゃうこと？　あれやると、誠子、なんか怒るんだよね」

「そういうことじゃないと思います」

誠子ネエの雅也さんに対する怒りは、どうやら複合的なものらしい。その①は、怪しい女性関係。その②は、多忙すぎて家に帰ってこないこと。ウェブデザイン、インターネット広告代理業その他もろもろの、素人には説明されてもよくわからない仕事をしている雅也さんの会社は、従業員八十人ほどだが、二年ほど前から海外進出をもくろんでいて、雅也さんは、日本にいないことが多い。先週はバンコク、先々週は香港にいたそうだ。誠子ネエからさんざん聞かされた愚痴によれば、その他にもいろいろ。誠子ネエのこだわりの富士宮塩やきそばにもかけてしまうという味噌カツソースは、その⑪ぐらいだろう。誠意、誠意……名前が誠子だから誠意にこだわってるのかな。

「うーん、なんだろう。あ、おいしいね、これ」

地鶏のチーズ焼きのことだ。鶏肉の皮のところにパルメザンチーズを載せて焼いただけの料理だが、確かにうまい。

初めて来たが、なかなかいい店だ。最初に注文した、生しらすをオリーブオイルとにんにくとレモンで食べる一皿も、しらすの産地ならではのメニューで、しかもしらすを食べ飽きている静岡県民には新鮮な味。

メニューに凝った料理や小難しい名前はなく、ごく基本的でシンプルな料理ばかりなのだが、そこがいい。値段も手頃。ワインの知識がまるでない恵介と、「なんでもオッケーだよ」という雅也さんに選んでくれたワインも、え、それでいいの、という価格だった。

東京にはたくさんの料理店があるが、数が多すぎるからか、独自色を出そうと、あの手この手のコンセプトやら凝った味つけやらを競い合って、結局わけがわからない店や料理になっていることが少なくない。イタリアンレストランなんて、一般人はしょっちゅう食べに行く場所ではないのだから、こういう普通においしい店がありがたいのだ。こんな店がジャンル別に一軒ずつあれば、田舎暮らしも悪くないと思う。とはいえ、客は恵介たちだけ。いい店だが、まだこの町に認められたとは言い難いようだった。

「いかがですか」

厨房からコック帽をかぶった男が出てきて、唯一の客である恵介たちのテーブルにやってきた。

「あ、うまいです」

オーナーシェフの店だと誠子ネエは言っていたから、試食太りした中年男を勝手にイメージしていたのだが、見たところ三十半ばだ。ひょっとしたら恵介より年下かもしれない。長身でよく日灼けした、EXILE《エグザイル》の端っこで踊っていてもおかしくはないタイプ。「飲食の接客は嫌《や》だ。ファッション系がいい」とデパートのないこの町を嘆いていた誠子ネエが、他に選択肢もなくしぶしぶバイトの面接に行ったのに、やけに上機嫌で即決して帰ってきた理由がようやくわかった。

「望月さんの弟さんですよね」

「あ、ええ」

この場合の望月さんというのは、誠子ネエのことだ。職場では「新宮《しんぐう》」という苗字ではなく、旧姓を使っているらしい。でもなぜ弟だとわかったんだ。

恵介の表情を察して若きイケメンシェフが白い歯を見せる。

「以前、お二人でいるところをお見かけしたもので。農業を継がれた弟さんがいるという話は前から聞いてまして」

顔、似てるかな。そうは思いたくないけど。きょうだいの中では年が近いし、誠子ネエは若づくりだから、たまに夫婦と間違えられることはある。誠子ネエはいつも全力で否定する。

「姉がお世話になってます。ご迷惑をおかけしてないといいんですが」

シェフがグラタン色の顔の前で片手を振る。手の甲だけ灼けているところを見ると、日サロ灼けではなくサーファーかもしれない。

「いやいや、助かってます。お姉さん、明るいし気さくだから、お客さんに人気で。できれば、夜もずっとここに居て欲しいんですけど」

雅也さんがワインにむせた。「夜も？」

「ええ」シェフが屈託なく頷く。「本当はランチや喫茶の時間帯じゃなくて、ディナータイムに働いてくれたら、ありがたいんですけど、誠子ちゃん、なかなかうんと言ってくれなくて」

「誠子ちゃん？」

浮気性の男にかぎって、相手の浮気に怯えるものだ。問いただす雅也さんの垂れた目尻は普段よりつり上がって見えた。シェフが恵介に助けを求める視線を送ってくる。

「あのぉ、こちらは……」

「あ、新宮さん。姉のダンナさんです」

「え」シェフの太い眉が一瞬、ひとつながりになった。「ああ、別れたっていう……」

フレンドリーだった雰囲気が急速に冷えこんだ。「どうぞごゆっくり」シェフは微笑みをたたえた会釈とともに去っていったが、雅也さんを見下ろすまなざしは冷やかだった。たとえるなら「けなげなシングルマザーの誠子ちゃんに苦労させている元凶はこいつか」とでもいうような視線。

いったい誠子ネエはこの店でどんな身の上話をしているのだろう。誠子ネエのことだから、同情を買うような話をしておいたほうが、労働条件にわがままが言えると踏んだのだろうが、少なくともこの店で働きはじめた時点では、本気で離婚を決意していた可能性が高い。

「……まずいね」絶賛していた地鶏のチーズ焼きを、黄色いペンキを塗った煉瓦でも食べているように嚙み下して雅也さんが言う。「なんか、まずいよね」

ようやく事態がのみこめてきたようだ。

「そうみたいですね」

「誠意、なんとかしなくちゃ」

「ええ」

注文していないデザートが運ばれてきた。シェフの厚意なのか、そろそろ閉店だから帰れと催促しているのか。シェフはあれきり厨房の奥に引っこんだままだ。運んできたのは二十代半ばに見えるウエイトレスで、雅也さんは「シェフの奥さんかな。若いね」と耳打ちしてきたが、誠子ネエ情報によると、ここのシェフはまだ独身だ。

細いくし形切りのメロンの脇にバニラアイスが添えてあるだけのストレートなデザートだが、これもうまい。メロンはたぶん静岡名産のクラウンメロンだろう。ひとつの樹から一玉しか収穫しないというマスクメロンの中でも至極の一品だ。

デザートスプーンをマラカスみたいに振って雅也さんが言う。

「恵介くんのところはどうなの」立ち直りの早い人だ。事態と一緒に料理をのみこんだらもう、雅也さんの両目はふにゃりとした「ハ」の字に戻っていた。「俺たちのこと心配してる場合じゃないんじゃない」

「ですよね」

そのとおりだった。他人の心配をしている場合じゃない。でも、どうすればいい？土下座をして済む問題じゃないことは確かだ。俺が美月や銀河に見せるべき誠意はなんだろう。

わからない。

わからないから、雅也さんを見習って、直感力を働かせてみることにした。デザートを食べている時に、ふいに思いついたのだ。

「ねぇ、雅也さん、ひとつ考えがあるんです。それが誠子ネエの言う誠意かどうかはわかりませんけど」

「なになに、教えて。何でもするよ」

雅也さんが五歳児みたいに目を輝かせて身を乗り出してくる。

「俺の仕事に、いま親父から引き継いでいる仕事に、協力してくれませんか」


ガスのほうから連絡を寄こしてくるのは珍しい。携帯の画面にやつの名が浮かんだのは、八月初めの、言わずもがなに暑い日だった。恵介が圃場の苗にホースで散水をし、水がつくる虹をぼんやり眺めていた時だ。

「なぁ………ってくれね」

外からのようだった。クラクションの音がした。はっきり声が聞きとれない。

「なんだって?」

恵介のほうも頻繁に連絡をしているわけではないが、苺に関して親父に聞いてもラチがあかない時には、ガスに相談を持ちかけている。このあいだは、夜冷《やれい》について尋ねた。

「夜冷？　ああ、うちはやってる。あれやると収穫が早くなるんだ。早けりゃ、十一月の後半に前倒しできるからな」

　夜冷というのは、真夏に苗の保管温度を夜のあいだだけ低くする栽培方法だ。苗の管理方法の主流になりつつあるらしいが、このあたりの苺農家ではまだ、やっているところとやっていないところが半々。親父はやっていない派だった。

「でも、モッチーのとこ、夜冷庫ないんだろ？　夜冷庫がなきゃ話になんねえじゃん。予冷庫《よれい》？　いやいや違《ちげ》えよ。『よ』じゃなくて『や』。それじゃなくてもっとでっかいの。だって二万五千本入れるんだぜ、ウチの場合はよ。ちなみにウチはプレハブで建てた。10坪。建築費500万程度だけどな」

　たいていは専門書にも書いてあるようなことしか答えてくれないのだが、「すごいな」「たいしたもんだ」とおだてれば、ぽろぽろと本音を漏らす。

「ないならないで、やんなくてもいいんじゃね、夜冷。ありゃあ、夏のうちから、もう秋が来たって苺をだまくらかして早く花を咲かすためのもんでさ。あんまりやりすぎても良くはねえんだよ、品質的には。なんのためって、そりゃあ、早く出荷すれば、クリスマス需要に間に合うべ。うん、そう、出荷所には早く出すほどいい値がつく。

そんなことも知らねえで苺やってんの？」

　クリスマスが近づくと食品業界も一般家庭も苺を欲しがるから、十一月下旬から十二月にかけての出荷所では三月あたりの倍の値がつくそうだ。なるほど、世間が浮かれるクリスマスシーズンは、田舎の苺農家のじっちゃんばっちゃんが支えているわけだ。ガトードゥノエルもパティシエのスイーツもプレハブの予冷庫から生まれている。

　いくら前倒しで促成しても、十一月ではまだ株が未成熟で苺の味は落ちるはずだ。そのことを聞くと、

「知るかよそんなこと。初鰹《はつがつお》と同じようなもんじゃゃね。みんなが欲しがるから値段が上がる。それが市場経済ってもんだ。お前、大学行ったんだろ、そのくらい知ってろよ」


　ガスと話したのはその時以来、半月ぶりだろうか。灌水作業を続けながら、携帯のむこうに問いかける。

「よく聞こえないんだ」

「だから、モッチーに……もらってもらおうと思ってさ」

　なんだか歯切れが悪いが、「ネギをもらってくれ」と言っているふうに聞こえた。ガスの家ではネギがあまって困っているのだろうか。だが、あいにくウチもいま春植

えのネギが採れすぎて近所に配っている状態だ。昨日の夕食のメニューは、ネギと豚肉のバター焼きと、ネギぬたと、ネギと豆腐の味噌汁。

「ネギなら間に合ってるよ。うちにもたくさんあるから」

こっちの言葉はろくに聞いちゃあいない。

「もうそっちに向かってるから」

また間のびしたクラクションが鳴り、通話は一方的に切られた。


十分もしないうちに、ハウスの前に装甲車みたいなガスのフルサイズバンが横づけされた。

「よう、モッチー、暑いな。なんてったって夏だからな」

ガスの今日の目深タオルの色は、暑苦しさを二割増しにする赤だ。

「ネギなら要らないって」

母親はモノを、とくに食べ物は捨てられない性分だ。望月家のネギのストックがようやく減りつつあるのに、またネギが増えたら、今日の夕食は季節外れの葱鮪《ネギマ》鍋になってしまうだろう。マグロ抜きの。

「悪いな、時間取らせちまって」

悪いな？　人の話を聞かないのは相変わらずだが、ガスにしたらやけに下手《したて》な態度だ。運転席から降りると、こちらとは目を合わさずに横開きのバックドアを開け、どでかい荷台の中へ部屋にでも入るように姿を消す。

そのとたん、けたたましいクラクションの音がした。中が見通せないスモークガラスの向こうで物音がしはじめた。まるで誰かと格闘しているような騒々しい音だ。振動でバンがかすかに揺れ、ガスの舌打ちがここまで届き、その間《かん》にもクラクションの音が続く。いや、クラクションじゃない。

それが三十秒ぐらい続いたと思う。

ようやく荷台から出てきたガスは片手に縄を握っていた。もう一方の手でなぜか自分の尻を撫でている。

「悪い悪い、待たせたな」

何事もなかった、何も問題ない、と言いたげな微笑みを向けてくるが、頬が引き攣り、目は血走っていた。

三歩も歩かないうちにガスの体が動かなくなった。握った縄がぴんと張りつめている。顔に張りつけていた笑いが消え、怒りの形相で荷台を振り返っている。腰を落として縄を引っぱりはじめた。

事情がまるでわからないが手伝ったほうがいい気がして、恵介が歩み寄ろうとした時、縄に全体重をかけたガスがなんとか何者かとの綱引きの優位に立ったようで、縄の残りがずるずると外へ引っぱり出された。またクラクションに似た声。

細長い顔が現れた。縄のもう一方の端がくくっていたのは動物の首だった。

続いて胴体。毛は白。最初は犬だと思った。

犬じゃないことがすぐにわかったのは、頭の上に角が生えていたからだ。動物は荷台から降りるのを拒否して前脚をハの字に踏ん張っている。ガスがさらに縄を引くと、首を左右に振って、「べえ〜」と鳴いた。クラクションではないとわかるとやけに人間臭く聞こえる。まるで爺さんが演説の前に咳払いをするような声だった。

「なんだそれは」

「見りゃあわかるだろ、ヤギだ。さっきから言ってただろ……降りろ、こら」

いや聞いてない。

「モッチーに欲しいって言ってもらえてラッキーだよ……いや、モッチーがラッキーって意味だけど」

いや言ってない。

「何でヤギなんて飼ってるんだ？」そしてそれをなぜ俺に？

「この陽気だ。雑草が抜いても抜いてもにょこにょこ伸びてきて、モッチーんとこも毎日、雑草取り、大変だろ。降りろってば、こん畜生」

確かに雑草取りには苦労させられている。いまは露地で親株を育てている育苗圃場でも、梨畑でも、母親が親父のいない今年も「いつもやってるだもんで」と苗を植えてしまった野菜畑にも、作物より元気に育っているのではないかと思うほどすくすく雑草が伸びている。作物の近くでは除草剤は使いたくないから、人力で取りまくるしかない。

「ああ」と頷いてから、答えになっていないことに気づく。「だから何で?」

「そうかそうか、モッチーは素人だから知らないのか。業界の新しいトレンドを。これは草むしりの最新テクノロジー、これ一匹であなたのお悩みをたちまち解決」

赤いタオルの下の顔にテレビショッピングのMCのような如才ない微笑みを張りつける。縄がずるりと荷台に戻り、ヤギの首が引っこんでしまった。

ガスの形相が再び険しくなる。体を斜めにして両手で縄を引っぱると、脚をもつれさせながらようやくヤギが着地した。

「除草ヤギだ。いま全国の農家で話題沸騰。便利だぞ。草刈りをしたい場所にこいつを放しておくだけで、あら不思議。きれいさっぱり雑草が消える」

ヤギなんて目の前でまじまじと見たのは初めてだと思う。羊の仲間のはずだが、毛が短いから、顔と胴はなんとなく犬っぽい。サイズもほっそりした大型犬といった感じだ。脚は馬のように細くて節が目立っている。大きな耳のあいだにバナナのように湾曲した角。顎には山羊鬚みたいなヒゲ——ヤギなんだから「みたいな」はいらないか。

「なぜ俺に譲る？」

荒々しく首を振るヤギをたぐり寄せているガスは答えない。

正面から見ると笑っているように見えるヤギの垂れ目は一見穏やかそうだが、つぶらというわけでもなく、近くで見ると瞳孔が細い。ただし猫と違って横長だから、なんとなく間の抜けた感じでもある。

もう一度訊ねた。

「なぜ俺に？」

「うちはもう除草が終わったからさ。他でもない農業初心者のモッチーに譲ってやろうと思ってな」

「なるほど、って、草むしりに終わりなんてあるのか」

ガスの瞳も横長になった気がした。

「除草だけじゃない。乳でチーズもつくれるぞ」

「メスなのか？」角が生えてるけど。

「ま、これはオスだけどさ。もう一頭、つがいで飼うといいよ。値段はオスなら四万
……痛て」

ガスが顔をしかめた。足の指を敷居にぶちあててしまった時の顔だ。

「どうした」

「なんでもない……メスはちょっと割高で確か……あつっ」

ガスが尻を押さえて飛び跳ねた。その真後ろに首を振り立てたヤギ。ヤギがガスの尻に頭突きしているのだ。

「……意外と獰猛なんだな」

「いやいやそんなことない。人によるんだ。うちの人間にはどうも懐かなくてさ。とくに親父には。顎ヒゲ生やしてっから、発情期のライバルだと思ってるのかもしんねえ」

ガスの親父さんは髭面で、ガスをもうひと回り頑丈そうにしたコワモテの人だ。

「なるほど、親父さんが怒っているのか。こいつをなんとかしろって」

ガスが、よくわかったな、というふうに頷く。一・五秒であわてて首を横に振り直した。

「そんなことねえ。親父も喜んでた」過去形で言い、小声でつけ加える。「最初はな」

ガスが縄の先を恵介に握らせようとする。「さ、ささ、受け取ってちょう」

「いいよ、うちは。間に合ってる」

恵介が手を引っこめると、ハウスの手前の立水栓に勝手に縄を結びはじめた。

「おい、ちょっと」

菅原農場の社長である親父さんに、こっぴどく叱られたのだと思う。ガスの背中が必死に訴えかけてくる。

「金はいらない。モッチーの農業転職祝いだ。取っといてくれ。草食うから餌代もほとんどかかんねえ。角が気になるなら、ゴムチューブってあるだろ。配管工事に使う。あれを嵌めとくといいらしい。四、五日に十アールの草を食う――って話だ。名前はまだないから、勝手につけてくれ」

ちょっとかわいそうになってきた。背中を撫でた。もちろんガスではなくヤギの。恵介には攻撃をしかけてくる気配はなく、おとなしく撫でられるままになっている。どうしたものか。本当に雑草を片づけてくれるのなら、もらっておいても損はない。

「じゃあ、もらっとこうかな」

そのとたん、ガスが振り向いた。チェシャキャットみたいな笑顔だった。

「ほんとか。助かるよ……いや、感謝しなくてもいいぜ。お互いさまだから」

「そのかわり、教えてくれ」

「何を。保健所への届け出か？　いちおう出しといたほうがいいかもな。口蹄疫とかの予防接種は必要だから」

「いや、高設栽培のこと」

ガスの瞳に星が瞬いた。

「おお、モッチーんとこもついに高設か。それがいいよ、やっぱ」

「初めてだからわからないことが多くてさ。いろいろ教えて欲しいんだ」

瞳の中の星が流れ星となってすいっと消えていく。恵介にはすっかり慣れっこの反応。秘伝のスープのつくり方は簡単には教えないよ現象だ。

「人それぞれだよ。モッチーが好きなようにやればいいさ。じゃあな」

バンに戻ろうとするガスの背中を声で叩いた。

「ヤギ、忘れてるぞ」

くるりと踵を返した。

「何が知りたい？」

「いくつもあるんだ。たとえばそうだな……二種類の苺を同じハウスで育てても平気なのか」

「二種類？」

「三種類になるかもしれない。つまり違う品種の苺を育ててても、交配用の蜂は苺を選ばないから、Aという品種の花粉を、Bっていう品種が受粉しちまうこともあるわけだろ」

「ああ、交雑な。うちも昔、章姫と紅ほっぺを同じハウスでやってたことがあるけど、とくに問題はなかったっけな。まぁ、交雑はあるっちゃあるんだろうけど、たぶん問題ないレベルだと思うぜ。じゃあな」

「そうかぁ。専門家でも『たぶん』か。ガスならもっとくわしく知ってると思ってたんだけど。なあんだ」

「あのな、基本、苺のかたちとか味は親株の遺伝子だから。花粉はただの触媒ってやつ？　そもそも苺の本当の実は、あの種みたいなつぶつぶなんだ。前に教えたよな」

聞いた。もともと知っていたけれど。そんなことも知らねえで苺をやんの、というせりふもその時に三回は聞いた。誰もが苺の実だと思っているのは、偽果《ぎか》と呼ばれる茎が肥大したものだそうだ。本当の実は、あのつぶつぶで、種はそのまた中に入っている。

「交雑しても、あのつぶつぶが変質するだけさ。そんなに簡単に交雑しちまうなら、農林研究所とか品種改良に苦労しないだろうよ」

「なるほど」

「心配なら、少し離して植えれば――って何考えてるの、モッチー」

「ちょっとね。あと知りたいのは――」

ガスが歩み寄ってくる。ヤギが尻を狙って首を振り立てた。恵介の二の腕をぽんぽんと叩いてガスが言う。

「知りたきゃ教えるけどさ、高設、初めてなんだろ。最初からあんまり妙なことはしねえほうがいいよ。素人なんだから、とりあえず基本に忠実に。無理は禁物だ」

　顔は笑っていたが、目は笑っていない。

「でも、そんなこと言ってたら、変わらないだろ」仕事がきついのに儲からない、いままでの農業のくり返しだ。

「せっかく同い年《タメドシ》の同業者ができたんだからよ。いなくなって欲しくないんだ、お前には。嘘じゃないぜ」

「ありがとう」でも、危ない橋は他人より少しは渡り慣れている。「だいじょうぶ」

「べえ〜」ヤギが鳴いた。そのとおり、と相槌を打ってくれたようにも、クイズの不正解のブザーにも聞こえる声で。


スーパーマーケットから帰った美月は、暑《あっ》ちいと呟いてUVカットのためのロンググローブを脱ぎ捨てる。真夏に手袋なんて、両腕をホイル焼きにしているような苦行だが、怠るわけにはいかなかった。プロのパーツモデルとして。

　新しい事務所に所属して二か月半が経つ。お肌のもちもち感が薄れた主婦っぽい手タレには需要が多い、という話は本当かもしれない。ぽつぽつと仕事が入るようになった。

まだ週に一度あればいいほう、という程度のペースだが、先々のスケジュールも順調に埋まってきた先月、パートを辞めた。依頼主が撮影の日程を手タレに合わせてくれるはずもなく、仕事が入るたびに欠勤しなくてはならなかったし、なにより時給のケタが違う。小さな仕事が多い美月でも、二、三時間の拘束時間で三、四万の収入になる。

「ただいま〜」

リビングの銀河に声をかけた。

「お昼ごはんは冷し中華だよ」

幼稚園はいま夏休みだ。銀河が毎日家にいるようになったら、恵介もいそいそと東京へ帰ってくるだろう、そう考えていたのだけれど、七月の終わりに一度だけ、実家で採れたっていうきゅうりを袋いっぱい抱えて戻ってきただけ。カレンダーはもう八月だ。

美月はため息をついて、ダイニングテーブルにレジ袋を置く。ストックがとっくになくなって買ってきたきゅうりが、ころんと転がり出てきた。どうなるんだろう、私たち。どうするつもりなの、私。

まぁ、いいけどね。銀河との二人暮らしにはすっかり慣れた。買い物の荷物が少なくてすむから、ありがたい。ほんとにそう。

肘まである長くて厚いゴム手袋をはめて、薄焼き卵を刻む。炊事の時にも手袋は必《ヒッ》。お豆や塩をつまむ時には不便だが、瓶詰めの固い蓋が開けやすい。夫がいなくたって平気。

「銀河〜そろそろごはんだよ〜手を洗いましょう」

返事がない。

午前中ぶんの電池が切れたようだ。銀河は、昆虫バトルカードゲームのカードとレゴブロックが散乱したリビングで、ちっちゃな大の字になって寝ていた。Tシャツの裾がずりあがってお腹まる出し。口をむにゃむにゃさせながら、おへそのまわりを掻いている。

なんだか休みの日の恵介のミニチュア版だな。身代わりに置いていったみたいだ。休日粗大ゴミの小袋。

夏休みももう三週間が経ったから、すっかりだらけてる。これじゃいかんと思って、昨日も近所の公園に連れ出したのだけど、十分もしないうちに滑り台の下でアイスクリームみたいにへなへなに溶けていた。

「ほら、起きて。起きないと、冷し中華にトマトのっけるよ」

「トマト、いや〜」

銀河も父親のいない生活にすっかりなじんでしまって、寂しがる様子はない。昆虫図鑑を読み聞かせする時に、「もっとパパみたく虫みたいに読んで」と言われるぐらいだ。「虫みたいに読む」ってどうすればいいんだろ。

そうとも、恵介、あなたがいなくたって、ぜんぜん問題ないんだからね、ウチは。経済的にもね。パーツモデルの仕事を再開すると決めた時に思った。あの人に農業ができるぐらいだから、世の中はそんなにややこしいものじゃない。仕事なんて難しいものじゃない。昔に戻るだけの私のほうが、もっとうまくやれる、って。

次の仕事は好条件だった。清涼飲料水のテレビCMとプロモーションビデオの撮影。なんとロケ。

CMタレントの女優さんのかわりに水源地の渓流の水をすくったり、生産地のレモンをもいだり、商品をコップに注いだり。天気待ちの予備日もふくめて、四泊五日のスケジュール。

銀河のことは問題ない。仕事の時はいつも実家に預けてる。お泊まりも経験済み（ついでに美月も泊まってしまうのだけれど）。美月の母親は、去年、保険会社を定年退職して、一人で保険代理店を始めた。仕事は暇なようで、毎回喜んで（文字どおり、キャーっと喜んで）孫を預かってくれる。

ゴム手袋で洗い物を済ませた美月は、実家に電話をかけた。母親の返事はいつものとおり。

「キャー、銀河来るの。いいよいいよ。五日間？　キャ～」

「甘いお菓子はあんまり食べさせないでね。油ものばっかりもダメ。銀河のアトピー、まだ治りきってないんだから」

「わかってるって。ドーナツは穴のとこだけ食べるように言うから」

でも、美月が日付を口にしたとたん、母親は絶句した。

「え？　その日は無理」

今度は美月が絶句した。「え」

「あれ、話してなかったっけ。イタリアに行くって。ちょうどその時。〝美食と芸術三昧の七日間〟。会社の時の友だちと」


苺農家にとって八月はひと息つける時期だが、恵介の場合、そうはいかなかった。

「準備」すべきことがいろいろあるからだ。

まずパッケージづくり。親父は農協指定のものを使っていたが、オリジナルパッケージを用意するのが恵介の計画のひとつだ。

午前中に農作業を終えた恵介は、自室にしている十畳の離れに籠《こ》もっている。高校時代まで使っていた部屋だ。親が昔のまま残している学習デスクに、東京からもちこんだグラフィックデザイン用の大型パソコンを据え、スキャナーやプリンターは床に直接置いている。作業机は納屋からひっぱり出してきた三姉たちの代々の愛用品、天板全面にハローキティが描かれた折り畳みテーブルだ。家が広くてスペースに余裕があると、なにかと物持ちがいい。

恵介はキティちゃんの黒目に見守られながら、レイアウトペーパーにパッケージのラフスケッチを描いている。静岡の広告会社から依頼された仕事も締め切りが近いのだが、優先すべきは、こっちだった。

プロだからデザイン自体は何通りも思いつく。問題は、パッケージの材質と構造だった。『望月農家生き残り作戦』においては、苺を傷《いた》めることなく輸送できる箱が不可欠だった。

プチプチクッションを内側に張る？　ます目状の仕切りをつくって一個ずつ納める？　いままでのパック詰めだってあんなに時間がかかるのだ、効率のことも考えねば。

うーむ、難しい。

知識がないのに知恵を出そうとしていることが、そもそもの間違いか。一人で悩むより誰かに聞いたほうが早いな。苺の栽培と一緒だ。

携帯を手にとって、電話帳の中から名前を選び出す。美大時代からの友人の一人で、プロダクトデザインの仕事をしているやつだ。

「おお、望月、聞いたよ。デザイナーやめて、農業やってるんだって？」

東京での飲み会の誘いを静岡で断っているうちに、仲間うちではすっかりそういうことになっているらしい。

「いや、やめたわけじゃなくてさ――」

事情を説明したが、負け惜しみだと思われただけだった。相談したのが苺のパッケージのことだったから、なおさら。

「いやいや、大切だよ、農業は。国の根幹だ」

みんなそう言う。言うだけで、みんなやらない。

「で、どういうパッケージにすればいい？」

「俺も専門はビジュアルのほうだからなぁ。構造にくわしい人間に当たってみるよ。輸送って、どの程度の？　どこからどこまで？」

恵介は答える。美月にも親父にも母親にもまだ話していない、決意表明のつもりで。

「静岡から全国、そして世界」

反応はとくになかった。まぁ、他人から見ればどうでもいい決意かもしれない。

「果物のパッケージって、俺はやったことないけど、大変だって話は聞くよ。桃のフルーツギフトの箱とかな。単価も高くなる。だいじょうぶなん？」

「うん、多少は覚悟してる」言い切ってから、自ら吊り上げたギャンブル台のチップを減らすべく言葉をつけ足した。「あ、あくまでも、多少ね」

携帯を切り、テーブルに置いたとたん、着信音が鳴った。電話用のメロディだ。広告の仕事の催促だろうか。とっさに何通りかの言い訳を考えてから手にとる。画面に浮かんでいたのは、二週間ぶりに表示された名前だった。

『美月』


よく晴れた八月の空から光の雨が降ってくる。太陽はいつのまにか背中に回り、陽差しに炙られたうなじが暑いというより痛い。

午前のうちに苺の苗の葉欠きをし、液肥を散布し終えた恵介は、母屋とハウスの手前に広がる畑できゅうりを収穫するために脚立に乗っている。高い脚立からは、望月家の土地がぐるりと見渡せた。

富士山を望む前方、その右手が母屋。道路を隔《へだ》てた左手に二棟のハウスが並んでいる。土耕栽培を終えた手前の第一ハウスは密閉し、内部の地表も透明フィルムで覆って、土壌を太陽熱消毒している最中だ。中はとんでもない温度になっているだろう。作物をつくる場所には毎年消毒が必要だ。ひとつの野菜を毎年同じ場所でつくっていると連作障害が起きるからだ。

連作障害は、土にそれぞれの植物の根を好物にしている特定の病原菌や害虫が増えること、同じ植物は同じ養分を欲しがるから土の中の養分が偏ることなどが原因の障害だ。防ぐためにベストなのは、作物をつくる場所を年ごとに変える「輪作」をすることだが、たいていの日本の農家には、そんな土地の余裕はない。

数少ない例外のひとつが、水田で栽培する米だ。根が水の中だから、土の中の病原体や害虫が棲みづらい。水が養分の偏りを防ぐ。日本人が水耕稲作を始め、米を主食にしてきたのは、狭い土地を最大限に活用するための、唯一無二の選択肢だったのかもしれない。

第二ハウスは高設栽培設備の工事中。今日は三人の作業員が来ていて、甲高い槌音《つち》が絶え間なく続いている。ある時は威勢のいい応援歌に、ときには取り返しのつかない破壊音に、聞こえる音だ。毎朝、その音が始まるたびに、恵介の胸は大きくふくらんだり、不安に押し潰されそうになったりをくり返す。

ハウスの南側の、もう何年も休耕田のままの空き地は、青空育苗の圃場だ。ベンチに載せた苺苗の葉が頼もしく夏の光を照り返している。いまのところ大きな病虫害もなく育っているのが心の支えだった。圃場の端には、ヤギ。

出荷する時や潰して食べてしまう時に悲しすぎるから、家畜は番号で呼び、名前をつけないのが望月家の伝統だったが、こいつを食うことはないだろう（たぶん）。だから名前をつけた。「ベー太」だ。

ベー太に圃場周辺の除草をさせるつもりで、長いリードで夏蜜柑《なつみかん》の木に繋いでいるのだが、木陰に隠れてずっと寝ている。ヤギは暑さに弱いそうで、いまの時期に外へ出せるのはほんの数時間。昼寝が終わると、丸一日かけてつくった屋根付きのヤギ小屋に戻す。涼しさにようやく空腹に気づいたベー太が「べえべえ」と餌をせがみ、恵介は刈った草を食べさせる。なんのために飼ってるんだ？

道路を隔てたこちら側にあるこの畑は、おもに母親が管理していて、農婦の本能なのか、思いつくかぎりの作物で埋めつくしている。

道路ぎわからの左半分、秋から育てるコマツナやキャベツといった葉物野菜のためのスペースでは、五月に種を播いたひまわりが高く大きく花を咲かせていた。正確には作物ではないが、観賞用というわけでもない。畑を休ませる時期には、そのまま放置しておくより、何かしらを植えたほうが雑草を防げるのだ。

しかも、ひまわりには有益な菌根菌を増やし、地力をアップさせる働きがある。花が終わった後に細断して土にすきこめば緑肥になるし、土の中の寄生虫《センチュウ》を抑制する効果も生まれる。

　コマツナは苺以外では数少ない望月家の出荷物だから、作付面積は3反はある。その一面を埋めるひまわり畑。とても贅沢で、独り占めするのがなんだかもったいない風景だ。

「おーい」恵介は下に声をかける。「登ってこいよ。いい眺めだぞ」

　脚立の足もとで見上げてくる顔が、ぶんぶんと横に揺れる。

　銀河だ。昨日、美月に連れられてこっちへやってきた。美月が仕事で家を空けているあいだ、恵介が預かることになったのだ。

「俺が下に降りて、登るの手伝うから」

　また、ぶんぶん。銀河は高いところが苦手なのだ。公園の滑り台も登り段がきついと上まで行けない。

「そうか」

　恵介はきゅうりもぎを開始した。きゅうりの畝は二列。支柱を立てて伸ばした主枝が、競うように空をめざしている。

　隣の畝で、やはり支柱を辿って伸び、繁り葉のあちこちで赤いイルミネーションのように輝いているのは、大玉トマト。雨に弱いトマトのために、こちらの支柱はアーチ形で、上にフィルムの屋根が張ってある。

そのむこう、薄黄色のハイビスカスに似た花を咲かせているのは、オクラ。オクラの隣はなすだ。黒光りした実が、枝をしならせるほどたっぷりぶら下がっている。

畑の南側で蔓と葉を這わせて、地面を緑色の絨毯に変えているのはスイカ。葉のあいだから縞模様の球形が顔を覗かせているのがここからでもわかる。

夏野菜最盛期のいま、望月家の畑は、小さいながらも野菜の王国だ。

どれも露地栽培で、ほとんどが自家消費分なのだが、毎日飽きるほど食い、剛子ネエ一家や進子ネエに分け、近所に配っても、まだ余る。

真夏のきゅうりはとくによく育つ。前の日には三色ボールペンみたいなサイズだったのが、翌日にはもう一人前の大きさになる。取り忘れると、たちまちへちまみたいに巨大化してしまう。

このところ、きゅうりとトマトの収穫は、恵介の仕事だ。

きゅうりもトマトも主枝の下のほうから順番に実るし、収穫するそばから育っていくから、収穫場所も上へ上へとどんどん高くなっていく。親父が元気だった頃と同じ二メートルを超える支柱を立ててしまった母親には、だいぶ前から手が届かなくなっているのだ。脚立を持ち出したのは銀河にも採らせたかったからだが、いまは恵介でもてっぺん近くの実を採る時には苦労する。

「銀河〜、受け取ってくれ」

銀河は両手でザルを抱えている。恵介はきゅうりの束をつかんだ腕を下に伸ばした。

「落とすぞ」

「う」緊張で喉を詰まらせているみたいだ。「うん」と最後まで言えない。

「刺があるから気をつけろ」

「う」

銀河はきゅうりの先端に黄色い花がついているのを不思議そうに眺めていた。

「きゅうりに花が生えてる」

恵介は笑って答えた。

「花が生えたんじゃなくて、その花がきゅうりになったんだよ」

採れたてで、細い刺の生えたきゅうりをつまんだ銀河が「痛《いた》た」と声をあげる。

美月は前回と同じように日帰りで東京へ戻った。二人きりにはなかなかなれず、いつものように業務連絡のような会話だけしか交わせないいまま。

パーツモデルの仕事を再開したと聞いた時には、夫婦の距離がますます遠のくようで、恵介抜きで生きていくという宣言のようにも思えて、「そうか」なんて心の抜けた返事しかできなかった。新幹線のホームで見送ったあとになってようやく、美月にかけるべきだった言葉を思いついた。「いいと思う。応援する」

育児の都合ではなく、家計の事情でもなく、自分のために世間と向き合いはじめた美月は、前より明るくなって、自信に満ちていて、そしてきれいになっていた。

以前は恵介の実家に来ると、姑や小姑に気を遣ってばかりで、いつも身の置き場所に困っているふうだったのに、昨日は、「夕飯、食べてけばいいじゃにゃあの」という母親の誘いに二つ返事で応じ、夕飯のあと、誠子ネエが聞こえよがしに音を立てて洗い物をしている時も、おろおろと台所に急いだりせず、堂々と食後のお茶を飲んでいた。「泊まってけばいいじゃにゃあ」という誘いは、臆することなく断った。「ごめんなさい、お義母さん。明日から仕事なので」

軽く洗って刺を落としたきゅうりを皿に載せ、茶の間の先の縁側へ運ぶ。銀河は庭先で猫みたいに丸くしゃがみこんで恐る恐る蟻の行列を眺めていた。

「おやつだよ〜」

皿の片隅には、マヨネーズと味噌を半々に混ぜたソースが添えてある。このソースに七味唐辛子を振ればもっとうまくなるのだが、銀河だからやめておく。

飛んできた銀河は、どこにおやつがあるのかという顔をした。銀河にとってスイートキャロットとフライドポテト以外の野菜は「ママやパパに叱られてしかたなく口の中に入れる異物」なのだ。

「これをつけて食べてみ」

手本を見せるためにひと口齧る。

「うん、うまいっ」

大げさなリアクションにつられて銀河が手を伸ばしてきた。蟻を棒でつつくよりもこわごわと。きゅうりの端っこにかすった程度にソースをつけ、キリギリスみたいに小さく齧った。

「ほ」

銀河の頬が、きゅうりんとすぼまる。

「うまいだろ。採れたては」

きゅうりを握った手をまた伸ばしてきて、今度はたっぷりソースをつけたのが、返事のかわりだった。

銀河は野菜が嫌いなのではなく、野菜の本当の味を知らないだけなのだと恵介は思う。

「どう？　メロンパンとどっちがおいしい？」

昼飯のそうめんをろくに食べなかったくせに「メロンパンが食べたい」なんて銀河が言い出したから、これじゃあいかんと思って「もっといいものがあるぞ」ときゅうり畑に誘ったのだ。

口いっぱいのきゅうりでハムスターみたいに頬をまるくしている銀河が答える。

「メロンパン」

「そっか」

まぁ、そうだろうけど。にしても、銀河が野菜をちゃんと食べているだけでも収穫だ。ソースが足りなくなって、皿にマヨネーズと味噌を足すと、マヨネーズだけで食べ、味噌だけで食べ、丸ごと一本をたいらげた。恵介は銀河の頬についたマヨネーズをぬぐう。その指で庭をさした。

「甘いのがよければ、そこにもあるぞ」

縁側の先、物干し台のむこうで、浴び放題の陽差しにぼうぼうと伸び、ちっちゃなジャングルと化した白粉花《おしろいばな》が赤紫色の花を咲かせていた。あのラッパのかたちの花をむしって根もとのところを吸うと、甘い蜜の味がする。それを銀河に教えたかった。

そうそう、白粉花をむしる時、花びらの下の緑のふくらみを残して、うまい具合にめしべをひっぱり下ろせば、パラシュートをつくることもできたっけ。今日のように風があれば、けっこう飛ぶ。そのことも教えてやろう。年上の女きょうだいばかりだったから、銀河と同じぐらいの齢には、この庭が恵介の一人きりの遊び場だった。スニーカ沓脱石《くつぬぎいし》に置かれた母親のサンダルをつま先だけでひっかけて庭に降りた。

ーを丁寧に履いて銀河も後をついてくる。

花に手を伸ばした時、葉っぱのひとつが、ざわ、と蠢《うごめ》いた。いや、葉っぱじゃない。白粉花よりもっといいものを見つけた。

「……銀河……銀河」

必要もないのに声を落として、蟻つつきを再開した銀河を呼ぶ。同じ目線になるまで腰をかがめてから、葉っぱのひとつを指さした。顔を近づけた銀河が、たじたじと後退する。

葉の上で、葉っぱと同じ色をしたカマキリが大きな鎌をもたげていた。十センチ近くありそうなオオカマキリだ。

「つかまえてごらん」

銀河がぶるぶると首を振る。

「……むり」

少し無理をさせたくなった。恵介は銀河の顔の前で指を立てる。銀河が寄り目になった。

「確かにオオカマキリは強い。攻撃力は、最強の巨大肉食インドネシアコオロギ〝リオック〟を１００とすれば、75はある」

昆虫バトルカードゲームの本を読み聞かせているうちに覚えた知識を総動員して言

葉を続けた。

「でも、防御力は弱い。これから教えるカマキリ捕獲作戦どおりに行動すれば、簡単に捕まえられる」

銀河が首振り人形のように頷く。「昆虫バトル」に関する用語なら難しい言葉も理解できるのだ。

「カマキリの目はレーダーのように鋭い。でも、死角があるんだ。死角ってわかるか?」

「うん、四角。わかる」

「カマキリの死角をつくんだ」

「……四角をつくる……」

「そう、見本を見せよう」

カマキリの背後からそっと指を近づけた。頭と翅《はね》の間の細いくびれが狙い目だ。

あと三センチの距離まで接近した時、カマキリの黒目がきょろりと動いた、そのとたん、体を反転させ、鋭い棘《とげ》付きの鎌を恵介のひとさし指に食いこませてきた。

思わずカマキリを振り落とす。銀河の手前、痛《いて》て、と口走りかけたのを喉へ押し戻した。

銀河が猫座りしたまま後ずさりし、父親へ光を失ったまなざしを向けてくる。だめじゃん、と顔に書いてあった。「虫採り名人恵ちゃん」は遠い過去の栄光か。すっかり勘が鈍っている。動揺を隠して恵介は胸を張った。

「な」

「え」

「わかったか。いまのが悪い見本だ。カマキリの目玉レーダーは真後ろにも届く。死角は斜め下だけなんだ」

「四角はななめ下」

「そう。次は、いい見本をみせよう」

地面の上で怒って鎌を振り上げているカマキリを、今度は首尾よくすくい上げた。

「おお」銀河が声をあげた。

ふいに背後に視線を感じて恵介は振り返る。

縁側の先の襖の向こう、襖の半分より少し上ぐらいに顔が飛び出していた。陽菜だ。

「おう、陽菜。きゅうり、陽菜のぶんもあるぞ。食べな」

きゅうりの皿には一瞥もくれずに、白目の多い目で恵介と銀河を睨んでくる。そうか、一緒に遊びたいのか。カマキリを持った手を振って声をかけた。

「おいで。陽菜もいっしょに虫採りしよう」

ふん、という鼻音と同時に、顔が引っこんだ。続いてどたどたと遠ざかっていく足音。

　事実上同居して半年が経つのだが、いまだに陽菜とは打ち解けられずにいる。まぁ、自分の息子とのコミュニケーションですら、いまの恵介には簡単ではないのだけれど。恵介が肩をすくめると、銀河はカマキリを発見した時よりもちぢめていた首を元に戻した。

　カマキリを白粉花の葉の上に戻して言った。

「さぁ、銀河の番だぞ」

「え。えええ」

「怖がることはないさ。ほら、よく見比べてごらん。銀河は虫より大きくて強い。むこうも怖がっているはずだ。虫の攻撃力が最高100だとしたら、銀河の攻撃力は100万だよ」

「ひゃくまん！」

「うん」

「すごく多い？」

「すっごくすっごく多い」

「千より？」

「もちろん。さ、ゆけ、猛虫ハンター」

「う、うん」

銀河がひよこ歩きで白粉花の茂みに近づく。恐怖にふくらんでいた目を、決意をこめて半円に尖らせ、ついでに唇も尖らせている。

なぜかカマキリの斜め下あたりで、指で宙に四角形を描いている。それから「つ」の字にした指先を伸ばした。カマキリが体をねじって鎌を振り上げてくる。

「ひひっ」

「だいじょうぶ。猛虫ハンター銀河が最強だ」

指の小ささが幸いして、カマキリの鎌攻撃は銀河には届かなかった。一秒後には銀河の指の中でカマキリがもがいていた。

銀河が自分の指先とそれが握っているものを、信じられない光景を眺める目つきで見下ろしている。驚きすぎて表情を忘れた顔を恵介に向けてくる。

「やったな」

「うんっ」

ようやくこういう時にどういう表情をするのかを思い出した銀河が、顔をくしゃくしゃにした。

この顔を美月にも見せてやりたい。田舎も悪くないって見直してもらえるかもしれない。そうだ、写真、送ろう。

「よし、巨大カマキリ捕獲成功の記念写真を撮ろう。あ、銀河の攻撃力は100万だから、あんまり強く握ると潰れちゃうぞ」

「ごめん。いたかった？」

〝キシャツ〟

送信してから思い出した。美月は虫が苦手だったことを。逆効果？


冷蔵庫からビールを取り出す。戻ってきてすぐに冷凍庫に突っこんだグラスも。正確に言えば第三のビールだが、夏場のいまは500ミリリットル缶。朝早くから仕事をしているから、堂々と飲めるのが嬉しい。

少し前までは、酒好きだが医者から止められている親父の前で飲むのは気が引けたのだが、いまはおかまいなし。なにしろこっちは陽が傾く前から、きんきんに冷え、グラスに汗をかいたビールのことばかり頭に思い浮かべて仕事をしているのだ。

グラスは二つだ。小さいグラスは銀河の麦茶のぶん。

縁側に出て庭を見まわす。銀河は腰に虫かごをぶら下げ、捕虫網を槍のように抱えて、密林化したオニユリの群生の中に突撃しているところだった。

「銀河ぁ〜もうすぐご飯だよ」

オレンジ色の大きな花の中で、花とさして大きさの変わらない顔が振り返る。

「ショーリョーバッタをついせきちゅうなんだ。80ミリきゅうの大もの」

「喉渇いただろ、プハしよう」

「するっ」

片手でグラスをあおるしぐさをしたら、80ミリ級の大物をあっさりあきらめて駆けてきた。両方のほっぺたにオレンジ色のユリの花粉がついている。白いTシャツにもべったりと。

うわぁ。洗濯が大変だぞ。ユリの花粉はなかなか落ちないのだ。銀河が来てからは、一日に二回着替えをする銀河と自分のぶんの洗濯は恵介がやっている。母親の腰の具合が悪く、このところ洗濯を担当しているのが「なんであんたのパンツまであたしが洗わなきゃなんないの」とぶつくさ言っている誠子ネエだからだ。孫を甘やかして銀河の喜びそうなものばかりつくろうとする母親のかわりに昼飯も恵介がつくっている。

「足、ちゃんと洗ってから入れよ」

茶の間の先の縁側にお盆を持っていき、グラスにビールと麦茶を注ぐ。泡立ちを見ているだけで喉が鳴った。

銀河が来て四日目。いつもの農作業に加えて、一緒に遊んだり、洗濯したり、昼飯をつくったり、買い物に行ったり（買うのは洗濯が間に合わなくなったシャツとか捕虫網とか新しい昆虫の本とか毎週買っているというコミック本だ）、風呂に入ったりしている。夜は夜で昆虫図鑑読み聞かせを三十分以上。大変だけど、楽しい。

コップを持って立ち上がる。すぐには飲まずにコップを顔の前にかかげて自分を焦らす。少ない量のビールをおいしく飲むためのコツだ。銀河も同じことをする。

「もういい？」

銀河も喉が渇いているはずだ。熱中症にならないように水筒を持たせているのだが、腰にぶらさげているものは虫かごしか目に入っていないらしく、重さが全然変わっていない。

「もうちょい」

片手を腰にあてがう。なぜかこうするとビールがおいしくなる気がするのだ。銀河も同じポーズになった。それから、カウントダウン。これもいつもの儀式。

「三、二…」

「さん、にぃ、」

「一」

「いち」

「よしっ、飲もう」

「よし、のもう」

「ぷはっ」

「ぷはっ」

そのとたん、茶の間の奥の襖の陰から、歌うような声が聞こえてきた。

「いーけないいんだあ、いーけないいんだあ」

襖から陽菜の顔が半分だけ覗いていた。風呂上がりの結わえていない髪がだらぁりと垂れ、髪に隠れていない片方の目が逆三角形になっている。呪い歌みたいな声が続いた。

「子どもがビール、いーけないいんだあ。のーんじゃだめなんだあ」

銀河の両目がガラス玉になった。三角にしていた唇から、あわててグラスを離す。

恵介は笑って答えた。

「ビールじゃないよ。麦茶なんだ」

「のむふりだっていーけないいんだあ」

うるさいなぁ。誰に似たんだろう。間違いなく誠子ネエだ。

「じゃあ、ぷは、はやめる」

恵介がグラスをお盆に戻すと、銀河も同じことをした。

「やめる」

陽菜が鼻を鳴らした。小学二年生とは思えない見事な音で。

「まねばっかり。オウムみたい。カァカァ」

カァカァはカラスだと思うのだが、陽菜は両手を羽ばたかせて、

「カァカァ」「カァカァ」

銀河のまわりを飛びはねる。銀河は首を九十度に折ってうなだれてしまった。四日も経つのに、銀河と陽菜は一緒に遊ぶことはもちろん、言葉も交わしていない。年上の従姉《いとこ》は、銀河にとって大型昆虫より恐ろしいらしい。陽菜はもうすぐ八歳。五歳の銀河にとっては、はるかにオトナなんだろう。

陽菜を手招きした。仲間に入りたいのだろうと思って。

「ぷは、しないから、陽菜も麦茶飲もう」

「それ陽菜のコップだよ。つかわないでよ」

銀河のグラスに矢印みたいな細目を向ける。かわりに恵介が謝った。

「え、そうなの、ごめん」

進子ネエのつくったグラスだ。望月家には似たようなのがいくらでもある。誰が何を使ってるかなんて決まってたっけ？

まぁ、いいや。銀河には新しいグラスを用意し、きれいに洗ったグラスを陽菜に渡そうとしたら、大粒梅干しみたいに顔をしかめられた。

「いい。もうそれきたない。二度とつかわない」

自分の子どもだったら叱りつけるのだけれど、相手は姪だ。と思ったのだが、やっぱり叱ってしまった。

「だめ。自分のだって言うのなら、それを使いなさい」

受け取らないグラスに麦茶をどばどばと注ぐ。陽菜ではなく銀河が涙目になっている。グラスを突きつけたら、

「い、ら、な、いっ」長い髪をばさりと振って走り去ってしまった。

「ぼく、あやまったほうがいい？」

「いい、ほっとけ」

来たばかりの銀河をみんながちやほやするから、すねているのかもしれない。


静岡望月家の食卓のメニューは、その日の収穫物で決まる。夏場はとくに。

今日の夕食は、なすと豚肉の味噌炒め。焼きなす、なすの浅漬け……。

ここ何日も、なすが採れて採れて余って余って、近所に配って配って、でも市場に持っていくのも気が引ける、という収量が続いているからだ。

農家のつくった野菜は、農協の出荷所以外にも、公設市場に持ちこむ、直売所に置いてもらう、というルートもあるのだが、本気で商品化をめざしていないから

規格外品《はじきもの》がやたらと多い。量が少ないと小遣い銭にしかならないし、母親は「市場の人に手間かけさす量じゃにゃあから」と遠慮してしまい、結局、家で食うことになる。

恵介や誠子ネエたちが同居するようになってからはずっと、茶の間には客間に置いてあった長テーブルが据《す》えられている。そこに母親手製のなすづくし料理が並んだのは、いつものように午後六時。農家の一日の時計は、東京よりずいぶんと早く進む。

「グラタンもあるよ」

なすのグラタンは銀河と陽菜のためにつくったメニューだと思う。母親は昔からおしゃれな洋食系の料理が苦手で、グラタンというよりなすとうどの白味噌和えに見えた。唐草模様の大鉢に盛りつけてあるからなおさら。

バアバの隣に座った銀河が、どれがグラタンかと、目と箸を宙に迷わせていると、洗面所でずっとドライヤーの音を立てていた陽菜が入ってきた。

「そこ、どいて、陽菜の席だから」

銀河が床から飛び上がった、ように見えるほど背筋を伸ばす。恵介が何か言う前に、台所から誠子ネエの声が飛んできた。

「席なんて決まってないでしょうに。空いてるとこに座りな」

頬をふくらませた陽菜は、立ったまま食卓を見まわしてから、頬に溜めこんだ不満を破裂させた。

「なすきらい。やさい食べたくない」

銀河も同じことが言いたそうだった。美月が日帰りした日だけはご馳走《ちそう》が並んだが、翌日の夕食からは容赦なく通常メニューに戻っている。昨日まではカボチャづくしだった。

「そんなこと言ったら、なすがかわいそうだろ。食べなきゃだめ」叔父さんとして、新米農夫として、そうたしなめたのだが、無視された。

「ほら、銀河、食べよう」

年下の銀河が食べれば、意地になって箸を取ると思ったのだが、銀河がグラタンに箸を伸ばすと、陽菜は下顎を突き出し、お化けの話をする口調で囁きかけた。

「虫がいるよ」

何日か前にもひと騒動があった。望月家ではとうもろこしを皮ごと茹でて食べる。陽菜のぶんの茹でとうもろこしの中にアワノメイガの幼虫が入りこんでいたのだ。とうもろこしの粒ひとつぶんの場所に丸まって暮らしてるちっこい芋虫。自家消費の野菜の場合、農薬や殺虫剤をあまり使わないから——自分の家だけ安全なものを食べるという発想ではなく手間や経費をかけたくないという理由で——虫喰いは珍しくない。子どもの頃から慣れている誠子ネエが、虫が喰っていたところだけ切り捨てて、陽菜の手に戻したのだが、二度と口にしようとはしなかった。

台所からなすのバター焼きを運んできた誠子ネエが怒りの声をあげる。

「ぐずぐず言ってないで食べな」

「ごめんね。バアバ、子どもの好きなもんはわかんにゃあから。目玉焼きでもつくろうか」

「いいの、お母さん。食べなさい、陽菜」

「ウエスタンホテルのステーキがたべたい」

「陽菜っ！」

「トロピカルケーキがたべたい」

「あ、明日、ケケケーキを買ってやれ。いい田舎のりり料理は口に合わあわにゃあらぁ」

「お父さんは黙ってて」

陽菜が箸を放り出して茶の間を出ていった。

駅前の書店で買ったファーブル昆虫記幼年版の『かまきりとあわふきむしの話』を二十何ページか読んだところで、ようやく銀河が寝息を立てはじめた。

九時四十分。やれやれ。明日も早い。このまま一緒に寝てしまいたかったが、そうもいかない。締め切りが近いのに、銀河が来てからちっとも進んでいないデザインの仕事を少しでもやっておかないと。

地方紙に載せる地元のスーパーマーケットの新聞広告だ。『オータムフェア開催中』だから、秋の風物をビジュアルにしなくちゃならない。流通業界の季節の巡りは、暦より早く、広告業者の暦はそれよりさらに早い。二時間やって十二時前に寝れば、五時間ちょっとは睡眠時間が取れるだろう。いや、朝のうちに洗濯もすませたいから、五時間は無理か。

親父も母親も九時すぎには寝てしまう。家の中は静まり返っていた。ついさっきまで誠子ネエに叱られた陽菜の泣き声が聞こえていたのだが、それも止んだ。

結局、陽菜は部屋にこもったままで、母親がおにぎりをつくって持っていった。陽菜のいない食卓で誠子ネエから聞かされた。あさっては陽菜の八歳の誕生日。その日だけは雅也さんも都合をつけて、名古屋のホテルで食事をするのが毎年の恒例なのだそうだ。

夫婦が火花を散らすのは当人たちの勝手だが、その火の粉は親の真下から離れられない子どもにも降りかかる。なにも誠子ネエたちにかぎったことじゃない。自分と美月の話でもある。銀河は、急に母親と二人きりになったり、父親と二人だけになったりする日々をどう思っているだろう。

銀河の心を思うと、切なくなった。銀河が眩しくないように仕事机のスタンドの笠をめいっぱい押し下げてから、もう一度寝顔を見るために振り返る。

両目がぱっちり開いていた。

「ねえ、つづきは？」

ひーっ、まだ起きていたのか。

「かまきりのおよめさんはおむこさんをむしゃむしゃのつづきは？」

「もう寝る時間だよ」

「ねれない。むしゃむしゃのつづきを聞いたらねる」

オータムフェア、どうしよう。朝のうちの洗濯は？　睡眠時間は残りどのくらいだろう。焦りに体をあわ立たせながら恵介は『かまきりとあわふきむし』に戻る。

楽しいことばかりじゃない。子どもと一日中一緒にいるのは大変だ。

「自分が遊びたい時だけ子どもと遊んで、それを子育てだなんて言わないで」いつかの美月の言葉が身に沁みた。


三百六十度が緑色だった。

高原の源流近くのせせらぎは水底まで緑色だ。水は透明なゼリーみたいに澄んでいて、夏なのに冷たい。

気持ちいい、なんて思えるのは最初のうちだけで、浸けっぱなしにしていると、だんだん手が痺れてくる。そもそも気温もいまはほんとうに八月かと思うほど低い。なにしろここは標高千二百メートル。美月は渓流の中の岩場の上でもう一時間ぐらい両腿を閉じた乙女しゃがみを続けている。

「もう一度お願いしまーす」

着ている服は薄物一枚。もはやCMの世界にしか存在しないんじゃないかと思うような白いノースリーブのロングドレスだ。手しか映らないのに、髪も女優さんと同じにするために、胸までのストレートのウィッグをつけている。美月は新発売の清涼飲料水のボトルを両手で冷水に浸したまま、ドレスの裾をたっぷり濡らして、じっと身動きせずにいた。

ううっ。冷たいというより、痛くなってきた。

水苔でつるつるした岩場にしゃがんで1リットルボトルを抱えた両手を水の中に浸し、なおかつ顔が映らないように、髪を片耳に引っかけて首を反り返らせる。このポーズもきつい。『体にもっと自然』がこの商品のスローガンらしいけれど、とっても不自然。

「はい、カット」

ふう。ようやく終わった。

「陽差しが消えちゃったんで。ちょっと休憩入れます」

ええーっ。まだやるの。


ビーチパラソルを自分で立てた渓流の石だらけの畔《ほとり》にレジャーシートを敷いて出番を待つ。ノースリーブの上に薄手のカーディガンを羽織った。タオルで擦って両手を温める。夏だと思って油断した。カーディガン、もっと厚いのでもよかった。こんなに寒いとわかっていれば、ホッカイロも用意したのに。

ＣＭタレントの女優さんはここにはいない。スケジュールの都合がつかなくて、ＣＧで合成するのだそうだ。美月が彼女と同じ格好をしているのは、ＣＧ合成の見本というわけでも、後ろ姿を使うためでもない。残念ながら体型が違いすぎる。「スタッフ全員が同じストーリーを共有しなければ」とかいう、ＣＭディレクターのこだわりだ。不況とはいえ、大手企業のＣＭは予算をふんだんに使い、時間が短くても（短いからこそ？）てまひまをかける。

恵介の時もそうだった。

恵介と初めて逢ったのは、広告の撮影現場だ。ＣＦ《コマーシャルフィルム》ではなく新聞広告の静止画《スチール》で、場所は撮影スタジオ。

恵介はまだ二十七歳で、髪も長く伸ばしていて、ダメージジーンズを穿いていたから、てっきりカメラマンのアシスタントだと思っていたら、グラフィックデザイナーでしかも制作チームのチーフだった。

名刺を交換した時に思った。この人と結婚することは、ないな、と。その時の彼のなにが悪いわけじゃなかった。問題は苗字だ。

望月。

望月美月なんて、お笑いコンビみたいだ。ゴロも悪いし。

でも結婚願望なんてまるでなかったあの頃に、自分の名前に苗字を載せてみたのだから、逆に言えば、恵介の第一印象は悪くなかったってことかもしれない。もう九年も前だ。よく覚えてないけれど。

再開したパーツモデルの仕事には、旧姓の藤本を使っている。もう二つの月が重なる名前には慣れたけど、そのほうが自分自身をオンの状態にしやすい気がして。

ずいぶん若いチーフだったのも当然。後から聞いたのだが、その広告は、恵介が初めて任された大仕事だったのだ。時計メーカーの企業広告で、ハンディキャップのある人のための時計の開発に力を入れているという広告メッセージに、恵介はずいぶん入れこんでいた。

そのメーカーの時計を嵌めた美月の手を何通りも撮影して、手話の基本形の、片手のかたちで五十音がひと文字ずつ表現できる「指文字」を使ってキャッチコピーを綴る、というのが恵介のアイデアだった。そのために、コピーには関係ない指文字もすべて、撮影前に覚えてきていた。

「ただの話題づくりじゃなくて、本当に応援するつもりなら、点字のコピーもつけるべきだ」なんて視察に来ていた時計メーカーの宣伝部の人に無茶を言ったり、現場に来ていなかったコピーライターのコピーを勝手に変えちゃったり。

あの人が、フリスビー犬みたいに突然がむしゃらに走り出しちゃうのは、考えてみれば、いまに始まったことじゃない。昔からだ。


陽差しはなかなか戻らないようだ。他にすることもなく、バッグの中からスマートフォンを取り出す。銀河が静岡へ行って五日目。恵介からは毎日、一日に何度も銀河の写真が送られてくる。それをまた見ようと思った。ロケ中に何度もそうしているように。

縁側でバアバと並んでスイカを食べている銀河。

ひまわり畑の中でジイジの麦わら帽子を鼻の下まですっぽりかぶった銀河。

カマキリをつまみあげている銀河。虫は写真でもダメなのだが、銀河の鼻の穴を広げた得意気な顔が可笑しくて、この一枚は何度も見返してしまう。クワガタムシを手のひらに載せている写真も。

昨日はくし形切りのトマトを口にくわえた写真が送られてきた。望月家にとってはスクープ映像。銀河はトマトが食べられないのだ。細かく刻んでオムレツの中に忍びこませても全部より分けてしまう。トマトケチャップは平気なくせに。添えられた恵介の説明によると、「自分で採った、採れたてのトマトだからね」だそうだけれど、これって「田舎暮らしはいいぞ」アピール？

と見ているうちに、ラインの着信音。

思ったとおり、恵介からだった。

『きょうも二人とも元気』という筆不精丸出しの短い文に、動画が添えられていた。

げげ。これはなに？

銀河と顔の長い動物が並んで映っている。羊？　いや、ヤギかな。信じられない。銀河がヤギに頬ずりをしていた。銀河は茹でじゃがみたいな笑顔。ヤギはなんだか迷惑顔だ。

渓流を囲んだ森のむこうには富士山がある。首を伸ばせば、雲に頭を隠した稜線が見える。ここは山梨だから、恵介の実家で見慣れたものとはシルエットが違う。不思議。あのすぐ裏側に銀河と恵介がいて、まったく逆の風景を見ているのだ。

初めての泊まりがけのロケは、新鮮だった。いつもの私じゃない私になれた。銀河には悪いけど、重い荷物を背中から下ろして、手ぶらで一人旅に出たような感じ。仕事は思っていた以上にきびしいけれど。

だけど、こうして自分の知らない銀河の姿を見ていると、すごくもったいないことをしているように思える。ほんとうなら自分のための居場所を横取りされた気分になる。

いつもの自分じゃない自分になることは、やっぱり必要だと美月は思う。いつもの自分を他人の目で眺められる。いちばん楽しいのは「なった」時より、それを想像している時だってこともわかる。

「藤本さん、お願いします」

渓流の岩場の方角から声がした。

「藤本さーん」

「あ、はーい」

返事がちょっと遅れたのは、いまの美月が、藤本ではなく望月に戻ってしまっていたからだ。

八月の梨畑には、地面と水平に伸びた枝という枝に無数のボールランプを吊るしたように、暖色照明の色合いの実が輝いている。

梨畑に入ると、銀河が「ほわぁ」と声を漏らした。

「今日は梨の収穫をしまーす。銀河も手伝うんだよ。ママのお土産のぶんを自分で採ろう」

母屋の北側、なだらかな傾斜地にある望月家の梨畑は、一反ちょっとの広さで、梨の木は四十本。経費を除くとたいした収入にはならないのだが、死んだ祖父ちゃんの代から守ってきたから、そう言って親父は手放そうとしない。

親父が倒れてから寿次叔父さんに管理を頼んでいたのは、梨は梨で素人には難しいし、苺で手一杯だったこともあるが、恵介の場合、梨畑には入りづらいという事情もあった。

入りづらい、というのは何かの精神的な意味合いを指しているわけではなく、文字どおりの意味だ。梨畑の梨の枝は作業しやすいように低く横向きに伸びるように剪定されていて、頭上には「梨棚」と呼ぶ、枝を支えるための番線《ワイヤー》が張り巡らされている。

梨棚はそれぞれの農園主に都合のいい高さに設定する。親父は、母親にも手が届くように、自分にも窮屈だろう高さにしているから、恵介の場合、背丈ぎりぎり。首を傾けつつ注意して歩かないと、梨の実がひたいを直撃してしまう。

「銀河ぁ～こっちにおいで、あ痛っ」

こういう具合に。

高さ一・八メートル弱の梨棚の下で、縦横無尽に動いているのは、ゴルフのキャディみたいなつばの広い帽子をかぶった母親だ。背がふだんより十センチほど高くなっていて、芯切り鋏を持った手が梨に届いているのは、誠子ネエが独身時代に愛用したハイヒールを履いているからだ。サイズが合っていないから、歩くたびにパカパカという音が梨畑に響く。

恵介は首を縮めたり斜めに傾げたりしながら、もいだ梨を収穫コンテナに並べた。

「銀河ぁ～手伝え」

「まって～」

銀河はすぐそこの梨の木の下で片手を伸ばしていた。採ろうとしているのは梨ではなく、幹のあちこちに張りついている蟬の脱け殻だ。紐を斜めがけにして虫かごを腰にぶらさげている。かごの中には、ショウリョウバッタ、コオロギ、コカマキリ、シジミチョウ、大量の蟬の脱け殻。逃げ出さず反撃もしてこない蟬の脱け殻は、銀河のいちばんのターゲットなのだ。

「ほら手袋」

小さな手に軍手を嵌めてやる。大人用だから両腕に鳥の翼が生えたみたいだ。また新しい脱け殻を見つけたらしく、軍手の翼で隣の幹に飛んでいこうとする銀河をつかまえて、体を高く差し上げた。銀河が翼をぱたぱた羽ばたかせる。

「うきーぃ」

幼稚園に入ってからはやらなくなった〝高い高い〟に興奮して歓声をあげた。高い高いといっても梨棚の中だから目線は恵介と同じ高さ。目鼻をくしゅっと真ん中に集めた肉まんみたいな笑顔はすぐ目の前にある。この五日間でたっぷり陽に焼けた顔色は、肉まんというよりコロッケだ。

「どれとればいい」

「大きいのを狙おう」

苺と同じだ。梨も同じ品種なら大きいほうがうまい。かたちも、きれいな球形より、肩と尻が張ってずんぐりしたもののほうが味がいい。

「じゃあ、こっち」

銀河の指示に従って枝の下を移動する。

「ここのはみんな大きい」

「触ってごらん。つるつるしてるのを選んで」

皮がざらざらしているのはまだ熟しきっていない証拠。よく熟れた梨は表面がつるつるしている。出荷用のものは早めに収穫してしまうのだが、寿次叔父が自家消費用の完熟した実をあちこちに残してくれていた。

「ざらざら〜」

「ざらつる〜」

「つるつる〜」

「それだ」

「はさみは」

「なくてもだいじょうぶ」母ちゃんが使っているのは、芯を短く切りつめるための鋏だ。「梨をぐいっと握って、上のほうにきゅっと持ち上げてみ」

収穫期の梨はそれだけで枝からぽろりと離れる。

「ぐいっ」

銀河が翼の両手で梨を抱えこむ。

「きゅっ　お。　おお。　おおおっ」

「な、簡単だろ」

「銀河の梨だなっしー」

「ふん」

背中から鼻を鳴らす音が聞こえた。少し離れた梨の木に陽菜が寄りかかっていた。陽射しを嫌う猫みたいな目でこっちを睨んでいる。母親《バアバ》に「陽菜も行かざあ」と誘われてしぶしぶついてきたのだ。てっきりバアバのそばにいるのだと思っていた。

「おいで、陽菜も梨をとろう」

ぷいっと顔をそむけられてしまった。陽菜もストラップを斜めがけにしている。さげているのは虫かごではなく、ディズニーのお姫様キャラクターが描かれたポシェットだ。そこから桃色のスマートフォンを取り出して、「あたし忙しいから」とでも言いたげに耳にあてがった。

「もしもし」

いくら誠子ネエだって小学二年生に本物のスマホを持たせたりはしない。陽菜が手にしているのは電話ごっこしかできないイミテーション玩具で、話をしている相手は空想の中の誰かだ。

「もしもし、陽菜です」

「陽菜も」という誘い方が悪かったか。反省。「も」は傷つく。末っ子だった恵介は誰も彼もにさんざん言われた。「恵介もおいで」「恵介もやってごらん」

「陽菜、梨もぎしよう」

背中を向けられてしまった。陽菜はスマホのむこうの誰かに訴えかけている。

「早く迎えに来てよ」

先月、ようやく顔を見せた雅也さんは、その後も「手の離せない仕事」やら「どうしても自分が行かなくちゃいけない海外出張」やらで、再び現れたのは、八月の初めに一度きり。恵介が「秋からスタートさせるホームページの相談」という口実をつくって呼んだのだが、またもや誠子ネエの「誠意」の壁にはねつけられた。

「陽菜をまた転校させるつもり？　娘が可愛くないの？」

まだ小学二年生だからイジメはないと思いたいが、名古屋の私立小学校に通っていた時の陽菜は、同級生となじめず、友だちがいなかったらしい。誠子ネエがあっさり転校を決め、陽菜もそれを嫌がらなかったのは、そんな事情もあったようだ。夏休みに入ってからの陽菜が同級生と遊びに出かけるところは見たことがないから、こっちの学校でもうまくいっているとは思えないのだが。

「抱っこが恥ずかしいなら、脚立持ってくるから。おいで」

「もしもし、もしもし」

陽菜は誰も応えないスマホを握りしめ、耳と頰を真っ赤にして、呼びかけ続ける。

銀河が梨を抱えて陽菜のいるほうへ歩きだした。背を向けている陽菜の手前で立ち止まり、指で宙に四角を描く。カマキリを捕獲する時の手つきだ。斜め下から指を伸ばして、陽菜の背中を恐る恐るつっついた。

「なぁによぉ」振り向いた陽菜は、顔も声も不機嫌な時の誠子ネエの縮小版だった。

「なに考えてるのよあなたってひとは」

ちっちゃな般若の面みたいなその恐ろしげな顔を、幸い銀河は見てはいなかった。振りむく前にしゃがみこんだからだ。

「これ、あげる」

ごそごそと虫かごを探っていた銀河が何かを手にして立ち上がった。

いつのまに捕まえたのか、軍手の手羽先でつまみあげているのは、アマガエルだ。

「はん」

陽菜が年下のガキを馬鹿にしきって鼻を鳴らす。ゴム製のおもちゃだと思っているようだ。

脚をつかまれたアマガエルがびょよんと伸び縮みしたとたん、

「ひ――――――っ」

絶叫した。

「馬鹿《ばか》馬鹿《ばか》馬鹿《たわけ》」

陽菜は恐怖に目を見開いて、銀河の手の下でびょよんを繰り返すカエルから走り逃げる。

喜ぶと思っていた銀河は最初、まつ毛をしばたたかせていたが、すぐに自分が天敵を退治する秘密兵器を手にしていると気づいたようだ。にんまぁと笑うと、アマガエルを高く差しあげて、陽菜の後を追いかけ出した。

「来るな、ばか。ばかがき。このたぁけっ」

陽菜が恵介の腰にすがりついてくる。たぶん恵介だと気づいていないと思う。梨の木だろうが案山子だろうが、目の前にあった大きなものに本能的にすがりついただけだ。銀河が陽菜を追いかけまわす――こんな日が来るとは。

「銀河、もうやめなさい」

陽菜を抱きあげて、銀河の魔の手から遠ざける。「ひぃぃーっ」と叫んでいた陽菜が、自分がかじりついているのが梨の幹ではなく恵介であることに気づいて、再び「ひっ」としゃっくりみたいな声をあげた。

「もうだいじょうぶだ、陽菜。銀河はちびだからここまでは手が届かない。そうだ、ついでにこのまま梨を採りにいこ」

自分でもいだ梨を両手いっぱいに抱えている銀河と陽菜に声をかけた。

「よーし、味見をしてみよう」

採れたての梨をその場で食べさせたくて、恵介は氷水を詰めたクーラーボックスを持ってきていた。最初に採った実をその中に浸けてある。柑橘類やバナナ、パイナップルなどは体温に近い温度のほうが甘味が強く感じられるのだが、苺や梨やりんご、といった果糖の多い果物は冷したほうが甘くなるのだ。

「こっちがいい」

陽菜がいくつもかかえた梨をぎゅっと抱きしめた。素直に恵介に抱っこされて銀河より大きな梨を手に入れた陽菜は、すっかり機嫌が直っている。銀河も陽菜のまねをして梨を抱きしめる。

「こっちがいい」

腕の輪が小さいから、梨のひとつがぽとりと落ちた。

「生ぬるいぞ。それに梨はみかんなんかと違って、少し温度を下げたほうが――」

二人ともまるで聞いちゃいなかった。陽菜が梨を赤ん坊をあやすみたいに腕の中でゆする。銀河もまねをした。

まぁ、いいか。

「じゃあ、そっちを食べよう」

「陽菜が剝く。こども包丁とってくる」

「包丁がなくてもだいじょうぶ。梨は皮ごと食べられるんだ」

クーラーボックスの氷水でごしごし洗ってから、銀河と陽菜に差し出すと、二人揃って顔をしかめた。そういえば銀河は、りんごでさえ皮を剝いたものしか食べたことがない。おそらく陽菜も。

「だまされたと思って食べてみ。丸かじりってうまいんだぞ」

そのほうが栄養もある。

二人が眉のあいだに皺をつくった顔を見合わせた。先に手を伸ばしてきたのは、二歳年下——いや、今日は陽菜の誕生日だから三歳違いだ——の銀河のほうだった。

両目がカマキリを捕まえた時のきりりとした半円になっていた。恵介から梨を受け取ると、大きさを測るみたいに口を先に開けた。頰に二本の縦皺を刻むほどあんぐりと。乳歯ばかりの歯を梨の皮に立てる。しゃりり、といい音がした。

「どうだ」

「むむ……むむむむ……む」

頰をひとしきりハムスターにしてから、こくりとのみこむ。そして、口をくし切りのかたちにして笑った。

「梨汁ぶしゃ〜」

食べながら笑うものだから、唇の端から果汁が垂れている。

「陽菜もっ、陽菜も食べる」

恵介もひとくち齧った。

うん、うまい。和梨は、洋梨と違って追熟はしない。採れたてがいちばんうまいのだ。丸かじりすれば、皮が閉じこめていたみずみずしい果汁が丸ごと味わえる。皮のほろ苦さと果肉の甘味が口の中で渾然一体になるところがまたいい。

二人も気に入ったようだ。ひと口食べるたびに、人気ゆるキャラのまねをして、ぷにぷにに体を揺する。

「梨汁ぶしゃ〜」

「梨汁ぶしゃ〜」

「ぎゃははは」

「あはははは」

梨を半分ほど食べ終えた時だった。

農作業用の車以外はまず通らない坂の下から、派手な走行音が聞こえてきた。たとえるなら、大口径ホイールの４ＷＤが３速で登ってくるような音だ。

梨畑の前で音が止まったかと思うと、今度は声が聞こえてきた。

「陽菜〜」

そのとたん、ぷにぷにしていた陽菜が棒立ちになり、顔がハニワになった。次の瞬間、出口に向かって走り出した。

「♪ハッピィバースディ〜ヒ〜ナ〜。プレゼント持ってきたよぉ」

これか。「空気を読まないドッキリ」と誠子ネエに詰《なじ》られていたサプライズっていうのは。まさかの雅也さん登場だ。


午後の日差しはあいかわらず鋭いが、駅のホームを吹き抜ける風はひんやりと涼しい。そろそろ夏が終わるのだ。

恵介は銀河と一緒に東京行きの新幹線を待っている。六日前には美月が銀河をこっちに連れてきた。今度は恵介が東京まで送っていく。

銀河は昆虫バトルのカードや昆虫図鑑が入ったリュックを背負い、腰に虫かごをさげている。かごの中には本物の昆虫。オスとメスのカブトムシだ。

この一週間で銀河が捕獲した虫は、蟬の脱け殻を除いても、三十匹以上。他の虫は逃がしたのだが、この二匹だけは家で飼うと言い張っている。美月はだいじょうぶだろうか。ツノのないメスは小型で、太めのゴキブリと言ってもおかしくない。

「バアバの家は楽しかった？」

恵介の問いかけに、耳の裏まで日焼けした顔が上下に揺れた。

「うん」

「家に帰ったら、トマトを二切《ふた》れ食べられたことをママに言おうな」

「うん、パパと言う」

「カブトムシ、ちゃんと飼えよ。大きな飼育箱を用意しなくちゃね」

「うん、パパと飼う」

何も答えないでいると、お土産の梨の袋をさげた恵介の左手をぎゅっと握ってきた。

「パパもいっしょに帰るんでしょ」

「ああ」

「ずっと家にいる？」

「いや……」

いちおう一泊する準備はしてきたが、正直に言えば、駅で銀河を託して今日のうちにトンボ返りしたかった。銀河と七日間も過ごせたのは嬉しかったが、そのために苺の作業がおろそかになっているからだ。土耕栽培の第一ハウスのほうは、太陽熱消毒を終わらせて畝立てを始めなければならないのだが、まだ手つかずだ。

ホームページづくりも進んでいない。昨日、雅也さんから作成方法のレクチャーを受けた。でも、グラフィックデザイン用に特化したマックのパソコンばかり使ってきた恵介には、基本的な用語すらわからない。

「ＨＴＭＬだけよりＣＳＳがあったほうがいいよね。恵介くん、デザイナーなんだし」

「えーと、ＣＳＳって？」

「まさかとは思うけど、恵介くん、ドメインってわかってる？」

「なんとなく……聞いたことがあるような」ないような。

誠子ネエに呆《あき》れられてばかりいる雅也さんに呆れられた。

結局、ビジュアルデザインだけを恵介が考えて、あとは丸投げすることにした。

誠子ネエたちは、陽菜の誕生日を祝うために、昨日のうちに名古屋へ戻った。とりあえず誠子ネエがレストランのバイトを休める二日間だけ。「あくまでもお試し期間」と誠子ネエは言っていたが、たぶん早々にバイトを辞め、元のサヤに収まることになると思う。

昨日の夜の誠子ネエには、いままでのような迫力はなく、すぐに言葉の弾丸を撃ち尽くして、陽菜をダシに使った。

「陽菜はどっちがいい？　バアバの家と名古屋の家」

「ババババアバの家じゃにゃあああ。ジイジの家だらぁ」という親父の叫びは黙殺された。

陽菜の答えは、こうだった。

「ママとパパがいるおウチ」

早く来すぎたようだ。到着にはまだ時間がある。ベンチに腰を下ろして待つことにした。リュックにのしかかられるように前のめりに座って虫かごを抱えた銀河に、恵介は声をかけた。

「ねえ、銀河……」

「なあに」

銀河は顔をあげずに、虫かごの中の右と左、別々の場所に張りついた、つがいのカブトムシを不思議そうに眺めている。

バアバの家と東京の家、どっちがいいか、と聞きたかったのだが、やめておく。子どもに決断を委ねるのはルール違反だ。

「明日、一緒にヨーナンに行こう。飼育箱を買いに」

ヨーナンは、銀河とよくペットコーナーに寄り道していた近所のホームセンターだ。銀河が顔をあげる。トースト色の顔に、前より白く見える乳歯がにっと浮かんだ。

「うんっ」

今回はもう、美月に会った時に言うべき言葉を決めていた。恵介は静岡にとどまる。すべきことがあるからだ。移住ではなく、とにかくとどまる。いつまでかはわからない。

美月がそれをどう思うにしろ、「俺についてきてくれ」なんて言葉は口にしたくなかった。自分だって親父に逆らって東京へ出てきたのだから。夫婦は一人じゃうまく前に進めない、二人漕ぎのボートだと思うから。

西日に車体を光らせた新幹線に乗った。

窓のむこうの夕焼け雲に隠れた富士山に、銀河が「さよなら」と手を振った。

5

第二ハウスの中に入った恵介は、眩しさに目を細めた。

九月中旬の土曜日だ。設備工事は八月の末に終わり、高設栽培の準備も整っているが、まだ外気温が高いからハウスは被覆していない。骨組みだけの屋根から朝日が差しこんでいる。地上九十センチの高さに並ぶ栽培槽に張った真っ白なマルチシートが、生まれたての光を照り返しているのだ。

今日から第二ハウスの定植を始める。定植は、ポットで育てた苗を本圃《ほんぽ》に植える、苗づくりのクライマックスであり、苺づくりの本格的なスタートでもある作業だ。従来どおりの土耕栽培で育てる第一ハウスの定植はすでに終わっている。ここでの作業を済ませれば、『望月農家生き残り作戦』の準備は完了。気合いを入れるために、恵介はタオルで鉢巻きを巻いている。

今日の作業には、恵介と母親だけでなく、繁忙期の頼りになる助っ人、進子ネエも参加する。こちらから頼んだわけではないのだが、剛子ネエと息子の大輝も来ていた。おそらくは望月王国の主権を手放すまいとして。佐野さんも後から駆けつけるそうだ。恵介には白いマルチシートが新しいキャンバスに見えた。美大の最初の授業の時のように胸が高鳴った。望月農家の未来図を描く眩しいキャンバスだ。配色は赤と緑

——

感慨にひたっていたら、後ろから怒鳴り声が飛んできた。

「まっと気合い入れろ。ち、ち、ちんたらしてるじゃにゃあ」

そう、もう一人参加者がいた。

親父だ。

倒れてから半年が経ったいまも片麻痺は残っているが、杖をつけば外を歩けるようになった。

「ちゃっちゃとやらにゃあと、苺がに、に、逃げるだらぁが」

逃げはしないが、確かにのんびりひたっている暇はない。定植は時間との勝負だ。苺の根は乾燥に弱い。すみやかにポットから抜いて土に植えこみ、ただちに水やりをしなければならない。

さっそく作業を開始する。役割分担は、こうだ。

母親と恵介があらかじめ開けてある植え穴に苗を植え、剛子ネエがすかさずホースで水を撒く。進子ネエが育苗圃場の苗をコンテナに積んでハウスまで運ぶ。大輝がそれを恵介と母親がすぐ手に取れる場所に置く。

母親はらくらくコッシーDXより大型の新しいフィールドカートに乗っている。コンテナや道具を載せる三段ラック付き、椅子の高さを体型や作業に合わせて調節できる高設用台車〝ゆうゆうコッシー〟だ。らくらくコッシーより車幅が広いが、問題はない。高設栽培の第二ハウスの通路はかなり広めに設計してある。人がすれ違うことができ、車椅子も通れる幅だ。

ゆうゆうコッシーが気に入ったようで、母親は機嫌よく鼻唄を歌っている。なにしろ価格はらくらくコッシーの倍。それでなくてもなけなしの資金は出ていく一方だが、腰痛持ちの母親にこれからも仕事をしてもらうために、背に腹は、いや背に腰はかえられない。

「手が遅いっ」

「深すぎだら。もももももっと浅植えにせにゃにゃあぁ」

親父は監視役、というか叱り役だ。叱られるのは常に恵介。苺だけでなく、あらゆる種類の野菜苗を、何年も何年も春夏秋冬植え続けてきた母親の手さばきは、素早くてしかも正確だ。

苺の苗は斜めに開けた穴に斜めに植え、花房が出てくる方向を手前にしなくてはならない。通路側に実が垂れるようにするためだ。花房が出てくるのは、切り離したランナーの反対側。理屈ではわかっているのだが、実際にやってみると簡単にはいかない。

母親はポットを手に取ったかと思うと、するりと抜き取り、根鉢を崩すことなく、パズルのピースを嵌めるみたいに土に挿し入れる。苗の方向をいちいち確認しているふうにも見えない。パソコンでいえば、タッチタイピング。

恵介はポットをくるくる回して、株元にしっぽみたいに残っているランナーの切り残し痕を確かめてから、根から土が落ちないように慎重に抜き取っている。作業スピードは大違いだ。

高設栽培も土耕と同様にひとつの架台《ベンチ》の左右に苺を育てる。恵介と母親は右と左に分かれて作業を始めたのだが、恵介が二十数株、距離にして五メートルほどしか進んでいないのに、母親はすでに十メートル近くを終わらせていた。

「しょしょんな手つきでの農業をやろうなんて十年早《はえ》え」

親父は恵介の一挙手一投足に文句をつけてくる。恵介が自分の信ずる「仕事のやり方」と違うことばかりしているのが腹立たしいのだと思う。

だが、少し前までは「百年早え」と言われていた。それが「十年」に短縮されたわけだから、大いなる進歩。ある意味、誉め言葉かもしれない。

母親は機嫌がいい。五メートル先の鼻唄はいつしか本格的な熱唱に変わっていた。

「ひゅるり〜ひゅるりらら」

高設の作業が土耕よりずっと楽だからだろう。

土耕栽培をする第一ハウスの苺づくりは、親父のやり方に従っている。マルチシートは保温性重視の黒色で、二番花房が出るまではかけない。株間は高設より広めの23センチ。肥料の種類や量や施すタイミングも親父のマル秘ノートを踏襲するつもりだ。

苺のことを知るために（最初はいやいやだったのだが）、恵介はシーズンが終わる五月まで、同業者のつくるさまざまな苺を味見してきた。東京のスーパーやデパートであらゆる品種を買い、試食してみた。

そしてわかったことがある。身びいきではなく、親父の苺はうまい。採れたてというアドバンテージはあるにせよ。デパートの高級フルーツショップに仰々しく陳列された高価なブランド苺よりも。親父の苺を食べている人たちは、苺より干し柿がお似合いなジイサンがつくっているなんて、誰も想像しないだろう。

苺は、同じ地方の同じ品種であっても、生産者ごとに味が変わる。同じ市内でもそれぞれの所有地の土壌が違うし、ハウスの建て方ひとつで日照条件にも差が出るからだ。仲間と情報を共有したがらないから、栽培方法も一人一人違う。

親父に特別な才能があったというより、苺づくりに関しては長年の農業人としての勘が当たり、蓄積してきたノウハウが活き、望月家の土地も運良く紅ほっぺという苺の栽培に向いていたのだと思う。金脈を掘り当てたというべきか。

親父が土耕にこだわるのは、そのためだ。

ただし、土耕栽培には当たりはずれがある。前のシーズンは良くても、次のシーズンにはどうなるかわからない。作物は、土壌と栽培方法が同じでも、時々の天候で出来不出来が違ってしまうからだ。それに、いまは良くても、同じ土を使い続ければ、連作障害が出てくるし、土壌もだんだん痩せてくる。

だから恵介のほうは高設栽培で違う金脈を探そうと思う。高設なら土壌に影響されない。栽培槽の培土には、ガスから聞き出した椰子殻繊維を採用した。土耕と比較すれば天候に左右されにくく、生育過程を人為的にコントロールしやすい。なにより実を採りやすい。誰にでも。

恵介は第二ハウスの苺を、親父の苺とは別の目的のために育てるつもりだった。

第一ハウスで育てるのは紅ほっぺだけだが、第二では章姫、紅ほっぺ、そして〝おいCベリー〟の三種を栽培する。

おいCベリーは、数年前に誕生したばかりの新品種だ。ネーミングは、広告のプロの恵介からすると、ちょっと残念だが、味はこれまで試した品種の中ではいちばん気に入っている。濃赤色の大粒の実は、糖度が高く香りが強い。ビタミンCの含有量が普通の苺より格段に多いというのも売りになりそうだ。

高設ベンチ三本分の左右に全部で六列、およそ900株のおいCベリーを育てる予定だ。親株ではなく実取り苗を購入したから、一株から二十以上の子苗を採取する親株に比べると、一株当たりの単価はだいぶ割高だが、第二ハウスの苺には品種のバリエーションが欲しかった。

恵介の手さばきが慣れてくると、親父は怒りの矛先を失って、ハウスの中を徘徊しはじめた。

「ひゅるり〜ひゅるりらら」

「ほほほかの歌はにゃあのか」

「聞きわけのない女です〜」

母親のゆうゆうコッシーのラックに苗ポットを補充し続けている大輝は、なぜ自分がこんなことをしなければならないのか、というふてくされ顔だ。半年前の恵介とそっくりの。

「あなたと越えたい〜」

作業開始から二時間半。母親の歌がようやく新曲に変わった。

「天城《あまぎ》いぃい〜越ぉおぇえ〜」

見てらんにゃあ、と親父は家に引きあげた。剛子ネエが自分で自分の肩を揉みながら訊いてくる。

「そろそろ休憩するかい」

本人が休みたいというより、嫌々ながらという言葉の見本みたいにたらたら台車をころがしている大輝を休ませたいのだと思う。農業が嫌いにならないように。

「ああ、いいよ。休んで。俺はもう少し続けるから」

恵介がそう答えると、剛子ネエの丸い顔がさらにふくらんで、矢印みたいな切っ先鋭い横目で睨まれてしまった。

別に皮肉で言ったわけじゃない。本当に一株でも早く植え終えたかった。定植が「時間との勝負」だというのは、株をポットから抜いて植えこむまでのスピードだけでなく、すべての作業を完了させる時間との闘い、という意味でもある。同じハウス内で定植日がずれ、生育に差が出ると管理がしにくくなるし、ぐずぐずしていると、花芽分化《はなめぶんか》が進みすぎてしまうのだ。

花芽分化とは、日が短くなり日々の気温が下がるために起こる、それまで葉を伸ばすことに専念していた苺の成長点が、花をつけようとする現象だ。苺の定植はそれが始まったタイミングで行う。早すぎても遅すぎてもだめなのだ。ほんの数日の違いで、その後の苺の成長具合が大きく変わってしまう。

花芽が分化したかどうかを判定する顕微鏡検査は専門家に依頼する。一週間前、サンプルの苗を預けていた地元の農林事務所から、「分化指数1・0〜1・5」という結果が届いた。つまり定植のゴーサイン。

土耕栽培の第一ハウスの定植を終えたのは昨日。母親と二人きりの作業とはいえ、日にちがかかってしまったのは、二日間雨に祟られたからだ。予報ではあさってからまた天候が崩れる。今日明日の二日間でなんとしても作業を終わらせたかった。

「――っとこしょ」

剛子ネエが聞こえよがしの気合いを発して散水ノズルを拳銃のように握り、空のコンテナに尻をへたりこませていた大輝にはっぱをかける。

「ほら、大輝、もう少しだから、しっかり」

「恨んでも恨んでも〜躯《からだ》うらはらぁ〜」

午前中に１０００株を定植し終えた。残り３８００株。とりあえずハウスの外で昼食休憩をとる。

東京だったらテラスハウスが建つだろう、ハウス前の広い駐車スペースには、細長い木製のベンチを二つ置いている。小さなテーブルも。ベンチは背板と脚に白樺の原木を使い、テーブルは苺のかたちをしている。

進子ネエの友人の木工家に製作を依頼したこだわりの品だ。どういう男友だちなんだろう。料金は材料費しか請求されなかった。

テーブルに広げたタッパーウェアの中身は、母親がいつも以上に早起きをしてつくった十八個のお握りと、卵十個分の卵焼きと、二十本のウインナーソーセージ。

「あんた、五個目だよ。だいじょうぶなの」

剛子ネエが大輝の食欲に嬉しそうな呆れ声をあげる。ふだんは茶碗一杯しかご飯を食べないそうだ。「うちのは朝から三杯は食べるのに」

「やあやあ」

道のほうから声がした。

「やあやあやあやあ」

スカイブルーのジョギングウェアがのたのたした小走りで近づいてくる。朝から三杯の佐野さんだった。

まだ暑いのに体にぴっちりした長袖シャツ。短パンの下にタイツを穿いている。いかにも着慣れていない感じでシューズも真新しい。そもそもウェアからぼてんと突き出した腹が、初心者丸出しだ。

「お待たせお待たせ。やや、食事中でしたか。こりゃあ、失敬」

昼食時を狙ってきたとしか思えないタイミングだ。車で七、八分かかる自宅からではなく、バス停から走ってきたそうだ。

「和彦さんの分もあるよ」

「ああ、お義母さん、恐縮です。じゃあ、呼ばれっとすっかな」

みんなが遠慮し合って手をつけずにいた残り四個のお握りが、たちまち佐野さんの胃袋に消えた。佐野さんのことを「ケチヒコ」と呼んでいる進子ネエが恵介の耳もとに囁きかけてくる。「差し入れとかはないのかね」

デザートの栗まんじゅうを断って恵介がひと足先にハウスへ戻ると、

「恵介くん、恵介くん」

まんじゅうを両手で握った佐野さんが、後を追ってきた。

「どう？　順調？」

佐野さんは融資の直接の担当ではないのだが、自分が仲介した手前か、恵介の計画を恵介以上に心配している。まんじゅうをほおばりながら、骨組みだけのハウスや、四分の一しか苗の植わっていない高設栽培のベンチを値踏みする目で見まわした。

「ええ、なんとかなりそうです」

ホームページはなんとか予定どおりに十月一日からスタートできそうだ。それ以外、何の根拠もないのだが、とりあえずTシャツの胸を叩いてみせた。

ぺふ。

あまりいい音はしなかった。

新車ゆうゆうコッシーを見咎《みとが》めて、支出としていかがなものかという渋面をつくっていた佐野さんが呟く。

「人が来るかなぁ」

恵介は第二ハウスを観光農園、つまり苺狩りができる施設にするつもりだった。高設栽培にしたのも、品種の違う苺を揃えたのもそのためだ。

「もちろん」とだけ答えて、後の言葉はのみこむ。もちろん、これればかりは、蓋を開けてみないとわからない。

佐野さんが心配しているのは、静岡のこのあたりに、苺狩りの観光農園が少ない点だ。恵介にはむしろ「ライバルが少なくてラッキー」と思えるのだが、佐野さんにしてみれば「前例のない事は、好ましくない」らしい。

「近くに温泉や観光スポットがないからじゃないか」と佐野さんは言う。確かにそれは言える。日帰りで苺狩りだけを目的にやってくる場所としては、この町は、東京からも名古屋からも遠い。

佐野さんが二個目の栗まんじゅうを食べはじめた。恵介に持ってきてくれたわけじゃなかったのか。そして、いつもの心配性のせりふを口にした。

「ここって観光資源がないから。苺狩り以外の売りものが何かあればねぇ」

売りものなら、ないわけじゃない。

「佐野さん、外のベンチに戻りましょう」

「え？　栗まんならもう結構。夏太りしちゃったもんで。二カ月で四キロ」

「いや、売りものを見せますよ」

恵介はまだ見ぬ客を誘《いざな》うように先に立ち、車椅子も通れる通路を歩き、引き戸を開け、外へ手を差しのべた。先にハウスを出た佐野さんに言う。

「ほらね」

「なに？」

そうか、あたりまえすぎてわからないのだ。ここにずっと住んでいる人間には。この町から一度離れた恵介だから、すぐそこにある大切なものに気づけたのだ。

「あれです」

恵介は、戸口の先に広がる風景のど真ん中に指を突きつけた。

指の先には、空を三角に切り取った巨大なシルエットが聳え立っている。

富士山だ。

望月家のハウスの真向かいには、富士山がある。東京近郊の富士が見える名所のどこよりも、近く大きく望める富士山が。

自然木でつくった特注のベンチも、座れば目の前に富士山が広がる位置に置いてある。

九月のいまは、雪のない無骨な姿だが、苺のシーズンの冬場になれば、白銀の冠をいただいて、誰もが思い描くとおりの富士山らしい富士山になる。

そして、いまの時期ではまだ、麓に近いここでもきちんと見える日のほうが少ないが、冬になれば、ほぼ毎日、鮮やかな雄姿を見せてくれるはずだ。


採れたての落花生《らっかせい》は茹でて食べるとうまい。

高校生の頃までの恵介は、日本全国どこでも旬の時期の落花生は茹でて食べるもの、と思っていた。

大学の飲み会でそのことを話して同級生たちに驚かれて、ようやくそれが、標準語だと思っていた言葉がじつは方言だったり、地元の有名チェーン店が全国展開ではなかったりといった、田舎の青年が味わうカルチャーショック、「故郷の常識は世間の非常識」のひとつであることを知った。そもそも「落花生」という呼び方自体が「ジジくさい」と冷やかされた。それまでの恵介は国産の殻付きが落花生で、外国産の殻なしのものをピーナッツと呼ぶのだと思っていた。

うまいのに、茹で落花生。

ビールのつまみとしてはエダマメ以上だと思う。ワインにも意外と合う——ということは今日初めて知った。

恵介は農協通りのイタリアンレストラン〝イゾラ・レモータ〟にいる。

隣にはガス。

ついさっきまで駅近くの居酒屋で、かつての同級生たちと会っていた。みな、地元で就職したか家業を継いだかUターンをしてきた連中だ。卒業以来初めて再会したやつもいたのだが、誰もが口々に言っていた。「近所のよしみでこれからは仲良くしようぜ」根っこを生やした狭い土からランナーを懸命に伸ばして増殖しようとする苺みたいに。

青年団と消防団への入会を勧められた。「まだ住民票を移してない」ことを理由に断ろうとすると「冷たいこと言うなよ」「消防団は勤務先がここってだけでもいいんだぜ」。

居酒屋ではガスは無口だった。メンバーの中にかつてガスをいじめていたクラスのボスがいたせいかもしれない。茶髪の石材屋になっていたボス本人には昔の記憶も屈託もなかった。

「あれ？　誰かと思ったら、菅原？　イメージ変わりすぎじゃね？」

ガスは今日も目深タオルを頭に巻いている。「俺のトレードマークだ」そう言って居酒屋でも取ろうとしなかった。自分は昔とは違う、と主張するように。「飲み直そう」ガスに誘われて入ったここでは、一転して饒舌になった。

「なぁにが地元を盛り上げようだ。東京で会社が倒産して戻ってきやがったくせに」

石材屋のことだ。ガスは農業高校を卒業してから十八年間ずっとこの町にいる。

「どいつもこいつも。ここは再就職相談所じゃねえつうの」

恵介は茹で落花生を剝く手をとめて、首を縮める。

「俺、失敗して戻ってきたわけじゃないから」

しらすとパプリカのピザで御殿場高原ビールを飲んでいたガスが、ピザの鋭角の先っちょを恵介に突きつけてきた。

「モッチーはいいんだよ。農業やりに帰ってきたんだもの。大歓迎だよ」

農業をやりに来たわけではなく、いまも農業だけをやろうとしてはいない、という恵介の事情と複雑な心持ちは、何をどう説明してもわかってもらえないようだった。ガスだけじゃない。今日集まった連中にも口々に言われた。「Uターン就農か。最近多いらしいな。失敗するやつもたくさんいるみたいだけど」

居酒屋には七人が集まったが、農業をやっているのは、恵介とガスだけだった。同級生たちが「田舎」と呼ぶこの町でも、農業人口は年々減っている。

「そんなに歓迎されてないな。うちの近所では」

最初のうちは「喜一《きいち》さんのとこの恵坊が帰ってきた」「久しぶりの若い働き手だ」と近隣の同業者たちにちやほやされたが、このところ恵介への風当たりはきつい。以前はしつこいぐらい様子を見に来ていた人たちがまったくやってこなくなった。繁忙期にはお互いに助っ人になったり助っ人を頼んだりしていると聞いたが、恵介のところにだけは、話が回ってこない。陰口を叩かれていることも知っている。望月の息子には出荷所に出入りさせない、とかなんとか。

「俺の地域《とこ》の苺組合でもモッチーの噂は出てるよ」

「あ、そう」恵介はワインのほろ苦さに顔をしかめた。

「どんな噂か聞きたい？」

「いや、いい」

ガスは、しらすの焦げ具合が秀逸なピザを口に放りこんでから、今度は舐めた指先を恵介に突きつけてくる。

「みんなと違うことをやろうとすっからだよ。ド素人のくせに」

「ド素人ド素人って言うけどさ、どんな仕事でも最初はみんな素人だろ」

このへんの苺農家は、親父のような転作組が多いから、苺に関していえば、みんなだって長いキャリアがあるわけでもないのだが、モノを言い、幅を利かせるのは、農家として重ねてきた年数だ。

基本や経験が大切なことはわかっている。それもどんな仕事でも同じだ。だが、経営形態までまねする必要はないと思う。むしろ最初からやりたい方向をむいてスタートしたほうがいい気がするのだ。美大でもデッサンは基本的な課題だが、絵画へ行くのか、彫刻をやるのか、デザインの道へ進むのかは、スタートの時から決める。

人と同じことをしていたら、同じことを長くやってる人間のほうが偉いっていう、既得権益を守ろうとしているだけのような世の中のいたるところにはびこっているルールにどっぷり嵌まってしまう。

「俺も最初はボロカスに言われた。高設なんて邪道だとか、初心者のつくってるもんが出荷所で同じ値段で取り引きされるのが気に食わねえとか、静岡いちごの評判を落とすようなまねはしてくれるな、とかな」

「個人経営だ。別に誰かとつるもうなんて思ってないよ」恵介が落花生を勢いよく口に放りこむと、ガスが少し寂しそうな顔をした。

「でも、横の連携も必要だよな」

「そうかな」

ガスも茹で落花生に手を伸ばした。三粒をいっぺんに嚙み砕きながら何か言った。

「え？」もごもごしてるから聞こえないよ。

「俺たちだけでも、取るか」

「取る？　何を？」

「……………連携」そう言ってから、恵介に上目づかいを寄こし、早口で言葉を継ぐ。

「このあたりで苺をやってる若い人間は、俺とお前だけだからな」

「そうだね」

酔いも手伝って厭世的になっていた恵介には、生返事しかできなかった。人間関係は苺より面倒くさい。近隣とも親父とも剛子ネエたちとも、なにより美月ともうまく嚙み合わないのは、全部、俺のせいか。俺がそんなに悪いのか？

ガスがグラスに話しかけるように言った。自信なさげな小さな声で。

「友だちだろ」さらにか細い声でつけ加える。「俺たち」

「　あ、ああ」

悪いことをした。恵介の返事が少し遅れたことが、ガスを傷つけてしまったようだ。自分が口にした言葉を回収しようとするように、片手を箒《ほうき》にしてテーブルの上の落花生の殻を片づけはじめた。「ま、仲間っていうか……」

自分から誘ってきたのに、酒には強くないらしい。居酒屋でもここでもほとんど減っていないガスのビールグラスを、恵介は自分のワイングラスの縁《ふち》で叩いた。

「うん、友だちだ。連携しよう」

「お、おう」ガスが耳のない昼寝猫の顔になった。欠けた右の前歯を剝き出して言う。

「苺でこの町を変えてやろうぜ」

きびなごのから揚げを自ら運んできた小嶋シェフが声をあげた。

「この町をなんです？　私にも話を聞かせてくださいよ」

一杯目のグラスが空になる前に、ガスはすっかり酔ったようだった。いつもははぐらかす高設栽培のマル秘テクニックを、惜しげもなく公開してくれた。どうすれば面積当たりの収量が上がるか、暖房費をいかに節約するか、といった、恵介がめざす苺づくりとはあまり関係のない情報ばかりだったが。別に情報が欲しくて「連携」を口にしたわけじゃない。このところ独りぼっちだった恵介は、ガスの言葉が単純に嬉しかったのだ。そして正しいと思った。農家はライバルであると同時に、いざという時に共同戦線を張れる同志でもあるべきなのだ。

お返しに恵介もガスに提案をする。

「ガスのところの苺、スーパーに卸してみないか」

このあいだ広告の仕事をした地元のスーパーマーケットチェーンに、恵介の実家が苺農家で苺狩り農園を始める（こっちの業界では逆に、恵介自身が農業もやっていると言ってもなかなか信じてもらえない）という話が伝わり、地産コーナーに苺を出してみないか、と打診されているのだ。

恵介は迷っていた。苺狩り農園だけでやっていくつもりはないから、悪い話ではないのだが、先方は、まず一店舗で試し、評判がいいようなら他のチェーンにもコーナーをつくると言っているのだ。苺狩りのための収量を確保しつつ、毎日毎日、安定的に棚を埋められるようなキャパシティは、いまの望月農園にはない。

「スーパーなぁ。親父がなんて言うか」

「副社長だろ」

「うーむ」

「うちも卸す。パッケージに望月の名前を出して。どっちの苺がお客さんに受けるか勝負してみようよ」

ガスが酔ってゆるんだ顔の前で片手を振った。

「そりゃあ、申しわけねえ。うちが勝っちまうじゃねえか」

「どうかな」こっちこそ申しわけない。卸すとしたら、親父の紅ほっぺだ。菅原農場の苺を引き立て役にしてしまうかもしれない。「会うだけ会ってみる？　むこうの青果担当のバイヤーに」

タオルで隠れたガスのこめかみから汗が流れ落ちていた。心の天秤が揺れているようだった。天秤の片側にはおそらく、コワモテ髭面のやつの親父さんがどでんと座っている。

「……ああ……なぁ」

「気さくな人だよ。農家に理解がある。彼女の実家も農家みたいだし」

「彼女？」

「うん。女性」

ガスの半開きだった両目が新品の硬貨みたいに丸く輝いた。

「いくつ？」

「さぁ……」気っぷがいい男前な女性だ。正確な年齢は知らないが、独身でアラフォーだということは本人の口から聞いた。自分からアラフォーと言うからには、四十を超えていそうだ。四十いってるかどうかかなぁ、と言いかけて、微修正を試みる。

「まだ独身で、三十代半ば……後半ってとこかな。まぁ、同世代だよ」広い意味で。

「会ってみるかな」

商談ではなく、婚活パーティーに参加することを決意した口調でガスが言う。こめかみから新しい汗が吹き出していた。離れたテーブルのカップル客を惚《ほう》けて見つめたまま、おもむろにタオルをむしり取ってごしごしと顔を拭《ぬぐ》う。

ずっとタオルをかぶり続けていた理由が、わかった。

恵介の視線に気づいたガスが、しまったという顔をしてから、かぶり直すかどうか迷って、結局、首に巻いた。自嘲気味に訊ねてくる。

「その人との打ち合わせの時、タオル巻いたままでもいいかな？」

「ないほうがいいと思う。ないほうがシブイって。ダイ・ハードのブルース・ウィリスみたいだ」ダイ・ハード3の頃の。

「そうかなぁ」

「短髪にして、髭を増やしてみ。顎の先だけじゃなくて頬と口髭も。隠すんじゃなくて、その髪の個性を生かすんだ」自分ならそうする。最近、抜け毛が増えてきた恵介にとっても他人事じゃない。

「なるほど、隠すより生かす、ねえ」

ガスがまんざらでもなさそうに頬を撫ぜる。

「イチロー風？　それかオダギリっぽく？」

「どっちでも」

さっそく担当者の女性に連絡を取って、二人で会いに行こう。なんなら一席設けようか、早い時期に。いや、少し間を置いたほうがいいかな。絶対に生やしてくるだろうガスの髭が伸びる日数を計算に入れておかないと。


恵介は悩んでいる。

苺か、それとも富士山か。

ホームページの表紙のビジュアルデザインのことだ。十何年もグラフィックデザイナーをやっているが、ひとつのデザインにこんなに悩んだのは初めてかもしれない。

目の前のパソコン画面に浮かび上がらせているのは、すでに制作した望月農園のロゴマークの横書きバージョンだ。

『望月農園』の四文字は、印鑑などに使われる象形文字風の篆書《てんしょ》体を、現代的にアレンジした恵介のオリジナル書体。『望月』と『農園』の間には、満月を表す黄色い真円が描いてある。

もう何度もそうしているように、画面右上にレイアウトしたロゴの背景に富士山の写真を重ねた。富士と月を描いた絵画のような配置で。裾野の部分には『富士山が間近に見えるイチゴ狩り農園』というフレーズ。

富士山の写真はレンタルフォトではなく、三月の初めに自分で撮ったもの。きれいな風景や珍しいシーンは仕事に使えるかもしれないから、カメラで撮っておくのが、デザイナー恵介の習い性だ。

うん、悪くない。でも、苺はどうする？　商品は苺なのだから、目立つべきはやっぱり苺でなくては。

広告の仕事をしていると、しばしば体験することだが、広告の出稿に慣れていない小さな企業ほど、あれも入れたい、これも入れたい、と限られたスペースに多くの情報を詰めこみたがる。そういう時、「情報が多すぎると、かえって伝わりにくくなりますよ。訴求ポイントを絞りましょう」と説得するのも広告業者の仕事なのだが、いざ自分が広告主の立場になってわかった。

あれも入れたいし、これも言いたいのだ。

苺をメインにしたいのはやまやまだったが、問題は、手持ちの苺の写真があまりないことだ。かたちも色つやも大きさも、思わず「おお」と声をあげてしまうような苺はたくさんあったのに。収穫シーズンは忙しすぎてカメラを向ける余裕などなかった。

うーむ。どうしよう。苺農園のホームページなのだから、イラストでお茶を濁したり、レンタルフォトを使ったりはしたくなかった。

苺……苺……苺………

そうだ、あれはどうだろう。

恵介はデジタルカメラを取り出し、画像データを呼び出す。日付は五月。

ハウスの中を走っている銀河。

受粉蜂を見つめる銀河。

苺をつまみあげた美月。

収穫シーズン終了まぎわに美月と銀河がここへやってきた時の写真だ。しばし恵介は写真に見入る。あの時の美月は不機嫌で、銀河は親たちの様子におろおろしていた——そんな記憶しかなかったのだけれど、よかった、写真の中の美月と銀河はちゃんと笑っている。

二人に初めて食べさせた記念すべき苺だから、美月の手がつまんだ苺を、ひと粒だけアップで撮った。

その写真をさらにズームしてみた。苺は大粒だが、かたちは悪い。なにせ保育園児の見学会の直後だったし、もちろんあの時は、ホームページをつくることなんか考えてもいなかったし。

まぁ、いいか。大切なのは、かたちじゃない。あの時の美月も見かけとはうらはらの苺のおいしさに驚いていた。こういう苺がじつはおいしいことを、みんなに訴えていけばいい。ホームページにもかっこ悪い苺を載せてしまおう。

苺は不格好だが、苺をつまんだ手は素晴らしく美しい。なにしろ美月の手だ。

富士山ではなく、美月がつまんだ苺をメインビジュアルに据えてみる。

うん、これでいこう。

夫婦とはいえむこうはいちおうプロだから了承は得なくちゃな。最近、ますますかけづらくなった電話の口実にもなる。

富士山の写真を表紙のどこかに添えるか、二ページ目に回すかは、ウェブディレクターと相談することにした。

最終的な仕上げは専門家に任せるが、レイアウトもビジュアル素材もすべて自分で決めるつもりだった。なにせプロだ。デザイン力では他のどこの苺狩り園のホームページにも負ける気がしなかった。

「モノ」を売る時に大切なのは、品質やサービスの内容やコストパフォーマンスだが、どんなに良いモノでも存在を知られなければ意味がない。

農業だって同じだと思うのだ。いい作物をつくっても、きちんと情報を発信しなければ、消費者は手にとってくれない。農業に関しては初心者で親父のキャリアの力をまだまだ借りなければならないが、親父にはない情報発信力が自分の強みだと恵介は考えていた。

ここ数週間、広告デザインの仕事は断り続けている。半年前を思えば信じられない。金銭的なことを考えたら、広告の仕事は実働数日間で、苺千〜二千パックぶんの報酬を得られるのだが、いま現在どちらが大切かと考えた時、迷わず選んだのは、苺だった。

苺づくりには、クライアントの無茶な注文も、代理店の横やりもない。打ち合わせもプレゼンもない。手をかければ苺はうまくなる。手を抜けば苺は萎《しお》れる。それだけだ。

自分の裁量で動かせる仕事がしたくてフリーになった恵介は、自分がようやく本当の自由業になれた気がしていた。

つくった表紙を、相談事を書きこんだメールとともにウェブディレクターに送る。ウェブディレクターは「誠子への誠意を示すチャンスだね」と燃えている雅也さん自身だ。

「僕たち、最強のタッグだと思うよ」と雅也さんは言う。

「いいホームページをつくるために大切なのは、デザインセンスとSEOなんだよ。ウェブデザインに慣れさえすれば恵介くんみたいなグラフィックの経験の長いプロのセンスには、パソコンから入ったデザイナーはかなわない。恵介くんは知らないだろうから説明すると、ＳＥＯっていうのは検索エンジン対策のことね」

誰かがネットで検索した時に、その表示順位を上げる技術のことだそうだ。起業する前に勤めていた会社で雅也さんは「ＳＥＯの魔術師」と呼ばれていたらしい。

「キーワードをいくつか決めよう。端的で、わかりやすくて、しかも差別化が図れるもの」

キャッチフレーズ中の『イチゴ狩り』という言葉を『苺狩り』でも『いちご狩り』でもなく、カタカナの『イチゴ』にしたのは雅也さんだ。「そうした選択の積み重ねが大事」なのだとか。

ホームページの内容は、
○望月農園の紹介（見取り図は恵介が絵本風のイラストで描いた）。
○イチゴ狩りの予約受付ページ(苺の生育状況しだいで休園もあることを明記する)。
○富士山のミニ知識（苺のシーズンが見頃であることをアピール。富士山がまったく見えない日は料金を割引しようか、と雅也さんと話し合っている)。
○周辺の観光スポット。
○アクセス図（これも自筆の絵地図)。
などなど。

「ブログも書いてね」と雅也さんは言う。文章はけっして得意ではないのだけれど。

「閲覧《PV》数を増やすには、同時進行のドラマが必要なんだよ。露天商と同じさ。焼きそばをつくり置きするより、少しずつつくって匂いや音を立て続けたほうが、お客さんが集まる」

しかたない。ありのままを書こうと恵介は思っている。

自分が苺づくりを始めたばかりであること。それでも経験者のノウハウや実践的なデータや手抜きをしない勤勉ささえあれば、おいしい苺はつくれること。

『無農薬』ではないが、減らす努力をし、安全に気を配っていること。

採れたての苺は、都会の店頭にきれいに包装されて並ぶ「商品」よりずっとうまいこと。

十分もしないうちに雅也さんから電話が来た。今日は休日だ。たぶん自宅からだろう。これからは海外出張や残業は部下にまかせて、ちゃんと家にいるようにする、とサプライズで梨畑にやってきたあの日、誠子ネエに約束させられていた。

「あ、見たよ。ねぇ、表紙をどっちにするか迷ってるなら、スライドショーにすれば？」

は？　と恵介が聞き返す前に、どうせ知らないのだろうとばかりに説明が始まった。

「苺の静止画像の何秒か後に富士山の画像に切り替わるようにすればいいんだよ。フェードインとフェードアウトをふわっと、霧が晴れるみたいな感じにすれば、いい雰囲気になると思うよ」

　なるほど。

「この写真、いいね。きれいな手だ。思わず見とれちゃう」

「でしょ」

「苺も富士山のかたちしてるし。よくこんな苺を見つけたね」

　それは気づかなかった。言われてみれば、山みたいな三角形で、デコボコの先端がデフォルメした富士山頂に見える。偶然の賜物だ。いや、美月が幸運の女神なのかもしれない。

　電話の向こうからビョウビョウと風の音がしていることに気づいた。

「いまどこですか？」

「沖縄。ちょっと所用で」

　懲りない人だ。

「日帰りするつもりだったんだビョウだけどビョウ飛行機が欠航ビョウしちゃビョウってね」

　風の音が強くなった気がした。

「台風の進路が変わってこっちに近づいビョウビョウビョウ今度のはかなり大きビョウビョウそっちはまだだいビョウぶ？　ビョウビョウ」

窓の外で木々の梢がざわりと鳴った。


〝台風は勢力を強めて北上し、夜半過ぎには上陸する模様。暴風や高波にはじゅうぶんな警戒が必要です〟

腰に吊るしたラジオから新しい台風情報が流れてきた。背後では夏蜜柑やレモンの木の繁り葉が不吉な音を立てて揺れはじめている。

おとといまでは静岡はだいじょうぶだろうと言われていた。昨日、雅也さんと話をしていた時点でも、伊豆半島をかすめる程度と予想されていた。それがまさかの直撃。ハウス農家にとって、最悪の事態。ゴジラの上陸だ。

恵介は昨日から１００００株の苺を守るための防衛対策に追われていた。

定植十一日目。ハウスはまだ被覆していない。こういう場合、いまの雨ざらしのままでいいのか、ＰＯフィルムを張ってしまったほうがいいのか、経験のない恵介にはわからなかった。親父に教えを乞うと、答えは大量の唾と一緒に飛んできた。

「じぇっじぇっじぇっ絶《じぇ》っ対に張るな」

理由を尋ねると、また、ばばばと唾が飛んだ。

「ばばばばかくそ。傘と同じだ。大風の時に傘ぁ開いても、と、と飛ばされるだけだらぁ」

なまじ被覆すると、骨組みまで倒壊する危険があるそうだ。

だから、現時点での台風上陸に対する第一の守りは、防風ネットだ。望月農園のハウスの脇には等間隔に高さ三メートルほどの鉄柱が立っている（恵介はついこのあいだまでつくりかけのフェンスだと思っていた）。これが防風ネットの支柱だ。

いま恵介はロング三脚脚立に乗り、地上一・八メートルの高さで風に翻弄されながらネットを張っている。

防風ネットは文字どおり網戸のような「網」だ。目は通常の網戸より粗い。これで風避けになるのかと首をかしげたくなるのだが、ハウスにあえてフィルムを張らないのと同じ理屈で、ようするに壁的なもので強風をシャットアウトしようとしても吹き倒されてしまうから、こうした網状の構造で風の勢いを弱め、方向を逸らすほうが得策、ということらしい。

このネットをハウスの南側と第二ハウスの奥、つまり西側に張る。

望月家周辺の土地は、北と東を山に守られているから、強風が吹いてくる方向は、いつも「南か西だ」と親父は言う。敷地の西側に植わった柑橘類の木々は農作物ではなく防風林だ。夏蜜柑やレモンの木は、地面すれすれまで枝を伸ばすし、台風の時期には葉が密集する。

ハウスの側面にもフィルムのかわりにネットを巡らして、二段構えで風を弱める、というのが親父の作戦だった。恵介は雨避けのために天井にだけフィルムを張ることを提案したのだが、一蹴された。

「おみゃあには無理。この風じゃ、なおさらできにゃあら」

確かに防風ネットでさえ風に煽《あお》られっぱなしで、張るのは大仕事だった。親父の指示と手助けが――片手でネットの端を押さえてくれるだけにしても――なければ一人では無理だったろう。

急がねば。空はまだ青いが、ちぎれ雲が倍速再生のような速度で西から東へ走り去っていく。地上では杖をついた親父の雷が鳴っている。

「終わったら、ちゃっちゃとコンテナしまえ、だだ台車もだ」

第二の備えは、ハウスの内部と周辺の用具の撤去だ。強風で飛ばされそうなものは、ハウスの中に飛びこまないようにすべて片づける。コンテナや農機具かららくらくコッシー、空き缶まで。

本当は風に弱い高設ベンチの上にも防風ネットを張りたいのだが、その時間はなさそうだ。とりあえずベンチを支えている固定金具をもう一度点検しておこう。

「何しょろしょろしてんだ。気合い入れろ」

病後に十キロ痩せた親父にも固定金具が必要な気がした。この半年で乏しくなってきた前髪を風になびかせ、杖を地面に突き刺すように両手で握って、ようやく足を踏ん張っている。それでも声だけは元気だ。

「急げ。ちんたらするじゃにゃあ、ばばばかくそ」

「わかってる」わかっているとも。

いままでの苦労を、望月農家生き残り作戦を、台風なんぞに吹き飛ばされてたまるか。西の空を睨んで、風に向かって、恵介は吠える。

「ばかくそ」

低く唸るように続いていた風の音は、夜になると甲高い悲鳴になった。窓がときおり風の拳に叩かれて、どんと鳴る。

テレビに映る台風接近現場では、係留船が木の葉のように揺れている。大昔の台風の記憶の回路が唐突に繫がったのか、祖母ちゃんが「伊勢湾だね」と呟いた。伊勢湾ではない。すぐそこの御前崎だ。

母親は食後の茶をいれる片手間に携帯ラジオのつまみを回して台風情報を探している。親父はのんびり茶をすすっているだけに見えるが、そのじつ気を張っているのは明らかだった。「少量ならオーケー」という言質《げんち》を医者から取りつけて二週間前に再開した酒を今夜は飲んでいない。

恵介にとってはある意味、懐かしい光景とも言えた。台風が来るとなんだかわくわくするという人間はけっこう多いが、恵介は子どもの時分からとてもそんな気にはなれなかった。

この家では昔から、米農家だった頃も、施設野菜農家に転じてからも、台風が来るたびに空気が薄ガラスになったような緊張が走ったものだ。いくら準備をしてもどう転がるかわからない自然のサイコロの出目を、息を詰め、祈りをこめて待つのだ。その緊張をいまは、誰よりも重く自分が背負っているのが不思議だった。

突然、ザルいっぱいの豆を床にぶちまけたような音が始まった。

雨が強くなったのだ。

恵介は湯呑みを口に運んでから、中身がとっくに空っぽであることに気づく。防風対策に関しては、やれるだけのことはやった。いまの心配は雨だった。

定植直後の根づこうとしている最中の苗には、計画的な水やりが必要だ。土を乾かしてはだめ。かといって湿りすぎては根が伸びていかない。恵介は畝に施した点滴チューブに頼らず、一日に何度も土の湿り具合を確かめ、ノズルを霧状に設定して手灌水を行ってきた。そのデリケートな作業がだいなしだった。

しかも、雨が大量に降って水浸しになれば、土耕の畝が崩壊してしまう。長引くと病害が発生する。

焦りと無力感に体がじりじりと焼かれる。長い月日をかけて精巧に積み上げてきた夢と希望が、波打ち際の砂の城のように崩壊していくのを、眺めている気分だった。

空の湯呑みに溜めこんだ息を吐き出して、恵介は立ち上がった。

「ちょっと見てくる」

見に行ったところで、やれることはなさそうだったが、じっと座ってはいられなかった。ラジオのノイズを消すためにアンテナをあちこちに動かしていた母親が、首を横に振った。

「やめとき。危にゃあから」

昔からさんざん言い慣れているせりふに聞こえた。自分の言葉に効果がないことをよく知っているふうにも。そう言っただけで揉みしだくようなアンテナの調節に戻った。

勝手口に置いてある雨合羽《あまがっぱ》をはおり、懐中電灯を握りしめた。そして、真っ暗な夜の中へ飛び出した。

風と雨が連打のジャブを顔に叩きつけてきた。

闇が吠えている。

木も草も夜気もかしいでいた。

懐中電灯の光が切り取る輪の中で銀色の糸が斜めに疾《はし》っていた。

まず風のダメージが心配な高設栽培の第二ハウスに入って、懐中電灯の光を巡らせた。苺の葉がみな同じ方向になびき、無数の蝶が羽ばたくようにもがいていた。

恵介は人間にそうするように苺たちへ声をかけた。

「みんな無事か」

ハウスの中には耕うん機じみた音が響き渡っている。種類の違う二台がてんでにエンジンを吹かしているような騒々しい音だ。

バタタタタタタタタタタ。

バタバタバタバタバタバタ。

ひとつは雨が高設ベンチを包んだマルチシートを叩く音。もうひとつは、そのマルチシートの一部が風にめくれあがってはためく音。

シートをくくり直すために、懐中電灯を口にくわえようとして無理だとわかり、脇の下に挟んで固定ベルトを手に取った。雨は上からではなく横から降りかかってくる。かぶっていたフードはとっくに風にむしり取られていた。まるでシャワーを浴びながら農作業をしているようだった。

奥のほうに進んでいくと、

うわっ。

高設ベンチが途中からかしいでいた。脚が菱形になっている。栽培槽を支えるベンチの脚はスチール製のポールだが、もともと雨風の影響を想定してはいないから、こういう状況で改めて見ると、頼りない細さしかない。

納屋へ走り、コンクリートブロックを持てるだけ抱えてハウスへ戻り、ベンチの脚と地面の接着部に積む。どうだ、これで直ったか。顔を上げると、両目に雨水がなだれこんできた。

何度もハウスと納屋を往復して、これでもかとブロックを積み上げた。

防風ネットを張ったおかげで、ハウスの中の風は外よりいくぶん弱いが、それでも強風に翻弄され続けている苗の葉は、いまにもちぎれそうだった。

「がんばれ。もう少し。もう少しだけ辛抱してくれ」

予報によれば、あと数時間は激しい風雨が続く。めくれたマルチシートをベルトで締め直し終えると、恵介にできるのは、苺の無事を祈ることだけだった。

神さまにではなく、苺に祈った。お願いだから、みんな、がんばってくれ。

第一ハウスの苗の無事を確かめるために踵を返した時だ。

恵介が前方に懐中電灯をむけるより早く、目の前の漆黒を光が丸く切り抜いた。

母屋の方角から光と影法師が近づいてくる。どちらもふらふら揺れていた。いまにも吹き飛ばされそうな頼りないシルエットを見るまでもなく、誰だかはわかっていた。

「親父、危ないぞ」

闇の向こうから濁声が返ってきた。

「そ、そりゃあ、こっちのせりふだらぁが。ドドドド素人が。夜、作業したいなら、これを使え」

光は雨合羽を着た親父の頭から放たれていた。ドラえもんみたいにきっちり紐を締めてかぶったフードの上にヘッドランプを装着しているのだ。夏場は使わないから、ヘッドランプのことをすっかり忘れていた。確かにあれなら懐中電灯を脇の下に挟む必要はないし、風にフードを持っていかれることもない。

「ありがとう」

腕を差し出したが、恵介の分を持ってきてくれたわけじゃなかった。ヘッドランプ付きの首をこちらへ向けてきただけだ。ちょっとぉ、眩しいよ。

「ばかくそ。おお俺が自分で見回りするためだ。じゃじゃ邪魔くしゃあから、おみゃあは帰《きゃあ》れ」

そう言って、杖にすがりつきながら、恵介より先に第一ハウスに入っていった。

第一ハウスは地面に畝を立てただけの土耕だから、水浸しになっているはずだ、と思っていたのだが、予想ははずれた。通路が少しぬかるんでいるだけだった。畝にはどこにも異変がない。

たぶん親父の土だからだ。トマト栽培をしていた時から、何年もかけてつくってきた土は、想像以上に水はけが良かった。

ハウスの中を一周してから入り口に戻った時には、雨が少し収まっていた。二つの光で中を照らして、しばらく親父と二人で苺を見守った。

地表に近いぶん、高設栽培の苗に比べれば風の影響は少ないが、やはり、すべての葉が風下へなびき、か弱い蝶々のように風に翻弄されている。

だが、親父は、うんうんと一人で頷いている。このくらいの風ならだいじょうぶ、という確信のこもったしぐさに見えた。

「なんとか無事みたいだな」

さっきまで不安に打ち震えていたくせに、恵介は一丁前《いっちょうまえ》のせりふを口にしてみる。ばかくそ。ど素人が、という罵声を覚悟のうえで。黙ったまま親父と並んで佇んでいるのが照れくさかったのだ。

親父から返ってきた言葉は、恵介の予想とは違っていた。

「おみゃあにもそのうちわかる。作物は弱あけど、強くもあるんだ。人間が思ってるよりずっとな」

親父の声は笑っているように聞こえた。長い言葉を珍しくつっかえずに喋れたことが嬉しいのか、恵介と同じように照れて笑っているのか、それとも別の理由があるのか。どんな顔で言っているのだろうと、恵介は親父を覗きこんだ。

視線に気づいて親父も恵介を振り返る。眩しいってば。

ヘッドランプの光が眩しすぎて、親父がどんな表情をしているのかはわからなかった。

6

冬が近づくと、作業開始時間が少し遅くなる。外が暗くて仕事にならないからだ。日の出とともに一日の仕事が始まり、日没とともに仕事を――農作業は、という意味だが――終える。かっこ良くいえば、太陽とともに生きているのだ。

最近は朝に更新しているブログを書き終えて、恵介は外へ出た。夏場から着ているつなぎの作業着は薄手で、ハウスの中ではちょうどいい具合でも、戸外の寒さにはもう厳しい。十一月もあと二日で終わる。

秋の終わりの風に急き立てられた早足で、最初に向かったのは第二ハウスだ。入り口の手前で振り返り、背後の風景に目を凝らすのが、このところの恵介の日課だった。

うん、富士山は今日も元気。朝焼けの残る空にどでんと浮かんでいる。白い冠と裾野に従えた紅葉とのコントラストが眩しい。一日中がシャッターチャンスだ。

市の観測データによれば、富士山の全体あるいは一部が見える確率は、麓に近いこの辺りでも、六〜七月はたったの二十五パーセント前後。それが十一月には七十九パーセントになり、十二月からは八十パーセントを超える。

十月から始めた望月農園のホームページには『富士山が間近に見えるイチゴ狩り農園』というキャッチフレーズのキャプションとして、このデータと『天候によっては見えない日もあります』という一文を添えている。開園初日が今日のような「富士山、全開」であればいいのだけれど。

ホームページのブログは、いまだに慣れないまま毎日書いている。基本的には日々の農作業と、苺の育ち具合の報告。雅也さんのアドバイスどおり、毎回必ず写真を添えて。

写真は半分プロのようなものだから、我ながら人目を引くのではないかと思えるのだが、問題は文章だ。作業は山ほどあるし、苺は日ごとに変化している。書くことはいくらでもあるのだけれど、それを文章にまとめるのは想像していたよりずっと難しい。ましてや他人が読むと思うと、一行ごとに、一文字ごとに、キーボードの上で指が彷徨ってばかりだ。本業のデザインよりも数段悩み、髪の毛をかきむしりながらぽこりぽこりと綴っている。

ブログでは『まもなく開園』と何度も告知しているのだが、正確な日にちは記していない。恵介の都合では決められないのだ。お客さんの都合——出足のよさそうな曜日といった——を窺っているわけでもない。決めるのは苺だ。

九月の終わりと十月の半ば、二度の台風に耐え、ハダニやアブラムシにも負けず、炭疽《たんそ》病や灰色かび病からも逃れて（うどんこ病の発生で章姫の一部は失ったものの）、二つのハウスの苺たちは順調に育っている。

苺たち。

生き物ではないものに「たち」をつけるのは、DMの見出しを書きつくしてしまったコピーライターがしばしば苦しまぎれに使う表現方法だ。『毎日を彩るお気に入りの小物たち』『小粋な家具たちに囲まれた暮らし』『機能もカラーバリエーションも豊富な冷蔵庫たち』

デザイナーの恵介はいつも、おいおい、冷蔵庫たちってありかよ、なんてブックサ言いながら書体やフォントサイズを指定していたのだが（ブログの短い文章にも日々頭を悩ませているいまは、すまん、大変なんだな、と謝りたい）、こと苺に関しては、やっぱりこう呼びかけてやりたい。

苺たち、と。

なにしろ恵介にしてみれば、大切に大切に育てた一万の子どもたちであり、ともに闘ってきた戦友でもあるのだ。

高設ベンチの両側にはもう果房が垂れ、気の早いクリスマスデコレーションのように実が並んでいる。おおかたはまだ白色だが、絵筆みたいに先端から赤く染まりはじめた実もあれば、完熟間近なものもちらほら。

だが、まだまだ数が足りないし、品種によって成長のペースも違う。章姫は数日後にでも本格的な収穫が始められそうだが、紅ほっぺはあと一週間というところ。おいCベリーは、やっと苺の実らしくなったばかりで、白い花のほうがめだつ。

章姫と紅ほっぺだけで開園してしまおうかとも考えたのだが、やっぱり最初が肝心だ。より完璧に近い状態でオープンしたい。しかも苺が本当においしくなるのは真冬なのだ。

それまでに採れたものは、ジャムにするつもりだ。農園で販売するために五時間の講習を受けて食品衛生責任者の資格も取った。製造者は、余った苺の処理に関してはすでにプロである母親だ。

ぷうぅぅぅん。

第一ハウスに入ると、クロマルハナバチが、蜜蜂よりたくましいF1マシンみたいな羽音を立てて顔の前を横切っていった。

今シーズンの交配蜂は、蜜蜂とクロマルハナバチを併用している。それぞれにメリットとデメリットがあることがわかったからだ。クロマルハナバチは確かに有能で、蜜蜂とは比べ物にならないほどの訪花量をこなすが、仕事《しごと》が雑。体が大きすぎて花の奥深くにまで潜りこめないせいもあって、未成熟果の割合も多くなる。働きすぎは良くないのだ。蜂も人間も。

第二ハウス同様、こちらも高畝に繁る緑葉の下にちらほらと、赤く染まりはじめた実が顔を見せはじめたばかりだ。紅ほっぺだけを土耕栽培しているここの苺は、定植後もずっと親父のやり方を踏襲して育て上げた。基本的には、という意味だが。

マル秘ノートのメモ書きと数値が頼りだった五月までの前シーズンと違って、今回はノートの筆者がすぐそこにいるわけだから話が早い——と思ったらこれが大間違いだった。

ハウスの温度設定や肥料の配分などなど、親父に何かを訊《き》こうとすると、本題に入る前に毎度毎度、「おみゃあに肥料の何がわかる？　なぁにがＮＰＫ（※恵介注＝窒素・リン酸・カリ。肥料の三要素）だ。聞いたふうなことぬかすじゃにゃあ」「ド素人には無理無理無理」と説教やら嫌味やらが繰り出される。長々とこれに耐えた末の答えが、「やいやい、口で説明するのは難しいなあ」だったり、「これはちょろちょろ。あっちはどばどば」だったり。面倒くさいったらありゃしない。

恵介だって苺づくり二シーズン目だ。ただ教えられるのを待つばかりでなく、独自に情報を集め、取り寄せた資料で勉強もしている。すると、勘が頼りに思える親父の苺の管理方法が、驚くほど理にかなっていることを改めて知る。が、やっぱりおおざっぱであることにも気づく。

そこで、ガスを見習って、パソコンにデータを記録することにした。温度、湿度、天候、水、二酸化炭素の濃度、肥料がどういう状態の時、苺が日々どのように変化するか。いまはまだ数字の羅列だが、いつかはこれが恵介自身のマル秘ノートになると思う。

土耕栽培の膝下の高さの畝には、あいかわらず苦労させられている。なにせ、あらゆる作業の一挙手一投足がヒンズースクワット。母親が腰痛に悩んでいたのも当然だ。

立ったまま作業ができる高設栽培の世話だけに専念してもらったとたん、母親の腰は、婦人部のフラダンスサークルの活動を再開するまでに回復した。いつも第二ハウスで「カイマナヒラ〜♪」と鼻唄を歌いながらランナー取りをしている。恵介は定植後のこの二カ月半で、十枚入りの湿布薬を十箱は使っている。今日も背骨の両側に二枚。

腰をくの字にかがめたカニ歩きで通路を往復し、ランナー取りと葉欠きをしながら、ひと株ごとの実つきを確かめた。成長の具合は同程度でも、第二ハウスに比べると、こちらは実の数が少ない。徹底した摘果で数を制限しているからだ。

摘果に関しては親父のやり方を変えた。親父の場合、ひと房に七果がめやすだったが、それを三果にまで減らしている。

優先的に残すのは、それぞれの果房に最初につく花。第一花はたいてい大きく育つ。そして、花びらの枚数の多いもの。

ふつう苺の花びらは五枚だが、必ずしも一定しているわけではなく、六枚の場合もあるし、七枚、八枚になることもある。前のシーズンで恵介も経験したことだが、なぜか花びらの数の多い花から育つ実は、大きくうまい苺になるのだ。

摘果しても残したすべての実が大きく育つわけではないが、もともと大玉種の紅ほっぺの場合、大玉率がぐっと上がる。栄養がじゅうぶんにいきわたって味が濃くなる。

この望月家のこだわり苺は、共同出荷をせず、インターネットで通信販売しようと思っている。

この一年、恵介はずっと考えていた。日々の労働は慣れれば単純作業だから、考える時間はいくらでもあった。

もぎたての完熟苺は、店頭に並ぶパック苺とは違う果物かと思うほどうまいのに、それがあまり知られていないのは、消費者に届かないのは、なぜか。

農業がこんなにも重労働なのに、儲からないのはどうしてか。

自分が、そして自分のような農家の子どもが、家業を継ぎたがらない理由はどこにあるのか。

農業を取り巻く施策や組織やシステムに問題があるのは明らかだが、それが変わるのを――変わるとしてだが――待っていたら、いまや平均年齢が六十五歳を超える農業従事者は、死に絶えてしまうだろう。

恵介が思い至ったのは、こういうことだ。

「農家にはお客さまが足りない」

たいていの農家には、自分のつくる作物を食べている消費者の顔が見えない。『生産者の顔が見える作物』はあっても、その逆はない。出荷所へ持っていき、既存の流通ルートにのせる一見、合理的な（ある意味ラクな）システムが確立しているからだ。

だから、どの時期にどんな作物を出荷すれば高値がつくか、という計算ぐらいはしても、作物という自分の「商品」を消費する「お客さま」が何を求めているか、どうすればもっと売れるようになるかは、あまり考えていないように見える。

親父も近隣の農家の人々も、田舎の人間らしく実直にきまじめに作物を育てている。

でもそれは、消費者に向けての誠実さではなく、都会よりずっと濃密に張り巡らされた周囲の目を気にしてのもののように新参者の恵介の目には映る。組合の足を引っ張る面汚しになりたくない一心の。

自分の考えが正しいのかどうかはわからない。慣れない重労働に脳味噌まで疲弊して、ランナーズハイならぬファーマーズハイに陥った末の妄想を抱いているだけかもしれない。わからないから答えが欲しくて、お客さまをつくってみることにしたのだ。かっこいい農業、儲かる農業をめざして。

そのひとつが苺狩りができる観光農園化。もうひとつが自分自身で販売ルートを開拓すること。

お客さまが目の前にいて、自分のつくったものを「おいしい」と言ってもらえれば、やりがいが生まれる。自ら価格を決めて販売すれば、少しでも高く売ろうとする発想と意欲が湧く。人に見られることで、商品の見せ方も職業的イメージも自分自身も日々の作業用ユニフォームひとつとっても、かっこよくあろうとする自覚がめばえる。

ばかくそド素人が。なぁんにも知らにゃあくせに。と親父には罵倒されそうだが、おっしゃるとおり。

素人で何も知らないから思いつくことだ。しょせん部外者としてしがらみ抜きで農業を眺めるから気づけることだ。都会で、時代や消費者の心を、好むと好まざるとにかかわらず嫌というほど読んできた広告業者の自分だからこその発想だか妄想だかだ。

親父のうまい苺を、採れたて完熟の本物の苺を、みんなにも食べさせたい。苺の仕事を手伝いはじめた頃から恵介は、ぼんやりとそう考えていた。

ただの手伝いとは言えなくなってきたいまは、こう思う。

これだけ働いているのだから、もっと儲けたい。こんなにうまいのだから、その事実を知ってもらえさえすれば、苺はもっと稼げる。

もちろん、ただ「うまいんです」と訴えても何の説得力もない。どこの農家だって同じことを言うだろう。手にとってもらうためには、何かの仕掛けが必要だ。広告用語でいうならギミック。

だから、ネットで販売する苺を大玉で揃えることにしたのだ。ブランド化をめざしてネーミングも決めた。ここの土地柄と、富士山の大きさにあやかった名前だ。

『富士望月いちご』

市場に出まわっているごく普通の中粒苺は、ひとつ15〜20グラム程度だが、『富士望月いちご』は、これの倍の大きさを主力商品にする。

大甘玉＝30グラム以上
特大甘玉＝40グラム以上
超大甘玉＝50グラム前後
苺は同じ品種なら（基本的に）大きいほうがうまい、という事実に基づいた商品差別化だ。かたちにはこだわらない。共同出荷なら変形果としてはじかれてしまうような不格好な実も販売する。大玉は往々にしてかたちが悪いこと、味に変わりはないと（いや、むしろうまいと恵介は思う）を、ホームページでも、苺狩りの客にも訴えていく。第二ハウスの苺狩り農園は、『富士望月いちご』を知ってもらうためのアンテナショップでもあるのだ。

価格をいくらにするかはずいぶん悩んだ。全国の通販苺、ブランド苺の相場を調べ、分析し、通販を管理してもらう雅也さんと検討を重ねた。結果、こんな設定になった。

大甘玉＝10個入り１８００円
特大甘玉＝８個入り２２００円
超大甘玉＝６個入り２８００円

高すぎないだろうか、と恵介は不安だったのだが、強気の雅也さんに押し切られた。

「値段はつけたもん勝ちだよ」

値段が商品を育てることもある、と雅也さんは言う。

「だって別にぼったくり商品ってわけじゃないんだし。一年間の労働と専門技術に見合う値段にして、それで恵介くんたちのささやかな生活が維持できて、来年の投資分が返ってくるぐらいの収入が得られればいいわけだから。逆に言えば、それが無理なようなら、この事業計画は失敗だということさ」

ささやかな生活、というのはよけいなお世話だが、確かにそのとおりだ。けっしてぼったくりではなく、実際、ひと粒ひと粒にコストがかかっているのだ。

『富士望月いちご』の販売は「収穫できしだい順次出荷」とあらかじめ断り、到着日はこちらにまかせてもらうシステムにした。朝採りした苺をただちにパッケージに詰めて出荷する。送料は別。

完熟苺が一般に出まわらない理由のひとつは、輸送が難しい点にある。宅配用のパッケージづくりは、苺をつくるのと同様、試行錯誤のくり返しだった。製作を依頼した学生時代の友人のプロダクトデザイナーには、ずいぶん無理を言った。

何度も試作品をつくって、結局、採用したのは桃の輸送方法を苺用に改良したやり方だ。

苺ひとつひとつにフルーツキャップと呼ばれる発泡スチロールのネットをかけ、卵パックの下半分のような紙製の中敷きにひと粒ずつ納める。さらに紙パッキンやクッションシートなどの緩衝材で全体を覆う。苺と富士山を筆絵のタッチで描いたパッケージデザインはもちろん恵介作。

苺はへたの上の茎を二センチほど残したまま出荷する。収穫する時もパック詰めの時も茎を持ち、実には触らない。デリケートな完熟苺を手で潰さないようにするためだ。手間はかかるが、さくらんぼみたいにつまんで食べられるし、見た目もおしゃれだ。イゾラ・レモータがフルーツトマトを茎付きで出しているのを見て思いついた。

苺狩りにどのくらいの集客が見込めるのかは、まったく不明だが、週末に収穫のピークが来るように育てたとしても、平日には完熟苺が余ってしまうに違いなかった。だからネットとは違う販売ルートも開拓している。

ひとつはガスと共同で始めるスーパーの地産コーナーへの出荷。十二月の下旬、クリスマスシーズンに、まず菅原農場の苺が並ぶ。

もうひとつは飲食店への売り込みだ。

最初に話を持ちかけたのは、イゾラ・レモータ。オーナーシェフの小嶋さんはかなり乗り気だ。静岡苺のパスタというメニューに挑戦してみるそうだ。とにもかくにも収穫が始まったら、試食をしてもらうことになっている。

駅近くの洋菓子店は、昔の同級生のツテ。消防団の団員のそいつの姉のダンナの叔父さんが店主なのだ。都会ではか細い糸みたいなツテだが、この町では馬鹿にならない。

「ああ、ヨッちゃんとこのアキヨちゃんの弟さんの近所の人ね。てことはアキヨちゃんの下の兄ちゃんが昔つきあってた彼女って知ってる？　芸能人みたいな名前のコ。セイコちゃんだったかな」

それ、うちの姉です。

ケーキやデザート用の苺は大粒すぎては使い勝手が悪く、多少酸味があるほうがケーキの甘さが引き立つそうで、こちらには中玉以下の苺を提供する予定だ。もちろん、すべてが皮算用であることはわかっている。なにしろ現物が存在しないまま大見得だけ切っているわけだから。

恵介は第一ハウスの南の隅へ向かう。知らず知らず早足になっていた。そこには、今年の一番果が実っている。

今シーズンの苺を味見するのは初めてだった。一刻も早く確かめたいのを、完熟するまでは、と我慢していたのだ。

最初に出蕾《しゅつらい》する頂果房の苺はえてして不格好なものだが、この実も鶏のトサカのようなかたちをしている。茎がぴんと伸びるほど重そうに垂れていた。緑のへたの真下まで赤く、へたが上にそり返っているのが完熟の証。

祈りをこめて手折った。

苺とは思えないほどずしりと重い。持ってきた計量器に載せてみた。

52グラム。

まず、平均的な味を見るために横齧りする。完熟苺を知るまでの恵介は、苺は酸っぱい果物だと思っていた。でも、本当の味はそうじゃない。最初に酸味を感じるようではだめなのだ。甘さのあとにほのかな酸味が追いかけてくるのが良い苺だ。

うん。

続いて、甘味《あまみ》の強い先端だけを小さく齧り、果肉をソムリエのように舌先でころがした。

べたついた甘さではなく、口の中で淡雪のようにとけていく甘味。今年一年の苺づくりの苦労を、新しい計画のために駆けずりまわったこの何カ月間かの嵐のような日々を、すべてとろかしてしまうような甘さだった。

糖度計も用意してきたのだが、測るまでもなかった。

これだ。これが完熟苺の味だ。めざしてきた苺だ。

へただけになった苺を握りしめたまま、恵介はひとり、ハウスの中で吠えた。

「うおおおおおおおっ」

重要な試合に勝利したスポーツ選手のように。

いままでの人生の中で、自分の為した仕事に対して、声をあげるほど喜び、興奮したことがあったろうか。

何を為すために自分は生まれてきたのか。

やっとわかった。

三十七年かけて。

まだ夜が終わっていない寒気の中に飛び出した恵介は、ハウスへ向かう途中で背後の空を振り仰ぐ。富士山が顔を出しているかどうかを確かめるためだ。

北の空はまだ墨を流したように暗く、シルエットもさだかには見えない。そうしたところで変わるわけもないのに、ほんの数十メートルを歩くあいだに何度も振り返った。

クリスマスを翌週に控えた土曜日。今日は、望月イチゴ狩り農園の開園日だ。

ヘッドランプの光が二つのハウスを照らす。

駐車場の手前には新しいロゴマークを掲げたアーチ。黄色い満月を真ん中に、左右に二つずつ文字が並んでいる。

望 月 ◯ 農 園

恵介の目には、それこそ月のように輝いて見えた。

第二ハウスの入り口の左手には、赤い六角屋根の小さなログハウスが建っている。ここが苺狩りの受付ブースだ。富士望月いちごを販売する売店でもある。四畳半ほどのスペースにパック苺を並べる棚があり、苺ジャムが積まれている。奥の壁ぎわは、なぜか進子ネエのガラス工芸品の陳列コーナー。このミニログハウスをこしらえ、内装を手がけたのは進子ネエと友人の木工家だから文句は言えない。

入り口の右手には、受付ブースの六角屋根よりはるかに高いクリスマスツリー。富士山麓に住む親戚の山から伐り出した高さ三メートル超のもみの木に、二日がかりでデコレーションを施した。

イルミネーションのコードを繋いだバッテリーの電源を入れる。

外灯も家明かりもないハウスの前の暗闇に、光が舞い降りた。

星が瞬き、モールが輝き、色とりどりのボールやアクセサリーが光る。もみの木は先端が平らになった細長い台形で、下には淡いブルーのライト、上の三分の一には白銀のライトを巡らしてある。富士山ツリーだ。

光がハウスの前の駐車場を照らすと、そこここに置いたオブジェが姿を現した。空気人形のスノーマンや金属細工のトナカイは、広告の仕事でつきあいのある地元のイベント会社から格安でレンタルしたものだが、駐車場のとば口に置いたサンタクロースだけはオリジナルだ。

へたが衿になった苺のかたちの赤い服を着て、苺の帽子をかぶったサンタをデザインし、顔を描いたのは恵介。胴体は納屋の隅に残っていた案山子だ。ハウスの引き戸にクリスマスリースを取りつけているうちに、夜が明けてきた。

富士山はご機嫌ななめだった。雲に隠れて裾野しか姿を現していない。ここ何日もずっと艶やかな全身像を見せていたのに。天が気まぐれで思い通りになってくれないことは、すっかり身にしみているが、やっぱり言いたい。

「なんでだ」今日にかぎって。

今日の開園に合わせて、十日前から予約受付を開始した。

入園料は、大人１８００円。

　　　小学生未満１０００円。

小さな苺狩り農園だ。苺の数にかぎりがあるから、定員を設けることにしたのだが、それを八十人にすべきか、念のために五、六十人にとどめるか、最後まで悩んだ。

悩むまでもなかった。ネットや電話やファックスで申し込みがあったのは、八組二十七人。『予約のない方は入場できません』などという強気の一文をホームページにつけ加えなかったのが不幸中の幸い。当日客に期待するしかなかった。

二週間前に予約受付を始めたネット販売のほうも、予約に収穫が追いつかない状況を杞憂すらしていたのだが、杞憂は杞憂だった。

収穫に予約が追いつかない！

せっかくつくった作物を無駄にはしたくない。売れ残った苺は母親がジャムにしていて、売店の手づくりジャムコーナーの瓶ばかりが高く積み上がっている。

唯一の救いは、飲食店ルートが好調なことだ。

農協通りのイタリアンレストラン〝イゾラ・レモータ〟では、先週から富士望月いちごのムースや苺のチョコトリュフがメニューに加わった。苺のパスタも。

イゾラ・レモータとは、いまや共闘関係にある。この売店には、イゾラ・レモータのポスターが貼ってあり、マップ付きの店の名刺が置かれている。瓶詰めジャムの隣では手づくりチョコトリュフも販売する。イゾラ・レモータの店内には、望月イチゴ狩り農園のポスターと、地図付き名刺と、パック詰めの富士望月いちご。

それにしても、苺のパスタ。しかもデザートではなく、料理としてランチにもディナーにも出すと小嶋シェフは言っている。この一年であふれだすほどの苺愛が体にみなぎっている恵介でも、首をかしげたくなるメニューだった。

①苺を潰して生クリームとバターを混ぜ、パスタソースをつくる。

②ソースに生ハムと一センチ角のモッツァレラチーズを加え、茹でたパスタと和《あ》え

る。
③イタリアンパセリと、縦に二つ切りしたへた付きの苺を飾る。
試食してみたら、いける味だった。正直、ものすごくうまいわけではないが、これもあり、と思わせる味だ。ようするに苺はトマトのかわり。酸味のある野菜（農水省の統計上は、苺も野菜だ。農家のあいだでもわりとふつうに野菜扱いされる。「あんたんとこの野菜は苺だらぁか」）という意味では、苺はトマトに似ていて、しかもエグみがなく、フルーツトマトより甘い。

女性客に人気だそうだ。シェフからは、女性受けする〝おいCベリー〟を仕入れたいとリクエストされているのだが、あいにく栽培量が少ない。来シーズンはもう少し増やそうか——

いや、来シーズンより今シーズン、いやいや、なによりまず今日だ。

苺の準備はすっかり整っている。こうなることを予測してオープンの日を決めたわけだが、高設のどの通路にも、完熟苺が頼もしい大きさで並んでいる。表のイルミネーションがここまで続いていて、緑のワイヤーで赤いライトを繋《つな》げたようだった。

まだヘッドランプが必要な薄明かりの中で、よりよい舞台を整えるために枯れた葉の葉欠きをしていると、

「おっはー」

入り口から時代遅れすぎる言葉が飛んできた。

進子ネエだ。この数か月、母親とともに第二ハウスの苺の世話をしてくれた、いまでは望月農園の欠かせないスタッフ。そして恵介のもうひとつの顔である、望月デザイン事務所の唯一のアシスタント。

本業——といまでも恵介は考えているグラフィックデザインの仕事はここしばらく開店休業状態だが、どうしても断れない仕事は睡眠時間を削って受けていた。見かねて手伝ってくれたのが進子ネエだ。

考えてみれば、進子ネエは、恵介を美術の道に導いてくれた師匠であり、工芸作家になる前はエディトリアルデザイナーであり、イラストレーターもやっていた人だ。打ち合わせにもかわりに行ってくれ、恵介が苺の仕事の合間に描いたレイアウトやラフスケッチをきっちりかたちにしてくれる。ギャラは進子ネエのふところ具合で変わるが、「副業であんまり儲けるとガラスの仕事がおろそかになるからね」とアルバイトみたいな額しか受け取らない。「あんた、案外才能ないね」とか「忙しいからって手を抜くと、デザインの神様に怒られるよ」などと上から目線の文句が多いことを除けば、こんな有能なアシスタントはいない。

進子ネエは珍しく下ろした髪を片側の肩口で束ね、ジーパンではなくワンピース姿だった。もう何年も開いていない個展の時に着る生成りのワンピースだ。

「例のブツ、持ってきたから」

ハウスの外には古い型式のジムニーが停まっていた。運転席からのっそり出てきたのは、木工家の渡真利《とまり》さん。進子ネエとは対照的なまるっとした体型も、髭だらけの顔も、山から降りてきた熊のような印象の人だ。こちらに気づくと、大きな体を縮めて、一回り年下の恵介に律儀に頭を下げてきた。

「よろしくお願いします」

よろしくお願いされるのは、進子ネエからだけなのだが。

例のブツ、というのは、売店に並べる進子ネエのガラス工芸品のことだ。美大出身の恵介にも理解不能な一点数万円のオブジェやステンドグラス、「生活のために心を売った」という苺をモチーフにした安価な小鉢、グラスなどを並べるそうだ。

二人はジムニーの荷台から工芸品の入った箱を手渡しで運び出している。二人にしかわからない会話で笑い合いながら。

いくら鈍感な恵介でも、二人でログハウスを建てはじめた時から、ただの友人ではないことには勘づいていた。進子ネエによれば、「ま、パートナーってやつ？」だそうだ。といって、一緒に暮らしているわけではないらしい。

自分と美月もああいうふうにいかないものだろうか。

今日、恵介が待っているのは、お客さんだけじゃない。開園日に来てくれ。電話でそう伝えた、美月と銀河のことも待っていた。

開園までの日々があまりに慌ただしすぎて、こちらからも連絡を怠りがちだったのがいけなかった。最近ではむこうから電話がかかってくることはないし、ラインもない。久しぶりに聞いた美月の肉声は、他人行儀でよそよそしかった。

「私と銀河に予定が入っていなかったら、行けるかもしれない」

あなたの仕事のことは、私たち二人の人生の「予定」には入っていない、そう告げられた気がした。

午前八時。

開園一時間前だ。恵介はつなぎの作業着を今日のための衣装に着替えた。

真っ赤っかで白いもこもこの縁飾りがついたジャケット、赤いズボン、太くて黒いベルト。サンタクロースのコスプレ衣装だ。サンタ帽子をかぶり、白い髭もつける。

プライドばかり高い専業デザイナーだった頃なら頼まれたってしない（頼まれもしないだろうが）格好だが、いまは1ミリの躊躇《ちゅうちょ》もなかった。誰に頼まれたわけじゃない、自分自身と、この農園のためだ。なんだってやる。

当日の予約申し込みが来るのではないかと三十分置きにパソコンをチェックしているが、人数は二十七人のまま。まぁ、あくまでも予約の数字だ。映画館も予約なしの客のほうが多いじゃないか。そう、遊園地だって。などと自分を慰めるための言葉を頭の中でくり返しているのは、不安でたまらないからだ。

あくまでも予約の数字ということは、逆もありえる。ドタキャンだってあるだろうから、二十七人全員が来るとはかぎらない——そんなネガティブな予想は脳味噌の隅の味噌倉に必死に押しこめた。

八時五十分。呼吸が重くなってきた。

受付ブースには、生成りのワンピースには不似合いなサンタ帽を頭に載せた進子ネエがスタンバイしている。

隣には頭ひとつ小さい母親の化粧で真っ白になった顔。今日のためにパーマをかけた髪にはトナカイのカチューシャをつけているのだが、トナカイというより、奈良のゆるキャラ、せんとくんみたいだった。

渡真利さんは、駐車場の隅の簡易トイレを板で囲ってログハウス風に仕立てる作業をしている。受付ブースと同じ六角屋根で、風見鶏まであしらった、トイレにしておくのがもったいないほど凝った造りだ。凝りすぎたせいで開園に間に合わなかったのだが。

「渡真利さん、ありがとうございます。でも今日はもう屋根なしで行きましょう」風見鶏も。お客さんが来てしまう。

「いえいえ、もう少しなので終わらせてしまいます」

その人には言ってもムダ、と言うかわりだろうか、進子ネエが声を張りあげた。

「九時でーす」

さぁ、開園。

さぁ、さぁ。

さぁ。

手もちぶさたであることを隠そうともせず母親が大きなあくびをする。

「練乳、注いどいたほうがいいだらか」

入場客には、料金と引き換えに、片側にコンデンスミルクを入れ、もう一方をへた入れに使う、二つ穴のプラスチックカップを渡す。

「いや、まだいいよ」

誰かが来る気配もなかった。ハウスの向こうに続く農道にも。車で来るにせよ、バスと徒歩にしろ、この道だけが世間と望月農園を繋ぐ唯一の道だ。

いままでに投じた資金の重さが背中にのしかかってくる。ブラックスーツを着た巨漢の取り立て屋のように。

焦りで尿道がちりちりする。さっき行ったばかりなのにまた小便がしたくなった。鳴らない電話を待つフリーのグラフィックデザイナーのプレッシャーなど、いまの気分に比べたら可愛いものだ。

待て待て、焦るな。バスで来るお客さんがここへ到着するとしたら、停留所にバスが着く九時十二分を過ぎてからだ。停留所からここまでは徒歩十二、三分。案内標識を立てた農道への曲がり角までだって七、八分。慣れない人間ならもっとかかるかもしれない。だから、道のむこうの曲がり角から姿を現すとしたら、九時二十二、三分だ。うん、そうとも。

腕時計を見た。

九時二十五分になっていた。

スマホの時刻表示も確かめた。９：25。

おかしいな、バスが遅れているのかな。

サンタクロースの衣装のまま、ハウスの中で葉欠きとランナー取りをしながらお客さんを待った。そのうちに取り去る葉もランナーもなくなった。

一時間に二本のバスが停留所に到着する時刻になるたびに、誰かがこちらへ歩いてこないかと路上へ走り出る。

母親はジャムづくりのために家へ戻ってしまった。

進子ネエはサンタ帽を脱ぎ、渡真利さんの仕事を手伝っている。トイレの外観工事はいつのまにか完成間近になっていた。恵介に走らせてくる目が「だいじょうぶか」と問いかけていた。恵介は引き攣った笑顔で頷き返す。だいじょうぶ……だといいけれど。

脚立に乗った渡真利さんに風見鶏を渡しながら、進子ネエが呟く。

「まぁ、朝っぱらから苺狩りに来る人もいないだろうしね」

恵介にというより自分たちに言い聞かせるように。「朝っぱら」でもない。もうすぐ十一時だ。

バスの客が来そうにないとわかると、ブースから誘導用のペンライトを持ち出してしばらくのあいだ車の客を待つ。これももう三度目だ。四度目だったっけ。

農道を吹き渡る風が強くなってきた。溶接の資格を持っている進子ネエがつくった銅製の風見鶏が虚《むな》しく回っている。格安レンタルのサンタ衣装は薄っぺらで、間抜けに佇み続ける身に、寒風が沁みた。風になびく白いつけ髭が恵介の鼻先をせせら笑うようになぶる。富士山は、まだ見えない。

ハウスへ戻ろうとした時だった。

バス通りを右折して、車がこちらに向かってくるのが見えた。

外国製のＳＵＶ。車種を知り尽くしている近隣の人間の車じゃない。最初の客だ！

ペンライトを大きく振った。正解のマル印を描くように。顔には営業用スマイルを張りつけた。

三回、円を描いてから、恵介は肩を落とす。見たことがある車だと思ったら、運転席で手を振っているのは、雅也さんだった。

ＳＵＶがガラ空きの駐車場でムダに旋回してから停車する。

後部座席のウインドーが開き、誠子ネエが顔を突き出してきた。

「忙しいだろ。手伝いに来たよ」

やる気まんまんなのが、キャビンアテンダントみたいにシニョンネットで包んだまとめ髪でわかる。

「あらあ、貧相なサンタだね。私にも衣装ある？」

反対側の窓から同じヘアスタイルの小さな頭が飛び出した。

「陽菜も陽菜も。陽菜もサンタになるっ」

気持ちは嬉しいけど、間に合ってます。

雅也さんは手伝う気はさらさらないとひと目でわかるテーラードジャケット姿だ。

車を降りるなり、恵介の顔の前にリモコンキーを突き出した。

「恵介くん、送ったメール見た？」

「いえ、今日はまだ」苺狩り農園専用のパソコンしか開いていない。キーの先がとんぼをからめ捕るようにくるくると回った。

「来たよ」

「え」思わず農道のほうを振り返る。

「注文だよ」

「ああ」なんだ。通信販売の客のほうか。そっちのほうも苦戦中だから、注文があっただけでもありがたいが、いまはそれどころじゃない。

「けっこう大口だよ」

「じゃあ、後で見ておきます」

心がここにない返事をして農道の見える定位置へ戻ろうとした恵介を、雅也さんの言葉が引きとめた。

「超と特と大、合わせて六十パック。発送できそうな時期を知らせて欲しいって。一括で送れるかどうかも」

「六……十……？」いままでの全注文数より多い。「どこからですか」

雅也さんがふにゃりと笑った。ようやく気づいた。恵介を驚かせるために情報を小出しにしていたことに。雅也さんお得意のムダなサプライズ。

「香港」

望月農園のホームページには英語版と中国語版もある。外国向けバージョンのほうは雅也さんの会社に一任――というか丸投げしていた。相手は香港の高級食品店。継続的なつきあいもできそうだ、と雅也さんは言う。

「……ほんとに来たんだ」

「そりゃあ来るよ。僕は勝算がなければ闘わない主義だもの」

雅也さんは前々から言っていた。「海外も相手にしようよ。ネットなら国境なんてひとっ飛びだから」誠子ネエに土下座した夜、イゾラ・レモータで初めて相談を持ちかけた時から。

「食料自給率がなんたら輸入食品はどうのこうのって、ごちゃごちゃ言ってる暇があったら、輸出しちゃおう」「狙い目は香港だね。あそこは植物検疫の必要がないんだ」

恵介は話半分に聞いていたのだが、本当に飛び越えてしまったらしい。

嬉しい、ことは嬉しい。でも、

「海外に出すとなると完熟苺は無理かも」

東アジアへの空輸なら、朝採りの翌日には現地に届くと雅也さんは言うが、梱包を国内向けより厳重にしたとしても、輸送のダメージは避けられない。

「そこまでこだわらなくても。ほぼほぼ完熟ってあたりで手を打とうよ」

「いや、でも、俺のポリシーが」

「うん、ポリシー、大切。でも、意地とポリシーは曲げるためにあるんだよ」

雅也さんがクリスマスツリーに歓声をあげている誠子ネエと陽菜を振り返って肩をすくめてみせる。そしてまた、リモコンキーを恵介の顔の前で回した。気弱な農園主にライオンになれ、という催眠術をかけるように。

「完熟は食べに来てもらえばいいじゃない」

「え？」

「輸出用のパックのひとつひとつに農園の招待状を入れておこうよ。中国語の。むこうじゃ超高級品の日本の苺を買うお客さんだもの、きっとここまで来るよ、大勢。富士山、外国人に人気だし」

へらりと笑う顔は変わらなかったが、雅也さんの目は本気だ。

進子ネエがブースからサンタ帽とトナカイのカチューシャを取り出して誠子ネエと陽菜に渡していた。「来ると思ってたよ、あんた、お祭り女だから」サンタクロースの帽子は余分に用意してある。美月と銀河のぶんも。

誠子ネエがサンタ帽を振りながらこっちに叫んだ。

「マーくんもかぶりなよ」

雅也さんは両手を胸の前で揺らして首を横に振る。

背後から走行音が聞こえてきた。今度は誰だ。「私と大輝にも手伝わせろ」と言っていた剛子ネエか。「クリスマス需要で出荷が大変よ。万万が一、手があいたら顔を出すけどな」とほざいていたガスだろうか。

振り返ると、名古屋ナンバーのワゴンが近づいてくるのがわかった。連なるようにその後ろからもう一台。

嫌がる雅也さんにサンタ帽をかぶせにきた誠子ネエが言う。

「遅れちゃって、悪ぃね、恵介。もっと早く来るつもりだったんだけど、高速、めっちゃ混んでてさ」

そうだよ、予約が入ったのはほとんど県外からだった。客だ。

十一時半を回ると、六台が入る駐車スペースが足りなくなった。恵介は新しくやってきた東京ナンバーの車を母屋の敷地に誘導する。「朝っぱらから苺狩りに来る人もいないだろう」という進子ネエの言葉は正しかった。苺は食べ物だ。お腹がすくか、甘いものが欲しくなる時間じゃないと人は来ない。

ハウスへ戻ると、受付ブースの前にまた新たなお客さんが並び、進子ネエからコンデンスミルクの入ったカップを受け取っていた。十一時三十三分着のバスで来た人々だ。

「最初はミルクなしで食べてみてくださぁ〜い、苺本来の味が楽しめまぁっす」

進子ネエの声がいつもより優しいのは、すぐ近くに渡真利さんがいるからだろう。まめな人だ。今度は電球がつかなくなったオブジェの修理を始めている。

売店の中には、苺をひととおり食べ終えたお客さんの姿もある。誠子ネエがデパート仕込みのセールストークを炸裂《さくれつ》させていた。

「そうなの。高いんですよ、うちの苺。なに考えてるんだか。でもほら、サイズが違うでしょ。この品種でこんなに大きいの街中じゃ売ってませんもの。海外にも輸出してるんですよ」

「とりあえず、こちらの〞お試しファミリーパック〟はいかが。大きさは普通だけど、これなら、ワンパックたったの１０００円」

「富士山、見えなくてごめんなさいね。いつもは用もないのにそこらへんうろうろしてるのに。後でフジさんによく言って聞かせます。お詫びにこのガラス小鉢、サービスしちゃいますから、もうワンパックいかが。ああもうどうぞどうぞ、こんな小鉢、いくらでも」

「ちょっとぉ」これはお客さんではなく、進子ネエの声。

恵介の姿を横目で捉えると、邪魔だというふうに、お客さんからは見えない下ろした手の先を、しっしっと振った。

ハウスの引き戸を開けると、暖気とともに歓声や笑い声があふれ出た。

高設ベンチの間のそこここに人がいた。恵介が育てた苺を摘み、口に運んでいる。「おいしい」という声が聞こえた。ずっと夢見ていた風景だ。嬉しくて人数をかぞえてしまった。

一人、二人、三人……二十六、いや、高設ベンチより背丈の低い子どもも二人、二十八人。ただしそのうちの何人かは身内だが。

母親は、ハウスの中央の奥、加温機の前に置いたテーブルの脇に立っている。テーブルにはチョコ苺がつくれるチョコフォンデュタワーが置いてあるのだ。母親はその接客係。

ここでは、マシュマロにチョコペンで顔を描き、苺の帽子をかぶせた、〝イチゴサンタ〟も無料で配っている（正直に言うと、大食いのお客さんに苺を食べられすぎないようにする工夫だ）。

サンタの顔を描いているのは、三十分前に到着した剛子ネエ。「本当は恵介や進子より私のほうが絵が上手《うま》かったんだよ。長女だから美術の道に進まなかっただけだもんでね」というのが剛子ネエの口ぐせだ。確かに素人にしては微妙に上手い。

親父の姿はない。最近では恵介のやることに「勝手にしろ。どうせ俺《おり》ぇは体が動かにゃあから」「若《わき》ゃあもんの好きにしたらいいだら」と——しぶしぶであることを隠そうともしないにしろ——容認する言葉を口にしていたのだが、今朝になって溜まりに溜まっていた怒りのマグマが噴出してしまったのだ。

「俺ぇは認めにゃあ。ご先祖さまに申しわけにゃあ」

親父にこの様子を見て欲しかった。恵介はいったんハウスの外へ出る。親父を呼びに行こうかどうか迷ったが、やめた。いま大切なのはお客さんだ。ハウスの中で「土の上に植えにゃあなんて邪道だぁ」なんて喚かれても困る。

ハウスの南側、親株の圃場だった場所に足を向けた。ここには『望月牧場』がある。牧場といっても二十メートル四方を板の柵で囲ってあるだけで、中にいる動物はウサギが五匹とヤギ二匹。

ヤギは、ベー太と新しく入手したメス。名前はメー子。メスヤギが来たとたん、ベー太は急におとなしくなったのだが、この牧場は、小さな子どもが遊べるようにつくったものだから、危険防止のために角にはビニールパイプを嵌《は》めてある。

ここには、二組がいた。一組は、お客さん第一号だった小さな子ども二人を連れた若い夫婦。もう一組の親子は、陽菜と雅也さんだ。

雅也さんがしゃがんだ膝にウサギを載せ、陽菜がそれを撫でている。メー子が雅也さんの背中で鼻面を掻いていた。

「……恵介くん、ここは何？　聞いてないよ」

三匹目のヤギみたいな雅也さんの顔から表情が消えていた。膝に載せてはいるがウサギに触ろうともしない両手は、胸でホールドアップのかたちになっている。

「観光用の牧場です。まだこれだけですけど、ゆくゆくはもっと大きくして、動物を増やそうと思ってます」

夢は本当の牧場だ。姉たちは嫌がっていたが、恵介は子どもの頃、望月家で飼っていた家畜が好きだった。豚の一頭一頭にこっそり名前をつけていた。

「……それ、やめない？　このあいだ話した、体験農業のほうがいいと思う。僕、動物は……ひっ」

メー子にうなじを舐められ、ウサギのベンジャミンを取り落とした。

「ちょっとパパぁ。ウサギさん、かわいそお。つぎはヤギさんだいて。陽菜なでたあい」

雅也さんは誠子ネエに誓った「誠意」のために応援してくれている——だけじゃない。恵介の話を聞いているうちに、農業が新しいビジネスモデルになると気づいたのだそうだ。

雅也さんとは、望月農園をゆくゆくは会社組織にしようと話し合っている。事業を拡大するために望月家の手前に広がる耕作放棄地を手に入れ、従業員も雇う。恵介は先々の夢として語っただけだが、雅也さんには何カ年計画の一環のようだ。

ここの番をしているのは大輝。動物に餌をやりたいお客さんのためにバケツの中ににんじんスティックやキャベツの葉が用意してあるが、料金を取るわけでもなく、店番は必要ないのだが、剛子ネエが「大輝にも働かせろ。責任を持たせろ」と言うから、持たせた。

大輝は腰パンでウンコ座りをし、だるそうににんじんを刻んでいた。

「どう、楽しい？」

んなわけないっしょ、という表情をむけてきて、答えるかわりに手にしたにんじんをファック・ユーサインみたいに突き立てた。

「やあやあやあ、おまたせおまたせ」

ハウスのほうからどたばたとスカイブルーのジョギングウェアが近づいてきた。佐野さんだ。

「大輝、やってるか。ご苦労ご苦労。お父さんに何か手伝うことはないかな」

大輝は無言のままにんじんとカッターナイフを佐野さんに渡し、近くにいたメスウサギのモプシーを抱き上げて柵に寄りかかる。

本当にやる気があるのなら、将来、大輝に仕事を継いでもらっても構わない、恵介はそう考えている。親父が守ってきた農地を自分一人のものにするつもりはなかった。グラフィックデザイナーの仕事もやめるつもりはない。この農園をみんなのものにしたかった。

進子ネエはガラス工芸の工房をここに移すことを考えはじめているようだ。そして売店の一角ではなく、もっとたくさんのガラス製品と渡真利さんの木工品を置ける場所をつくりたいらしい。

誠子ネエは土日だけ営業する喫茶店を開く計画を勝手に立てている。名古屋から通って名古屋名物の小倉あんトーストを改良した、小倉&苺ジャムトーストを売り物にするそうだ。

剛子ネエは佐野さんの定年後に二人で畑をやると言っている。「本当は私がいちばん農業に向いているんだよ。お母さん譲りだね。あんたが長男だからいったん譲っただけだもんで」向いているかどうかはわからないが、確かに丈夫そうな体型は母親にいちばん似ている。

ウエルカムだ。そのかわり、苺の仕事は手伝ってもらわねば。

誰かがやるだろう、ではなく、誰もが少しずつやれる農業でいいじゃないか、と思うのだ。

収入の少なさも労働の厳しさも、兼業だと思えば、一緒に働く誰かがいれば、半減する。仕事が楽しくなるかもしれない。

みんなでやろう、農業。

苺狩り農園をつくる、と話した時に、親父にさんざん言われた。

「農業を舐めるな」「昔からのやり方がある」

でも、違う職種のプロが集まれば、新しい何かが生まれることもある。この望月農園の計画にしたって、みんなの労働力や情報や資金がなければ、恵介にホームページやパッケージをデザインする能力がなければ、ただの妄想に終わっていたはずだ。

振り返ったって、そこに未来はない。新しい人間に、素人に、口を出させず、手を出させないで、高齢化が崖っぷちまできている農業の未来をどうするというのだ。

やっぱり親父を呼びに行こう。そして、新しい望月農園を見てもらおう。まだ初日のほんの数時間で、この先に何が待っているのかはわからないが。

母屋へ歩きながら、何度もそうしているように恵介はまた時計を眺めた。いちばん大切な客がまだ来ていないからだ。

「離れ離れで暮らそう」

美月が来たら、そう言うつもりだった。そして、

「でも、家族でいてくれ」と。

東京生まれで、パーツモデルの仕事を再開した美月に、静岡に住んでくれとは言え

ない。姉たち魑魅魍魎《ちみもうりょう》が跋扈《ばっこ》するかもしれないこれからはなおさら。だから、農園が軌道に乗ったら、静岡と東京の中間あたりに家を手に入れようと恵介は考えている。神奈川県西部の街ならここまで車で一時間ちょっとだ。

それまでは単身赴任だと思って、いまの自分が為そうとしていることを認めて欲しい、そう伝えようと決めていた。

美月と出逢ったのは、時計メーカーの企業広告の撮影スタジオだった。そのメーカーの社会貢献活動を訴えるという内容で、新聞見開き二面の広告。上司のアートディレクターから「一人でやってみ。お前、社会派の広告、好きだろ」と突然仕事を任されたのだ。入社五年目にして恵介は初めて制作チームのチーフになった。

ＣＭのモデルさんとは名刺交換をしないのがふつうだが（相手がタレントの場合、そもそも名刺は持ってない）、ＯＬから転身したという美月は、初対面の時、律儀に名刺を差し出してきた。ひと目惚れした。名刺を渡し受けするその優雅なしぐさと、手と指の美しさに。この娘《こ》の手で広告をつくろう、そう思った。

キャッチコピーを手話の指文字で読ませる、というのが恵介の案だった。最初は、さまざまな人間の手にいろいろな腕時計を嵌めて、それぞれの手を撮影するつもりだったのだが、それを全部、美月の手だけでやることにした。

あらゆるポーズとアングルを撮影した。美月は熱心で協力的だった。二日がかりになった撮影の二日目には、片手で五十音を表せる指文字すべてを一晩でマスターしてきた。濁音や半濁音、拗促音まで。撮影に使うのは十数文字だったのだが、現場で何度もコピーを修正する恵介の指示に備えて。

年上のコピーライターからは「勝手に言葉を変えるな」と怒られ、他のパーツモデルを斡旋したタレント課からは「いい加減にしろ」と詰《なじ》られ、クライアントからは「最初の案のほうが良かったんじゃないか」と首をかしげられたが、喧嘩腰で説き伏せた。その仕事で恵介は初めて広告賞を獲った。そして美月の手よりも彼女自身に惹かれていることに気づいた。

美月と結婚した年に担当した結婚情報誌のキャンペーンには、制作会議で恵介が漏らしたひと言がキャッチフレーズとして採用された。CMソングにも歌われたフレーズは世間でもちょっと話題になった。業界内に恵介の名が知られるようになったのは、それからだ。じつはそのフレーズは、美月へのプロポーズの言葉だった。

美月がいたから、いまの俺がある。恵介はそう思っている。美月は俺の女神なのだ。けっして手放すわけにはいかない。

新幹線が長いトンネルを抜けると、ほどなく右手に富士山が大きく見えてくるはず、なのだけれど。

窓にへばりついていた銀河が唇を尖らせて振り返る。

「富士山、足しか見えない」

今日の富士山は雲の中に白い頭を隠している。恵介がやっているホームページによれば、富士山がイチゴ狩り農園の呼び物なのに。いまごろ恵介は、いつもの口ぐせでぼやいているに違いない。「なんでだ」。

あの人らしい。かんじんな時にツキがないのだ。フリーになって半年で、広告を全面的に任せてくれるという約束をしていた結婚情報誌が廃刊になってしまうとか。

美月はパソコンを持っていないし、スマホも使いこなせていないし、恵介は「恥ずかしいから読まないでって、あなたが言うから、読んでない」という言葉を信じているようだけれど、じつは嘘。恵介のブログは毎日読んでいる。

最近、電話もラインもあまりしないのは、そこで行動を把握しちゃってるから、なんて本人は知らないでしょうね。「開園日に来てくれ」という電話が恵介から来た時も、本当はもう開園日どころか開園時間も料金も知っていたのだが、うまく嘘がつけなくて、ついつい棒読みみたいな声を出して、そそくさと電話を切ってしまった。

ブログを開く時には、日記を盗み読みしているみたいに後ろめたくて、いつもドキドキする。

ブログには、恵介のいろんな思いが綴られていた。

台風が近づいてくるたびに防風対策というのに追われて、最後は神様じゃなくて、苺に祈ること。

苺狩りの計画をお父さんに反対されて毎日嫌味を聞かされていること。一週間に一度は口論になってしまうこと。

うどんこ病とかいう苺の病気が発生して、罹《かか》った苗を全部泣く泣く処分して、ほかのにも感染していて全滅するんじゃないかってパニックになって、夜も眠れなくなったこと。ほんとにもう気がちっちゃいんだから。

苺の今シーズンの最初の花が咲いた時には、馬鹿みたいに喜んじゃって、文章も恥ずかしいぐらいハイテンションで。撮った写真を何枚もアップしちゃうし。まるで銀河が生まれた時みたいに。

少し前までは農業にまるで興味がなかったくせに、農業についての法律とか行政にはずいぶん怒っていた。「日本の農業を変えたい」なんて偉そうなことを書いていたこともあった。たぶんお酒を飲んで気が大きくなった時に書いたんだと思う。翌日のブログは朝に更新されていて、「昨日は言い過ぎたかもしれません」とか急にしおらしくなっていたし。

つらい時にいつも口ずさむという歌は、有名ではないけれど、美月はよく知っている曲だった。恵介がつくった広告のＣＭソングだ。自分のつくったＣＭの歌であることは、ブログではまったく触れていないし、歌詞も紹介していないのだが、美月はもちろんよく覚えている。サビのフレーズは忘れるわけがない。

「いっしょに行こう、この世の涯《はて》まで」

ブログの中には、美月の知らなかった夫がいた。

ブログのタイトルは『ストロベリーライフ』。

今日、恵介には、きっぱりと言うつもりだった。

「やっぱり一緒に住もう。家族だから一緒にいよう」と。

恵介が言っていた「仕事ってどこでもできるもんだね」という言葉は、考えてみれば、いまの美月の仕事にそのままあてはまる。

気づいたのだ。大切なのは、どこに住むかじゃなくて、誰と一緒にいるかだ、ということに。

どんな一等地に暮らそうが、どんな大邸宅に住もうが、幸せでなければ、そこは不幸な場所だ。出ていくべき場所だ。そして、その反対もある。欲を言えば３ＬＤＫは欲しいにしても。

パーツモデルのプロ根性にかけて農作業は手伝えないから、実家に同居は気まずい。近くに住まいを借りられたら、嬉しい。恵介は高校を卒業してからずっと知らない街である東京で暮らしてきたのだから、今度は自分の番だ。

新幹線がゆっくり減速してホームに滑りこんでいく。前の駅を出た時からリュックを背負っちゃってる銀河と、自分自身に、美月は言った。

「さぁ、着いたよ」

美月にとっては、これからが出発だ。

「パパ、元気かな」

「元気じゃなくても、元気になるよ、銀河の顔を見れば」

恵介に到着時間は連絡していない。あの人のやることにはいつもいつも驚かされてばかりだから、たまにはこっちが驚かせてやるつもりだった。

親父をハウスに連れ出すのは大仕事だった。茶の間で見てもいないテレビをつけて、リハビリ椅子に張りついたまま動こうとしない。

「見たくにゃあ」「勝手にやりゃあええだら」

先月までレンタルしていた車椅子があれば、それに積みこんで搬出できたのだが。

恵介ではらちがあかず、三姉たちがかわるがわるやってきて説得にあたった。それでも動かない。結局、親父を動かしたのは、祖母ちゃんのひと言だった。

「喜坊《きいぼう》。いつまでも駄々こねてにゃあで、早く行かざぁ」

ハウスにはいつのまにかガスも来ていた。オダギリジョー風と本人だけが言う髭面。頭にタオルはないが、坊主に近い短髪だから薄毛は目立たない。今日を口実に誘ったんだろう、地元スーパーの四十一歳のバイヤーさんも一緒だ。

「やあ、モッチー。苺、まあまあの出来だよ。俺のアドバイスが生きてないとこもまだまだあるけどさ。俺も教え甲斐があったってもんだ」

そういうことにしておいてやろう。

祖母ちゃんは早くお迎えが来ないかと――外の騒ぎに気づいて誰かが連れ出してくれるのをという意味だ――うずうずしていたようだ。ハウスの中に見ず知らずの人たちが大勢いることに驚いて、まぶたの皺をめいっぱい押し上げていた。

「今日は何の祭りだら？」

親父は誠子ネエにむりやりかぶらされたサンタ帽を耳の上に載せている。憮然とした表情なのに帽子を脱がないのは、近くにいた二人連れの若い女性客に「かわいい～」と嬌声をあげられたからだと思う。

「従業員の方ですか」

声をかけられた親父が、土佐犬みたいな仏頂面を振り返らせる。

「こっこっこっこここのしゅっしゅっしゅっしゅ……」

ここの主人だ、と言いたいらしい。言語の障害はほぼ治ったはずなのに、相手がさっきの二人連れの女の子たちだから、緊張で舌が回っていない。

「苺、どれがおいしいですか」

「教えてくださ～い」

「ちょちょちょちょっ待っまっまっ」

親父の頬が赤く染まっている。いつも恵介が見ていた、怒って顔を赤くしている時とは、別の赤色だった。大玉の紅ほっぺをていねいに見つくろってから、ぶっきらぼうに突き出していた。

「え～これぇ？」

「なんか変なかたちぃ」

「ばっばっ」ばかくそという言葉をおそらくはあわててのみこんで親父は懸命に標準語を使おうとしている。「こっこうぃうのがうみゃ…うま…うまいんだらだよ……」

「あ、でも、おいしーい」

「あま～い。さすが従業員さん」

「こっこっこのしゅっしゅっしゅっぽっぽ」

 闘犬みたいな親父の表情がたちまち喉を撫でられた猫の顔に変わった。頼まれもしないのにまた新しい苺を差し出す。

「ひゃあ、大きい！」

「これもおいしい」

親父の唇が八つ切りすいかのかたちになった。恵介と目が合うと、ぷいっと横を向いてしまったが、目尻に浮かんだ笑い皺は隠せない。

やっぱり嬉しいのだ。自分がつくったものを目の前で他人に評価してもらえることが。

母親は母親で、ばっちり化粧をした顔に恥じらい笑いを浮かべて、若い男の客に苺チョコをつくってやっている。赤いエプロンの下は、フラダンスの発表会用のパイナップル柄のハワイアンドレス。小指を立てて手渡す両手が、♪カイマナヒラ〜　のリズムで揺れていた。

二人にはまだまだがんばってもらわなくては。二人の経験と技がこの農園の基礎だから。

富士望月いちごを真のブランド苺にするために、来シーズンからは自家採苗にもチャレンジする。恵介はそう決めていた。種苗会社から親株を入手するのではなく、優良な株をこの農園の中から選別して、一から自分たちの苺を育てるのだ。何年かかるかわからないが、いつか望月農園発の新品種を生み出すことができたら、とも考えている。

午後一時半までに訪れたお客さんは、五十三人。夕方までこのペースで客を入れて、明日の日曜のぶんはだいじょうぶだろうか。ハウスのすべてを開放するのではなく、一部をロープで仕切り、『調整中』という札を掲げて、採られないスペースをつくっておくのが、賢い苺狩り農園のやり方だ——

そこまで考えたところで、計算をやめた。ここ最近、苺を金に換算することばかりで頭がいっぱいだった。でも、来てくれた人たちの嬉しそうな顔を見ているうちに、どうでもよくなった。

みんな腹いっぱい食べてくれ。俺の、俺たちの苺を。

恵介のすぐそばで、小さな子どもが苺を見上げて手を伸ばしている。母親が抱き上げて実を採らせてやり、父親がそれにカメラを向けている。

みんな楽しそうだ。

恵介も楽しかった。誰が何と言おうと、仕事は、毎日は、楽しんだもの勝ちだ。同じことをするなら、楽しくやろう。辛さも笑い飛ばしてしまおう。そして、明日もあってもその先も『ストロベリーライフ』を綴っていくのだ。

恵介はまた農道のとば口に出た。そろそろ次のバスが停留所に到着する時刻だ。枯草色の休耕田と耕作放棄地にはさまれた狭い道だ。吹き抜ける寒風が土埃を巻き上げている。

けれど、いつかこの道が、恵介たちの農園と広い世界を繋ぐ大通りになるはずだ。恵介は、いまは何もない道の両側に、苺の新しいハウスや野菜畑や家畜舎が並ぶ光景を思い描いた。

夢想を破ったのは、バス通りを折れてこちらへ歩いてくる人々の姿だった。

三人、四人、五人。

いや、七人。

いちばん後ろに、恵介が待っていた二つの人影が見えた。

こちらから近づきたくて足踏みをしているうちに、後方にいた美月と銀河が先頭になった。前を行く人々が次々と歩みを止めたからだ。スマホやカメラを構えて恵介のほうに向けている。

厚い雲に覆われていた寒空に、いつのまにか青色が戻っていることに気づいた恵介は、背後を振り仰いだ。

やっぱり美月は俺の女神だ。

大きな大きな富士山が、雪を冠した山頂から冬野の麓まで、くっきりと姿を現していた。

銀河も立ち止まった。ぽかりと開けたひし形の口で富士山のいる空を見上げた。美月はこっちに向かって何か叫んでいる。風が強くてよく聞こえない。

美月が銀河と繋いでいないほうの右手を差し上げた。

長くてほっそりしていることがここからでもわかる世界でいちばんきれいな指が、親指を立てた。それを左に振る。

そこで気づいた。初めて逢って一緒に仕事をした時、二人で覚えた指文字を描いていることに。あれは――

「た」

そして、

「だ」

今度は小指を立てる。

「い」

三本の指を下に伸ばす。美月は笑っていた。

「ま」

銀河が駆けてくる。美月の手を引っぱって。恵介は馬鹿みたいにめちゃくちゃに手を振った。そして、二人を抱きとめるために両手を大きく広げた。

謝　辞

苺の栽培方法や農園運営に関しては、多くの農家の方々から助言、ご指導をいただきました。とりわけ、私の親戚である静岡県の鈴木一男さん、山梨市の農業資材会社社長　三枝公夫さん、甲州市「苺畑農場」の嶌村浩志さんには、ひとかたならぬご助力をいただきました。ありがとうございました。なお、物語の中の街や施設は架空のもので、作中の表現、登場人物の意見はすべて筆者に責があり、右記の方々には無関係です。

おもな参考文献

イチゴつくりの基礎と実際　齋藤弥生子（農文協）
農家が教えるトマトつくり（農文協編）
農家が教えるイチゴつくり（農文協編）

あとがきにかえて　おいしい苺の見つけ方

とにかく苺を食べまくりました。

この小説を書くにあたって、何をしたかといえば、まずそれです。

取材先の苺農家や苺狩り農園では、あれも食え、これも食ってみろ、と次々と苺を差し出してくれました。

採れたての完熟苺は、ほんとうにうまいです。しかも、一面に実った苺の中から、苺を知り尽くした人たちが「うちのがいちばんだら？」というプライドをこめて厳選してくれたおすすめですから、自分がいままで食べていた苺はなんだったのかと思う、びっくりのおいしさ。

大好きというわけではなかった苺を、シーズン中は毎日食べてました。店先で新しい品種を見つけるたびに買って、食べ比べをしてみたり。手を出さなかったのは、値段にびびってしまった、ひと粒1000円の超高級ブランド苺ぐらいでしょうか。

おいしい苺はどれか？　どう食べたらうまいのか？　苺のプロのみなさんに教えを乞い、自分の舌であれこれ体験して、少しは知恵がつきました。小説を読んでくださったあなたへの、ささやかなお返しとして、それをここで披露したいと思います。

①大きいものを選ぶ

同じ品種なら、基本的に大きいほうがうまいです。成熟しきった証拠で、甘みが強く、酸味が少ない。小粒のものは、酸味がアクセントになるケーキ用に向いているそうです。

②カタチは気にしない

大粒の苺は、往々にして変なかたちに育ってしまうのですが、カタチは関係ないようです。「にわとりのトサカみたいのが、いちばんうみゃあ」という声も聞きました。

③ヘタを見る

ヘタが鮮やかな緑色で、ピンと反り返っているものが○。ヘタがへタっているのは△。

④ヘタの下を見る

ヘタのフチまで赤いものが○です。白さが残っているものは、いまひとつ。

⑤いちばん甘いのは先っぽ

ひと粒の苺の中で、いちばん甘いのは、先に熟す先端部分です。それを頭に入れておくと、苺をどう攻めるか、作戦が立てやすい。

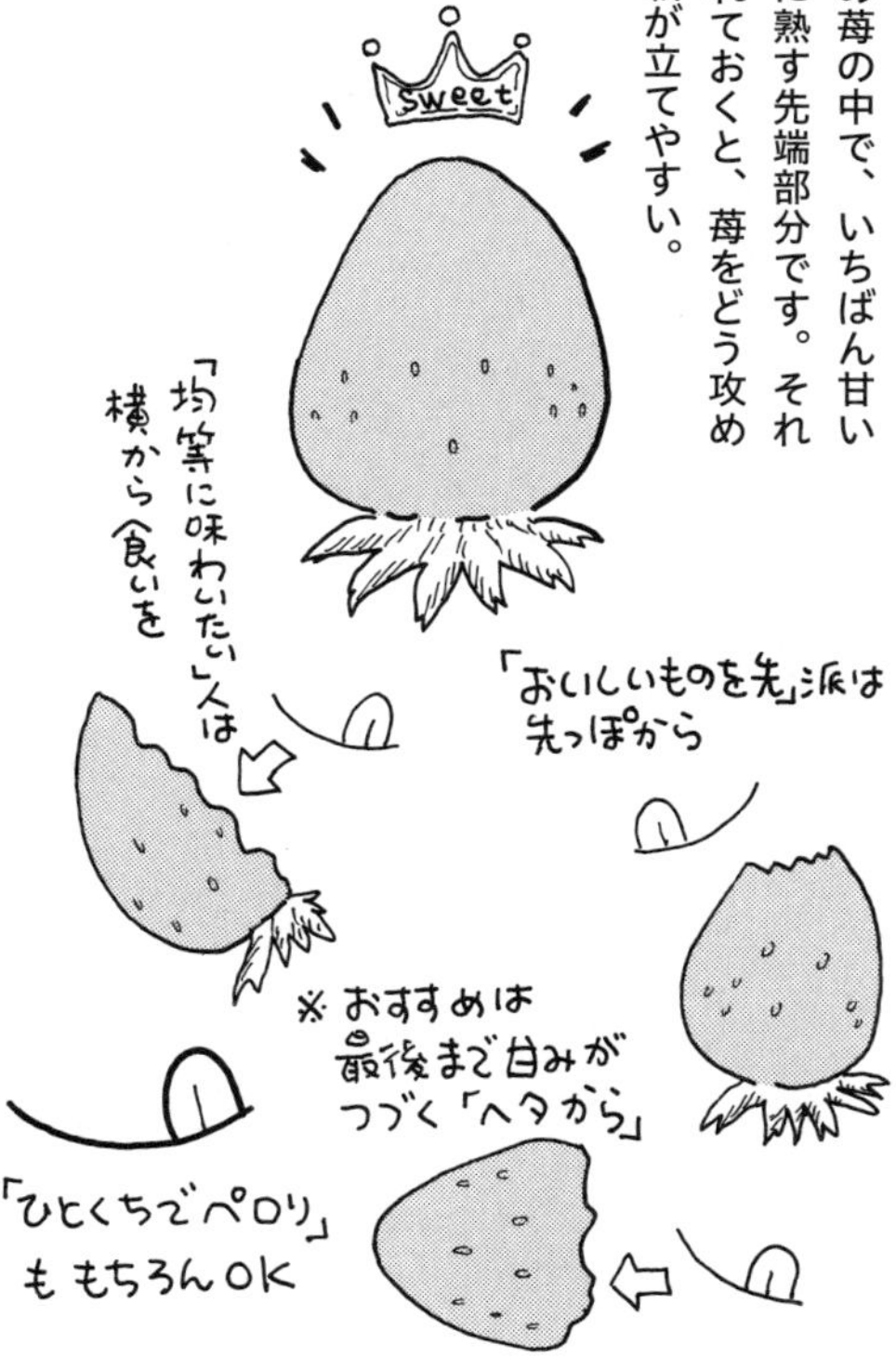
Sweet
「均等に味わいたい」人は横から食いを
「おいしいものを先」派は先っぽから
※おすすめは最後まで甘みがつづく「ヘタから」
「ひとくちでペロリ」ももちろんOK

⑥少し冷やして食べる

果物には、常温がおいしいタイプと、低温でおいしくなるタイプがあるそうです。苺は後者。自宅で食べるときには、冷蔵庫に入れてから。

⑦旬の旬は一月

「二番（果房）がいちばんうまい」と苺のプロたちは言います。品種や生産地によって変わるとは思いますが、ハウス栽培の場合、苺の株から二番目に出てくる果房の実が出まわるのは、一般的には、一月から二月の上旬。苺は、真冬の果実！

どうぞ、良いストロベリーライフを。

著者略歴

荻原浩（おぎわら・ひろし）

一九五六年、埼玉県生まれ。成城大学経済学部卒業。広告製作会社勤務を経て、フリーのコピーライターに。九七年『オロロ畑でつかまえて』で小説すばる新人賞を受賞しデビュー。二〇〇五年『明日の記憶』で山本周五郎賞、一四年『二千七百の夏と冬』で山田風太郎賞、一六年『海の見える理髪店』で直木三十五賞受賞。『金魚姫』『ギブ・ミー・ア・チャンス』『海馬の尻尾』『逢魔が時に会いましょう』『それでも空は青い』『楽園の真下』、エッセイ集『極小農園日記』など著書多数。

本書は二〇一六年九月に小社より刊行されました。

装　画　杉山巧
本文イラスト　佃二葉
あとがきイラスト　荻原浩
カバーデザイン　鈴木正道（Suzuki Design）

毎日文庫

ストロベリーライフ

印刷 2019年11月1日
発行 2019年11月15日

著者 荻原 浩《おぎわらひろし》
発行人 黒川昭良
発行所 毎日新聞出版
東京都千代田区九段南1-6-17 千代田会館5階
〒102-0074
営業本部：03(6265)6941
図書第一編集部：03(6265)6745
ブックデザイン 鈴木成一デザイン室
印刷・製本 中央精版印刷
 ISBN978-4-620-21028-5

JASRAC 出1911655-901/Nex Tone PB44584 号